法医实录01

夜的序曲

戴西◎著

THE RECORD OF CRIME 1

《法医档案》姊妹篇

台海出版社

图书在版编目（CIP）数据

法医实录. 01，夜的序曲 / 戴西著. -- 北京 : 台海出版社，2020.3（2024.3重印）

ISBN 978-7-5168-2574-7

Ⅰ. ①法… Ⅱ. ①戴… Ⅲ. ①侦探小说－中国－当代 Ⅳ. ①I247.5

中国版本图书馆CIP数据核字(2020)第043309号

法医实录01：夜的序曲

戴西 著

出版人 蔡 旭
责任编辑 王 艳
装帧设计 仙 境
内文制作 曹 宝

出　　版 台海出版社
地　　址 北京市东城区景山东街20号
邮　　编 100009
电　　话 010－64041652（发行、邮购）
传　　真 010－84045799（总编室）
网　　址 www.taimeng.org.cn/thcbs/default.htm
电子邮箱 thcbs@126.com

发　　行 全国各地新华书店
印　　刷 三河市嘉科万达彩色印刷有限公司

开　　本 710毫米×1000毫米 1/16
字　　数 200千字
印　　张 13.75
版　　次 2020年3月第1版
印　　次 2024年3月第2次印刷

书　　号 ISBN 978-7-5168-2574-7
定　　价 59.80元

引　言

只为让你在生命中有过我的记忆
只为在灰烬前能让你看见我短暂而灿烂的美丽
只为引你在篝火前相遇
在没有星光的漆黑夜里
我用一把火
烧掉自己

——方文山

目　录

CONTENTS

有一些本能的后怕的，因为只有她自己才知道，当时，在黑暗中紧紧扼住自己脖子的那双手，是绝对不会松开的。

是的，她看不见他，而死亡，却又偏偏离自己那么近。

李晓伟心中不禁一颤，他看清楚了相片中的日期，继而又抬头看了看依然沉浸在悲恸中无法自拔的汪涵，突然轻声问道："汪先生，这个问题可能有些突兀，请别介意，我只是好奇。请问当初你家那房子，是你亲自选的吗？"

她摘下手套和口罩，长长地出了口气，眼泪终于在此刻顺着脸颊滚落了下来。杨倩虽然面容尽毁，但是双耳耳垂却完好无损。显然，这个倔强的姑娘用自己的方式拼尽全力为破案留下了宝贵的证据。

"我担心沈秋月这么下去，或许会患上精神分裂，我今天已经看到了这样的征兆。"李晓伟喃喃地说道，"因为一个人脸上的面具戴久了的话，总有一天，这张面具就再也摘不下来了。"

楔　子

你相信这个世界上真的有灵魂存在吗?

不，你肯定会说我疯了。

那我换种方式来问你吧——你相信这个世界上会有死人来问你要债吗?

你肯定又不信。因为谁都知道，人一旦死了，那就什么都没有了，无论是肉体，还是灵魂，一切的一切，曾经属于死人的东西，包括所有的记忆，甚至连死人的名字在内，都将会随着时间的流逝而在活着的人的脑子里被打包清零，最终注销，一切恢复平静。

不过，只有一样除外，那就是活人对死人所欠下的债。

我所指的，当然是看不见的那种，是无法用金钱偿还的那种，比方说，人的命。死人不会在乎钱，但是他却会在乎债，在乎活人曾经对他所做过的一切。

不相信?没关系。如果活人忘了的话，也没关系。要知道，死人的记忆力是很不错的。而时间对于死人来说，就等同于金钱一样，是最没有意义的东西了。

好吧，啰唆了一大堆，现在言归正传。

我死了，所以我就该来向你要债了，因为你欠我一条命。

准备好了吗?

——一个死刑囚犯的临终遗言

第一章

“别太过分了！你以为我们法医处理尸体像电视剧里那么容易？更何况现在还是两具尸体！你不了解必要的工作程序，有什么资格来质疑我们的工作态度？你懂什么叫科学吗？”

1

警官学院犯罪心理学讲师李晓伟是个长得很有“眼缘”的年轻男人，因为业余时间经常打篮球中锋的缘故，所以身材修长健硕，日子久了，举手投足之间，动作灵活得像只狸猫，再加上古铜色的皮肤，头发微微带着些许自然卷，像极了最近走红的某个明星。棱角分明，目光专注，嘴角则总是带着一抹淡淡的轻笑，话说多了的时候甚至还会有些脸红。总之，给人的感觉，无论如何都看不出来他是个地地道道的心理医生。

只是此刻，李晓伟的内心感到很不轻松。眼前碧蓝的天空中阳光明媚，他却一点都笑不出来，轻轻放下了手中的那张不知读了多少遍的 A4 打印稿。犹豫了很多天，他终于决定在自己的课上正式公布这份特殊的遗嘱。遗嘱的主人已经在上周去世了，没有能够熬到自己死刑被执行的日子，甚至都不用再去费心等待上诉出结果的那一天，即使上诉的结果谁都能够猜得到。就在清明节那个暖洋洋的周六中午，据说是因为身体不舒服，所以去医护室挂水，结果两个小时后就死于简单的药物过敏。

人倒霉的时候，是没有办法用言语来具体形容的。有无数个“如果”可以拿来假设一下悲剧的另外一种发展方式，但是实际的结果却最终只能有一个，那就是——李智明的的确确死了！

抛开脾气暴戾这一点不谈的话，李智明还算得上是一个比较合格的男人。案发前，他在一家媒体公司做网络工程师，外表阳光，讲话声音低沉感性，不抽烟不喝酒，生活中更是没有任何绯闻，衣着穿戴也始终都是干净整洁。

然而就是这样一个在周围人眼中干干净净的体面而又顾家的男人，却在一个秋日的深夜，面无表情地用自己的双手活活掐死了还在睡梦中的妻子，随后，把尸体抱到客厅地板上，接着拿起菜刀，坐在地板上冷静地剁下了她的头颅，最终，这场可怕的悲剧是妻子血淋淋的头颅被他从15层楼上利索地丢下去后才算真正结束。

对了，还要加上一句——被害的妻子当时已经怀孕七个月零三天了，从医学的角度上来讲，此刻，腹中的胎儿即便脱离母体，也是完全可以存活的。但是，这个可怜的小生命却根本就没有得到过来一次人世间的机会。

李晓伟相信，在以后的很长时间里，尽管这个骇人听闻的案子已经破了，但是案发小区的大部分居民都会生活在有关它的恐怖阴影里。尤其是那个在大楼门口发现被害妻子头颅的小区老保安。

因为人的记忆是个很可怕的东西，你越想忘掉什么，却偏偏就会记得越牢。

网上很快就有人煞有介事地出来分析说李智明疯了，哪怕不是精神分裂，那也至少得是个间歇性精神障碍，因为没有谁会在做完这一切之后，还淡定地洗了个热水澡，换上一套干净的睡衣，最后舒舒服服地倒头便睡，就像什么事都没有发生过一样。而与此同时那一尸两命的残缺尸体，却还躺在客厅地板上的血泊中，逐渐变得冰冷僵硬……

对于活着的人来说，死亡的感觉应该是很不好受的吧？可是，出于职业的本能，李晓伟私底下也并不排除用上述的可能性来解释作案动机。

而这个案子所产生的受害者还远远不止是李智明那怀孕七个月零三天的妻子和未出世的孩子，还包括住在他家楼下的那一对刚结婚的夫妇。因为是预制板结构的房屋，隔音效果非常差，半夜两点多钟的时候，妻子被一阵清晰的剁肉声惊醒后，便不知怎的再也睡不着了。她后来向李晓伟形容说，那声音绝对不同于一般人家在家剁肉包饺子，而是非常用力而且有节奏的诡异的“嚓嚓”声，就连停顿的间歇都是严格按照 4/4 的节拍走的。她发誓说自己还听到楼上同时传来钢琴声，因为那首曲子她很喜欢，是肖邦的小夜曲，但是在这半夜三更的时候，却让人听了莫名感到头皮发麻。

案发后，当她终于知道这“嚓嚓”声是楼上的那位男主人在剁自己死去妻子的头颅时，可怜的女人便患上了严重的神经衰弱症，甚至还到了幻听的地步，搬回娘家住后，每天晚上都依然得靠服用安眠药才能够勉强入睡。

可是有一个人除外……想到这儿，李晓伟的嘴角便不自觉地露出了一丝苦笑。要知道，在这个女人的脑子里，这世界上似乎就没有存在过什么让她感到害怕的东西。

“人的头颅就那么难被剁下来吗？”李晓伟问得直截了当。

记忆中这是两年前李智明杀妻案案发后的第七天傍晚，天空中下起了很大的雨，很快，路面上的交通便堵得一塌糊涂。李晓伟早早下了课后，便约了章桐在警局对面的全家便利店见面，打算随便吃点东西当晚饭，顺便聊聊困扰自己多日的这个心结。虽说他自诩对人的心理活动所了解的程度远超过自己面前端坐着的这位法医神探，但是论起生与死的惨烈，李晓伟却还是不得不甘拜下风的。

所以，他至今都忘不了自己当初在闹哄哄的便利店简易用餐区问这个听起来略微显得有些愚蠢的问题时，章桐听了，停顿了一两秒后，随即脸上所浮现出的惊讶神情。

“如果你懂得人体结构，然后手头又恰好有一把够快够锋利的刀的话，那么，这是瞬间就能发生的事。但是……”说到这儿，章桐习惯性地皱了皱眉，伸手一指咽喉部位，“如果是一个根本就不懂人体骨骼结构的普通人的话，而刀又只是家里的那种普通菜刀，那至少也得拼命朝这个位置剁上半个多钟头吧，还得有足够的力气和坚强的意志力才行。”

章桐是个长得很漂亮的年轻女人，说话的时候总是喜欢微微歪着头看人，目光时而果断，时而却若有所思，给人的感觉似乎心事重重，却又好像心不在焉，浑身上下则时不时地透露出一股莫名的冰冷感觉，让人不敢随便靠近。

“意志力？”李晓伟双眉一挑。“力气”的话，他能理解，但是说到需要“意志力”，他就感觉自己的理解能力突然变得有些跟不上这个女人的思考节奏了。

“那可是活生生的人的脑袋，而不是什么鱼或者随便什么鸡鸭的脑袋。心理这一关，可不是那么容易就能混得过去的。你难道忘了？学校上解剖实训课，每年刚开始的时候不都得有那么一两个人不是被抬出去就是哭着自己跑出去的？”章桐轻飘飘地反问道。

听了这话，李晓伟突然有种想狠狠抽自己一嘴巴的冲动。

而面对同样有医学背景的李晓伟脸上所流露出的尴尬神情，章桐却一如往常般视若无睹，涨红了脸的李晓伟这才偷偷松了口气。

一阵风吹过，是四月的暖风，夹杂着几片粉红色的樱花花瓣飘落在面前的走廊栏杆上。李晓伟的目光久久都没有从手中的这张 A4 纸上离开，只是莫名变得有些许温柔了。

回顾整个案子的破获过程，其实并不难，一切现场勘验证据所取得的难度，都几乎可以用摆在桌面上触手可及来形容。唯一的主犯李智明也是当场被抓获的。尽管他在案发后洗了热水澡，又换了身干净衣服，但是双手十指指甲缝里的血迹残留，还有客厅死者残尸身上的指印残留、分尸凶器上的指纹残留等是无法彻底被去除的。虽然说作案手法让人觉得过于残忍而不能接受，但是凶手的快速被抓和后来的顺利判刑至少对于死者的家属来说，也算是小小的安慰了。

只有一点除外，那就是李智明的真正杀人动机。

这也是李晓伟会最终下定决心在今天把这件特殊的案子拿到自己课上去讲解的原因之一。因为案发至今，除了精神方面的问题以外，都没有一个完整的并且能够说服所有人的定论出现。

另一个原因就是李智明已经死了，而这个问题的答案也就永远地被他带走了。想来确实有些遗憾，但这也是一个必须去面对和接受的残酷事实。

八点铃声响过后，校园瞬间安静了下来，犯罪心理学讲师李晓伟收回纷乱的思绪，轻轻叹了口气，接着把那张特殊的 A4 稿纸重新又夹进深蓝色的备课文件夹，定了定神，这才转身缓步走进阶梯大教室。

身后，四月的阳光温暖而又宜人，微风拂面，粉色的樱花花瓣在风中慵懒地轻轻飞舞。

四月末的警官学院，美得就像一幅画。

2

胃疼。

本以为忍一下就能过去，此刻却似乎就像有一只无形的大手死死地揪住了自己的胃，时而把它拧成一团，时而又一巴掌把它用力拍平。每一次的呼吸都不得不小心翼翼，可疼痛的感觉却始终挥之不去。

换了个姿势，紧闭双眼继续躺着，睡意却已经荡然无存。在苦撑了一个多钟头后，章桐终于选择了妥协。她有些懊恼地从床上翻身坐了起来，顺手拧亮了台灯，昏黄的灯光瞬间塞满了狭小的卧室，一个简单的床头柜，窗边是自己那永远都无法整理干净的书桌，书桌上随意地堆满了各种各样的专业书籍，有些甚至都已经被挪到了边缘，书籍中横七竖八地塞着记满了笔记的纸片，咖啡杯里的残渣也从来都没有被刷干净过。书桌前的凳子上放着拉布拉多犬丹尼最钟爱的玩具——一只被彻底咬变了形的惨叫鸡。章桐庆幸丹尼从来都没有在自己面前玩过这个玩具。不过从惨叫鸡被破坏的程度来看，丹尼对它的钟爱程度可不是一般的言辞所能够形容的。

此刻的时间是凌晨一点三十七分，窗外不知何时下起了瓢泼大雨，这江南的天气真是让人无法捉摸。章桐记得很清楚，自己傍晚下班走出警局的时候，天气还不错，只是有些闷热而已，没想到这场大雨来得这么快。

穿上拖鞋，拿过一件薄毛衣把自己裹得紧紧的，然后忍着胃部的阵阵抽痛，离开床摇摇晃晃地向厨房走去。可以想象，人最倒霉的时候大概就是现在这个样子了，浑身骨头都累得散了架，脑子里却可以清醒地回忆起自己刚写完的那份尸检报告上的每一个字，章桐相信自己就连标点符号都不会记错。

呸！记忆真是一个可怕的东西。

厨房里充斥着一股油烟的味道，不出所料，水壶里空空如也。而这还不是最要命的，看着同样空荡荡的药箱，就连一片最起码的散利痛都找不到。章桐下意识地舔了舔有些干裂的嘴唇，喉咙里发出了一声涩涩的苦笑。她知道，虽然还不至于发展到胃穿孔的地步，但是今晚不吃药是绝对扛不过去的，所以，哪怕外面此刻正下着冰雹，她都得出去。

小区外面再走过一个街区就有一家 24 小时营业的小药房，章桐从来记不住药店的名字，却记得里面那个总是值夜班的十八岁的年轻女孩，老家是长江以北的，说起话来声音里总是带着一种特有的跳跃感，做事也很勤快利索。有好几次自己晚上去买药，都是那年轻女孩值班。无论多晚，她的脸上始终都挂着阳光般的微笑。

今晚，应该也是她值班吧。临出门的时候，章桐瞥了一眼墙上的挂钟，一点四十二分，走到药房的话，十分钟就足够了。想到这儿，她便关上了门，拿着伞和手机，摸黑向电梯口走去。

雨中的凌晨，街道上空无一人，耳边只有自己跌跌撞撞的脚步声。章桐匆匆走出小区，忍着胃部隐隐的痛，拐上林荫道，在经过红绿灯的时候，她本能地停了下来，开始环顾四周，城市的一角没有了白天的喧嚣，闪烁的红灯倒映在十字路口的地面水潭里，街边的山樱树下，铺满了被雨水打落的纷纷花瓣。

一切都安静得像在做梦一样。

小药房就正对着红绿灯，只不过正门是朝向另外一个位置的。看到小药房顶上那个依然亮着的红灯，章桐这才深吸了一口气，雨中清新的空气使胃部的疼痛似乎也变得不是那么明显了，在绿灯亮起的一刹那，她便心情愉悦地快步穿过了十字路口。

店门口的马路边上孤零零地停靠着一辆普通双排座警车，车灯闪烁不停，但是车门关着，车里空无一人。章桐不由得微微皱眉，却丝毫没有停下自己的脚步，径直穿过种满了美人蕉的花坛，走上独立的青石台阶，店门虚掩着，门上的百叶窗放下了，透过贴着的保健品广告，章桐看不清楚里面，只注意到门缝里透出了一丝光亮。

今晚，这家小药房里应该不会只有自己一个顾客吧？

章桐心里犯着嘀咕，便顺手推开虚掩着的玻璃门，只是奇怪既然门开着却又为何要关着百叶窗。耳边传来了门上感应器发出的清脆的叮咚声，走进房间，穿过一排排整齐的开放式药品存放架，章桐抬头向里屋望去：“有人在吗？我要买药。”

小药房里空荡荡的，房间一角那台 24 小时都必须开着的冷藏柜所发出的巨大嗡嗡声震得章桐有些头晕，这是明显的缺乏睡眠的症状。她便耐着性子又喊了一声：“有人在吗？我要买药。”

依旧没有人应答。房间的地板上湿漉漉的，空气中隐约弥漫着一股熟悉的来苏水的味道。

一丝奇怪的不安袭上心头，章桐便踮起脚尖朝柜台里扫了一眼，空无一人，注意到收银机的抽屉开着，顿时警觉了起来。在确信房间里没人以后，章桐便直接朝小药房的后门走去，她知道那里有个小过道，连着库房。值夜班的店员此刻是不是在库房里清点药品数目？这样的情况在以前不止一次发生过。如果真是这样的话，那外面开着门，大意不说，也早就应该听到自己进门的声音了，为什么到现在还没有反应呢？

“有人在吗……”话音未落，章桐顺手拉开了后门的推拉式把手。

接下来所出现在她眼前的这可怕的一幕，让她顿时屏住了呼吸。

浓烈的血腥味在门被开启的那一刻扑面而来。这样的场景、这样的气味，章桐本是很熟悉的，但是此刻，她却意外地愣住了。

自己肯定是在做梦！

库房的狭小过道是老式平房改建的，平时仅容一个人低着头通过，而现在，昏暗的过道里被随意扔着两个人，身体叠放在一起，头朝里脚冲外，均呈现出俯卧状，根本看不见脸。空气中刺鼻的味道更浓了，而最让章桐感到揪心的是，两个人早就已经一动不动。上面的那个人穿着店员的绿色制服裤子，白色芭蕾舞鞋，而被压在下面的那个人的裤脚则是藏蓝色的格子料质地，脚上穿着警务制式皮鞋。

章桐的脑子里顿时一片混乱，联想起小药房外面那辆停着的警车，她知道，自己所面对的，很有可能就是一个双尸命案的谋杀现场，而其中一个死者，很有可能是警察。

胃部的疼痛瞬间变成了剧烈的抽痛，她咬着牙跌跌撞撞地向外冲去，在经过柜台时，顺手抓过开放式药柜上的一盒蓝色包装的散利痛揣在兜里，刚跨出小药房，玻璃门在背后就因为惯性而被用力关上了。

"谢谢光临。"寂静的雨夜，清脆而又欢快的电子合成女声此刻听来是那么的刺耳。

章桐深吸了一口气，豆大的汗珠已经渗满了额头，该死的肾上腺素彻彻底底地放大了胃部的疼痛感。她庆幸自己有随身带手机的习惯，便颤抖着手拨通了110报警电话。

雨还在不停地下，雨水敲打着青石路面，发出了沉闷的沙沙声。除此之外，就是一片让人感到心悸的无声世界。

挂断电话后，章桐知道自己今晚是回不了家了，而身后的案发现场也不能够再进去。她沮丧地环顾了一下店门口狭小的平台，注意到右手边有一台自助式饮料咖啡机，便顺手在兜里摸了摸，虽然只找到一枚硬币，但却可以换杯热水。至于说那盒药钱，就只有等天亮以后遇到老板的时候再给了。

这应该不算是趁火打劫吧，章桐手里拿着装了小半杯热水的简易一次性纸杯，看了看手中不知何时被几乎捏扁了的药盒，轻轻叹了口气，随即利索地撕开包装纸，仰头便把两粒药片就着热水吃了下去。目光落到马路边那辆停着的警车上，心情顿时又沉重了起来。

远处隐约传来了刺耳的警笛声，章桐倚靠着冰冷的墙面坐了下来，默默地闭上了双眼。

3

一个人的一辈子虽然并不算很长，但却极小概率成为一个凶案现场的证人。做了这么多年的法医工作，章桐还是头一回感觉自己此刻所处的位置是如此别扭。她坐在青石台阶上，看着眼前大雨中越聚越多的警局车辆，闪烁不停的警灯有些刺眼，而逐渐拉起的警戒线旁很快就聚集了熟悉的制服颜色。自己新的一天是以这种特殊的方式拉开了序幕，章桐不由得发出一声重重的叹息。

浓烈的烟草味扑面而来。

“请问，刚才是你打的报警电话吗？”耳畔的说话声浑厚且带着一些沙哑。

章桐应声抬头望去，站在自己面前的是一高一矮两个年轻男人，个子矮的那位年纪略小，身穿警员制服，双眉紧锁，一副如临大敌的架势。而他身旁的那位，没有穿制服，黑色牛仔裤配黑色拳击外套，头上戴着一顶洋基队的棒球帽，除此之外，便是在胸前挂了自己的工作证，皮肤黝黑，双眼布满了血丝，目光却深不见底。两人的衣服外都套着统一的带有荧光标志的警用连帽雨衣。

章桐注意到向自己发话的正是后者，显然他的职务比较高，便礼貌地站起身，冲他们点点头：“是我。”

在他们身后，值班的痕迹鉴定组开始陆续进入现场。这里是自己所属分局的工作范围，章桐心中便开始倒数计时等着右手紧紧攥着的手机响起。

“说说具体情况吧。”年轻的小警员掏出了工作笔记本，用牙齿咬开了一次性水笔帽，抬头瞥了一眼身上穿着蓝底白花睡衣、头发乱糟糟、一脸倦容的章桐，嘴里咕哝道，“叫什么名字，住哪儿……工作单位，……晚上到这里来的目的，……几点来的，都看见了什么……”

这些都是标准的程序问话，章桐耐心地听着，咬了咬嘴唇，这时候胃部的疼痛感已经荡然无存了。

好不容易等他问完，章桐这才点点头，轻声道:“我叫章桐，租住在街对面的泰德花苑一期 3 栋 402 室，至于说工作单位嘛……”她略微停顿了一下，“市公安局……”

“市公安局?”小警员一愣，停下手中笔，抬头看着章桐，上下打量了一番，又回头看看自己的搭档，语气变得有些不自然起来，“这么巧!你是哪个部门的?”

“刑科所。”话音未落，章桐的手机终于响了起来，她如释重负，顺手便摁下了免提键，一边听着调度员用机械般的嗓音通知，一边冲着小警员和他的搭档耸了耸肩，表示歉意。

是的，有时候事情就是这么巧，章桐经历过很多次重大的命案现场调查，只不过这一次，她同时又是一个报案者。

时间到了，看着熟悉的车灯慢慢接近，章桐礼貌地点点头，嘴里咕哝了句:“先到这儿吧，回头到局里再接着做笔录，我该开工了。”随后便迎着两人所投来的诧异的目光，快步向不远处那辆刚刚停下的厢式警车走去了，那里装着她的工具箱和现场工作服。

地面上湿漉漉的，雨依旧下个不停，凌晨的街头却再也无法恢复平静。

一个人埋头工作的时候，是很难有饥饿感的。章桐最长的纪录是一天只吃一顿，而那一顿的时间也是晚上九点之后了。为了避免低血糖，她总是习惯性地在自己工作服外衣口袋里塞上几颗糖，以备不时之需。有人说死人有的是时间，不用那么急着解剖，但是章桐却不会等，她也不愿意等。尤其是面对自己认识的人的时候，哪怕只是和对方见过几次面而已。章桐不善于记住对方的名字，却会牢牢地记住那张脸。

此刻，法医解剖室里所有的白炽灯都打开了，房间里的光线亮得刺眼，空气中依旧弥漫着熟悉的味道，只是气氛不对，沉重得让人几乎喘不过气来。

新来的助手是个年轻的女孩，身材有些羸弱，长得很秀气，齐耳短发，娃娃脸，站在章桐面前的时候，还显得有些局促和紧张。起初，章桐在心里对她是一百个不乐意的，但是话到嘴边的那一刻却还是老老实实咽了下去，因为据说这个叫顾瑜的女孩，不只是各科成绩优异，更重要的，她是主动要求来基层当法医助手的。

这不就是当初的自己吗？

于是，章桐决定把这个“走”的主动权交给这年轻女孩，只不过如今都过去三个月的时间了，顾瑜却还是按时来上班，似乎“生”与“死”模式的切换进行得非常顺利。

或许，这就是缘分吧。想起辛辛苦苦和自己搭档了六年的助手潘健，章桐的心里突然有了一种酸酸的感觉。

“把这些缝合，样本立刻送去化验，下午三点应该就会有结果了。”章桐一边吩咐着，一边摘下沾满了血污的手套丢进垃圾桶，准备先去隔壁办公室把女店员的尸检报告打印出来。

“好的，章主任。”顾瑜头也不抬地拿起了缝合针线。

就在这时，解剖室的活动门被用力撞开了，扑面而来一股浓烈的烟草味，来人不管不顾的，差点就撞到了章桐身上，嘴里则嚷嚷着：“报告出来了没？到底要拖到什么时候啊？这是什么工作态度！”

呛鼻的烟草味逼得章桐不得不把脸转了过去，她皱了皱眉，不满的情绪显而易见：“别太过分了！你以为我们法医处理尸体像电视剧里那么容易？更何况现在还是两具尸体！你不了解必要的工作程序，有什么资格来质疑我们的工作态度？你懂什么叫科学吗？”

解剖室里顿时安静得只听见滴答的流水声，技术组的年轻摄像师见势不妙，冲解剖台旁站着的顾瑜咧了咧嘴，便赶紧扛着相机找了个借口溜了。

或许是终于意识到自己确实有些言语过分，来人便转而嘿嘿一笑，伸手挠了挠鸡窝一般乱糟糟的头发，赶紧伸手招呼道：“真是抱歉，都忘了做自我介绍了，我想我们在案发现场见过，你是这个部门的头儿吧？”

“我们见过吗？我怎么没印象。”章桐口气冷淡，“我姓章，法医处归我管，你是……”

“唉，看你这记性。我新来的，以前在分局禁毒大队。我姓童，童话的童，名字很好记，叫童小川，目前在刑警二队，负责你们这个案子。”来人伸手指了指自己胸前的工作牌，说道。他三十五六岁的年纪，中等个子，应该是几天没洗澡了吧，身上的牛仔衬衣皱巴巴的，一条黑色牛仔裤也早就没了形，一脸的倦容，浑身裹满了烟草和汗臭的味道，但是唯有一双眼睛除外——充满了异样的亮光。

章桐突然有种感觉，对方的目光分明是能够看透一个人的。

见章桐并没有伸手，童小川略微感到有些尴尬，僵持了一会儿，便把手顺势伸向了自己的裤兜，再次收回的时候，掌心里便多了一包皱巴巴的香烟。

“这里不准抽烟。”说着，章桐便与他擦肩而过，独自推门走了出去。

童小川一愣，茫然地转头看向站在解剖台旁边的顾瑜。顾瑜耸了耸肩，隔着口罩不满地说道：“童队，你犯了大忌了，我们章主任平时做事最不喜欢被人催了，尤其是你刚才那几句话，摆明了就是让她下不来台。”

“那，那你说我该怎么办？”童小川复杂的目光瞥向后面的冷柜，脸上的笑容消失了，“这次的死者中有一个是警察，他老婆刚生孩子，这叫我怎么去给人家家属交代……”

听了这话，顾瑜不由得愣住了，她还真没有认真考虑过这个问题。沉吟片刻后，便轻轻放下手中的缝合针，转头看着童小川，口气也缓和了许多：“你放心吧，童队，你回去再耐心等等，不出意外的话，今天就会有结果的。”

童小川脏兮兮的脸上勉强挤出了一丝疲倦的笑容：“谢谢你，妹子，那我去门外的长廊上等吧，这报告不出来，兄弟们都不知道该怎么入手了。主要是这案子的影响实在太大了，明目张胆地杀警察，大家心里其实都不好受的。对了，你们章主任对人一贯都是这么冷冰冰的吗？”

顾瑜摇摇头：“你是说刚才没和你握手吧，童队？”

童小川嘿嘿一笑。

“你真是个不懂规矩的人！”

“为什么会这么说？”童小川感到有点意外。

“法医是从来都不和别人握手的！”顾瑜重新又低下了头，专注的神情像极了一个正在绣花的女子，“这是我读法医专业第一天起就知道的规矩呢！”

至此，她便不再多说什么了。

迟疑片刻后，感到有些无趣，童小川便沮丧地走出了解剖室，左右打量了一番，最终找了个通风的地方弯腰蹲了下去，靠着墙根，没几分钟，便呼呼大睡了。

这其实也怪不了他，整整两天两夜都没合眼了，但凡是个大活人，都会扛不住的。

寂静的走廊里瞬间鼾声如雷。

4

两具尸体，同时被发现，遇害时间也相差无几，不同的却是其中一具的身上竟然丢了点不同寻常的东西！

再次回到解剖室，章桐站在两张解剖台的中间，皱眉凝神思索着，左面这具，年轻女性，不超过二十岁，身体健康，体表无明显搏斗的痕迹，后脑长发被用力扯脱了一小部分，头皮上因此而留下了长二点三厘米、宽二点一厘米的表皮撕裂创面口，流了很多血，但是能够想象得到，这样的痛苦和当时所面对的惊恐一幕相比，就显得有些微不足道了。致命伤是在颈部，死因是外力所导致的颈椎骨折断，也就是说，死亡是在瞬间发生的，那样一来，死者身上自然也就找不到明显的防卫伤了。

难道说她并不是真正的被攻击目标？

右面这一具年轻男性的尸体，身体状况良好，二十五六岁的样子，受伤程度和女死者相比起来，就严重多了，浑身上下多处骨折不说，双手十指几乎根根被外力折断，而额面部位受伤最严重的是左侧额窦前壁，完全是粉碎性骨折，肿胀变形的半张脸几乎塌陷了下去。这样特殊而又狠毒的伤口，章桐记忆中就只见过一次，那是一个拳击手干的，他像打沙包那样把活生生的人给打得断了气。而他最终落网的证据，也正是源自伤口上那一滴并不属于死者的血迹。

收回纷乱的思绪，章桐的目光落在了死者的双眼上，心情顿时又低落了下去。和骨折相比起来，死者被利刃所割去的眼皮就更让人有些想不明白了。在以往的案例中，章桐见过蓄意破坏尸体的，目的都只有一个——羞辱被害人。但是单单割去眼皮又是为何？更何况还是死后所为。

难道说就只是单纯地为了让他无法闭上双眼？一个普通的基层派出所民警，除了处理一般的盗窃案和邻里纠纷，章桐实在想不明白有谁会对他下这么狠的手。她皱眉苦苦思索着，感到太阳穴一阵阵地抽痛了起来。

“天哪！”身后突然传来了一声压抑的惊叫，声音中带着几分惊恐和愤怒。回头看去，童小川就站在解剖室的门口，不知道什么时候进来的，此刻的他正僵硬地挺立着后背，目光死死地盯着躺在解剖台上的那位年轻民警的尸体。

“你怎么又来了？”章桐皱眉问道，“好了自然会通知你的。”说着，她便伸手去拿工作台上的白布，把尸体又盖了起来。

童小川脸上的神情有些发呆：“真没想到会是这样……我第一次处理这样的现场，还没有来得及仔细看，你们接手尸体后，我就光顾着和痕检的那帮兄弟们查门窗上的痕迹去了，要知道那地方周围经常有盗窃案发生，是个重点区域，所以我第一个念头，就是冲着盗窃案去的。因为以往也曾经发生过由于盗窃不成，连带产生杀人命案的，让案子就此升了级。后来才知道死者之一是个警察，只是那个时候，你们法医早就已经把尸体运走了。我，我真的想不通，到底是什么样的人竟然会下这样的狠手，他只不过是个普通的社区小民警而已，这么做，太过分了，太过分了……”

章桐对童小川的情绪失控感到有些讶异：“童队，第一次见到尸体？”

童小川摇摇头，目光黯淡：“见得多了。”

“警察殉职也是很正常的一件事，你不要太过于难过了。”章桐终于忍不住劝慰道。

童小川却并没有正面回答，只是接着问：“章主任，那他的死因，出来了吗？”

“颈动脉和颈静脉都被横向割断了，凶器非常锋利，受害者失血过多，迅速昏迷，时间很快，我想，死前他应该没有感觉到太多痛苦……”有时候谎言也是可以安慰人的，尤其是当看到童小川的眼中强忍着泪水的时候。

章桐接着说道，“不过，女死者显然是第一个被害的。我想，当时犯罪嫌疑人应该是找借口，要求女死者转身去替他拿后面处方药货架上的什么东西，趁其不备的时候，便探身抓住了她的头发，因为用力过猛，导致女死者头皮撕裂，头发被硬扯下来，接着，就是顺势干净利落地扭断了她的脖子，然后尸体就被拖到后面隐藏了起来。”

章桐突然想到了什么，反问道：“对了，现场有没有监控记录？”

童小川摇摇头，重重地叹了口气：“我的人问过店长了，说是坏了，上个月就拿去修了，糊弄谁呢，这他妈摆明了就是想省几个钱罢了！全组的人现在还在查外面沿街的监控记录。不过那里是老城区，死角比较多，希望不大。”

章桐听了，微微皱眉，道：“从尸体的检验状况来看，凶手是一个身强力壮的人，尤其是双手，非常有力，可以轻松扭断别人的脖子，不排除凶手是体力劳动者或者经受过特殊训练的人。要重点说明的是，本案中的女死者应该只是附带伤害。”

“附带伤害？”童小川不解地问道。

“是的，”章桐一边说着，一边转身来到另一台解剖床旁，指着女死者的尸体说道，“虽然两名死者的死亡时间非常接近，但是凶手一开始就没有打算让她活着，所以对她下手是求一击致命，想必这可怜的女孩应该还没有弄明白到底发生了什么，就被人扭断了脖子。而相比之下，男死者明显是抵抗了，虽然最终结果还是不幸殉职，但是在这之前，我想，他……已经尽力而为了。如果女死者还活着的话，凶手不可能同时顾及两人。基层民警的体质虽然并不像刑警那样，但也不是轻易就能被人制伏的，你说是不是？”

童小川点点头，嘴里咕哝了句：“没错。”

“也就是说，凶手就是冲着他来的！”章桐伸手拿过放在一边的活动工作台上的记录夹，指着上面的人像解剖绘图，道，“红色笔标注的是锐器伤，总共二十八处，其中有三处，包括手肘部位，还形成了贯通伤，直至最终的颈部气管、颈静脉、颈动脉被割断，死者应该出了很多血，但是根据我到现场时的记忆来看，现场的物品并没有太大的变化，一切似乎都很井井有条，只是空气中闻到了消毒水的味道，而且浓度非常高。”

“不奇怪，凶案现场在后面的药品存放库，他应该是被骗进去的。”童小川习惯性地再次伸手去裤兜里摸香烟，无意中瞥到章桐的目光，便尴尬地把手缩了回来，继续说道，“我查过 110 的接警记录，昨晚十一点五十八分的时候，接警台接到一个报警电话，是个女的打来的，声称红石路万州大药房有人喝醉酒寻衅闹事，按照惯例，接警台就分派最近的警局带人过去处理了。”

“我记得按照规定，一般出警应该是两个人才对。”章桐不解地问道，“而我当时并没有在车里看到人，难道说还有人失踪了？”

童小川摇摇头，苦笑道：“章主任，基层警力严重不足的情况你又不是不知道，再加上昨晚安平区来了个什么明星，为了维持现场秩序，每个所里也就只留下两个人值班，阿水昨晚当班……”

阿水，本名钱元海，是殉职警官的名字，大家之所以叫他阿水，是因为他的性格很随和，像水一样温暾，几乎从不生气，在社区是唯一能和老头老太太们打成一片的派出所片区民警。章桐记得很清楚，她轻轻叹了口气，皱眉道：“这样一来就解释得通了，凶手先控制并杀害了女死者，然后假冒店员报警引来了男死者……可是，问题是，从他的下手情况来看，能徒手制伏两个人的，必定是一个非常特殊的人，而这发生在一个女人的身上，似乎有些不太可能。”

“现场执法记录仪是和接警台连接的，上面只有到达报警地点的那一幕，显示时间是十二点十九分，后面的影像信号就中断了。”应该是烟抽多的缘故，童小川感觉自己的喉咙就像火烧一样，他下意识地咽了一口唾沫，接着说道，“我们也怀疑过是执法记录仪出了故障，遇到信号不好的基站，发生这样的事也是情理之中的，但是现在看来，没那么简单。”

“被拿走的应该不只是执法记录仪，根据记录，我们接手尸体的时候，他随身带着的所有标准配备警械，都没有了。”章桐抬头看着童小川，一脸凝重地说道，“说实在的，费这么大心思对付一个普通的基层民警，我真的无法理解。”

有些话是不用说得太透彻的，童小川脸色一变，双手冲着章桐抱了抱拳，道：“多谢指点迷津。”说着，他转身刚要离开，身后通往实验室的那道拉门被用力拽开了，顾瑜匆匆忙忙走了进来，径直来到章桐身边，把两张检验报告递给了她：“主任，没错，他胸部左面第四节肋软骨确实少了一段，大约在五公分左右，所使用的工具是医用咬骨钳一类的。这家伙看来是个行家！”

章桐心中不由得一动，她迅速翻到第二张报告，上面结果一栏中所出现的化学公式 $CaSO_4 \cdot 2H_2O$ 是她再熟悉不过的，可是章桐却总觉得哪里有些不对劲：“石膏？”

童小川警觉地问道：“你说什么？哪里发现的石膏？”

“在他的鼻孔里……”章桐紧锁双眉，喃喃地说道，“不应该的啊。”

5

章桐和李晓伟之间的关系，给人一种说不清道不明的微妙感觉。这种体会对于李晓伟来说尤为深刻，每次不管是约她出来吃饭，或者是因为公务而需要去警局时顺便拜访她，临了却总是话到嘴边各留一半。

傍晚时分，如血的夕阳洒满了天空。

李晓伟没急着回家，最近外婆参加了个老年旅行团去丽江玩了，没个十天半月是不可能回来的，所以“家”的感觉对于李晓伟来说就更显得有点清汤寡水的了。正愁怎么打发晚饭的时候，老同学顾大伟就跟及时雨一样出现，不容分说就把他带去了南长街新开的“窄巷子”一饱口福。

“我说师兄啊，你既然喜欢章大法医，为什么就不愿意说出口呢？”就着大排档上热气腾腾的串串锅，身材有些微微发福的顾大伟左右开弓吃得大汗淋漓。他和李晓伟是同一学院同一专业毕业的，现在拥有了自己的事务所，可以说是成功人士。但是因为年龄上小了半岁，所以又不得不委屈地管李晓伟叫“师兄”。不过这声“师兄”可是叫得发自肺腑，但凡每次请客吃起东西来，发了财的顾大伟从没把李晓伟当过外人。

“我……我根本就不知道她心里到底是怎么想的，如果太莽撞的话，让人家误会了可不好。”李晓伟心不在焉地又倒了杯啤酒，轻轻叹了口气道，

“大伟，你不明白，她是一个很特别的女人……”

一听这话，顾大伟乐了，他嘿嘿一笑，涨红着脸伸出油腻腻的右手食指，指着自己道：“要这么说的话，我还是一个很特别的男人呢！师兄啊，这出校门还没几年时间呢，你怎么就犯了‘绝对论’这个毛病了呢？你说这世界上有哪两个人无论外貌和个性特征，内外都是一样的？所以嘛，人呢，都是‘特别的’。有些方面你太在意了反而不好，不要到头来熊瞎子掰玉米，你啥都没捞着的话，可就得哭了。”

李晓伟刚想开口反驳，突然耳畔传来一阵钢琴曲的声音，和周围这乱哄哄的场面相比起来，确实有些不太和谐。李晓伟愣了一会儿才猛地意识到这是自己新设定的手机来电音，顺手拿起了手机。

电话是章桐打来的，问李晓伟这两天有没有时间，想和他见面谈谈，李晓伟便一口答应了下来。挂断电话后，这才注意到了隔着桌子的那位脸上笑嘻嘻的表情。

“你笑啥？”

“师兄果然品位与众不同，现在把这么古典的名曲拿来当手机来电提示音的，还真不多了！”顾大伟大声道。

李晓伟心中不由得一动，若有所思地问道：“你听出这是什么曲子了吗？”

顾大伟摆了摆手，夸张地甩了一下头发，满脸的骄傲：“我好歹当初还是咱们学院出了名的‘音乐才子’呢，这不就是肖邦的那首最著名的小夜曲吗？”话音未落，他脸上的笑容却突然变得僵硬了，想了想，顾大伟转而凑上前压低嗓门说道，“我说师兄，你挑啥曲子不好，偏偏挑这首？”

此刻，李晓伟的三分酒意已经完全醒了，他饶有趣味地看着顾大伟：“说说原因，为什么说这首曲子不好？”

顾大伟狠狠一瞪眼，继续压低嗓门，似乎生怕被人听到一般：“这曲子不吉利！”

看李晓伟依旧一副面无表情不说话的样子，顾大伟急了：“师兄啊，你别以为小弟我自己开了事务所，这种事儿就不会管了。要知道前年这案子动静这么大，凡是吃这碗饭的人都会想弄个水落石出的。虽说最终人被逮住了，案子也结了，但是他的动机不还是没人能最终说得清吗？还有啊，我所里新来的小妹阿芳，当初就是市报跑那条线的专栏记者，她曾经说那个疯子家里所有的电子设备中，就只有这么一首曲子。你说啊，有谁这辈子只听一首曲子的？”说着，他又低头瞥了一眼李晓伟的手机，含糊不清地咕哝道，“反正我不会……我这辈子都不想听到这首该死的曲子！”

“大伟老弟，那我问你个问题，你老老实实回答我，成不？”李晓伟突然煞有介事地看着他。

“你……你说吧，想知道什么？”

“你说这个世界上真的会有死人的灵魂存在吗？”

空气凝固了一两秒钟，接着，顾大伟突然就像被人用针狠狠扎了屁股一样，从塑料凳子上猛地弹了起来，撞翻了桌上装满酒的玻璃杯，啤酒瞬间洒了一地。

不顾大排档老板投来不满的目光，顾大伟双手死死地撑着铺着塑料布的桌面，然后面红耳赤、结结巴巴地冲着李晓伟用力吼出了一句：“你他妈净给我瞎扯淡什么呢，我看你走火入魔了吧！”

李晓伟笑了，笑容在嘴角转瞬即逝。

他忽然意识到这个世界上其实并不真正存在死人的“灵魂”，即使有，也只会存在于活人的心里！

6

雷声滚滚，大雨倾盆。

漆黑的房间里，突然传出了一声声压抑却又撕心裂肺的质问：“我为什么要这么做？你说啊，我为什么要这么做？……”

回答却只是一阵无声的沉默。没关系，自己已经习惯了。

杀人似乎是不需要任何理由的，如果非要问个究竟，那就是举起屠刀时的勇气。毕竟，自己面对的可是活生生的人。

一阵闪电划过夜空，小小的房间内瞬间变得透亮无比，虽然是短暂的停留，却足够把那张布满惊恐表情的脸给映照得无比清晰。

哗哗的流水声打破了屋里的宁静，伴随着沉重的喘息声，颤抖的双手不停地洗啊搓啊，似乎手上被沾染的血腥永远都洗不干净。杀人的时候，恐惧还没有这么明显，但是当一切又恢复了死一般的宁静，心中的不安便瞬间遍布了全身的每一个毛孔。

镜中的双眼透露着绝望，在脚边的垃圾桶里，是两片被割下的眼皮，血糊糊的，不过还好，眼皮的主人已经感觉不到疼痛了，因为割下眼皮的刀非常锋利。之所以这么做，都只是因为在临死前的最后一刻，当他终于明白了自己为何而死时，没有哀求，只是一声重重的叹息便缓缓地闭上了双眼。

怎么可以让他带着对自己的鄙视就这么轻松地去另外一个世界?

愤怒！不可理喻的愤怒！

抬起湿淋淋的右手，手指缓缓划过镜面，所做的动作与挥刀划过对方的眼皮时所采用的角度一模一样。

我要让你死了，都不得不睁着眼看着我从容地做完每一件事，你身为警察却无法阻止。

刺耳的笑声从干裂的嘴唇中毫无征兆地散发了出来，回荡在这空荡荡的小房间里。

又一声雷鸣，闪电划过夜空，身后房间正中央唯一的那张方桌之上只有一个洁白的瓷盘，是椭圆形的，可以放进烤箱中的那种，一块洗得发白的骨头，孤零零而又端端正正地被摆放在瓷盘中心。

这，只是开始，镜中的笑容带着难以言状的诡异和满足。

是的，他说过的，既然开始了，就不可能再回头了！

第二章

沮丧的感觉瞬间涌满了全身，李晓伟轻轻叹了口气，对于不幸患上创伤后应激障碍的病人来说，怀孕就像是一场冒险的轮盘赌，沈秋月输了。而她不选择去安康诊所找顾大伟，却回到原点找自己，这可绝对不是一件好事。

1

晚上十点刚过，城北民福中学的校园里早已是一片漆黑。

校门口的传达室里，昏黄的灯光下，刚接班的保安陶大海探身窗口扫视了一眼空荡荡的校园，确信此刻没有值班老师会过来搞“突然袭击”后，便得意地嘿嘿一笑，重新关上窗，这才从办公桌里小心翼翼地摸出了一个玻璃小瓶子。瓶子上面没标签，本来是装酱菜的，也只有老保安陶大海才知道，这玻璃瓶子里现在装着的可是自己女婿孝敬他的老白干。按理说上班喝酒是绝对不允许的，但人一旦上了年纪，晚上值夜班又冷清，不偷偷喝点小酒解闷的话，这漫漫长夜还真不知道该如何打发过去。

虽然是初夏时节，夜晚的气温也还是会让人感觉有些凉意的。陶大海在民福中学已经当了整整三十年的保安，他是个机灵的人，懂得怎样恰到好处地“守规矩”，也完全清楚该如何神不知鬼不觉地在领导眼皮子底下偷个懒。

虽说马上又要高考了，校园里的气氛明显紧张了许多，可每当夜晚到来的时候，一切又都会奇迹般地恢复平静与安逸。

陶大海之所以敢明目张胆地偷懒，还有一个很重要的原因——哪怕小偷光顾了身后的整座小城，也绝对不会来这么个偏僻的穷学校里兜上一圈，因为学校里根本就没啥值钱的东西，就连这灰不溜秋的两栋教学楼，也是二十世纪八十年代的建筑了。

脑子里不停地胡思乱想，半靠在自己那几乎摇摇欲坠的藤椅上，几口老白干下肚，双眼看着窗外街边的那盏孤零零的路灯，老保安的心里充满了莫名的感慨。

想想自己这大半辈子，虽说并没有做出过什么轰轰烈烈的大事，或者可以说是根本就没有机会去表现一下，但是至少也是有幸见证过一些可怕的事件的发生过程的。

就说这前年吧，记忆中也是一个和今天差不多的日子，本应该接他中班的老王头没来，临时再找人顶上的时候，就已经是大半夜了。陶大海骂骂咧咧地骑着他那辆老式二八自行车回家，走到小区楼下的时候，他在楼栋里停好自行车，记得那时的天已经蒙蒙亮了，视线范围内只能隐约看见一些东西的大概样貌，可是尽管如此，他还是没有看清楚左手边花坛旁地上那圆鼓鼓的到底是什么，只是闻到一股家里杀鱼的时候才会闻到的腥臭味，甚至更浓。

准是又有人乱丢垃圾了！

陶大海天生就是个好管闲事的命，也是个非常有正义感的老头儿，他记得自己当时没多想就弯下腰，本能地伸出右手，抓住那毛茸茸的发状物，提起来顺手就准备朝身后的垃圾桶丢去，可是，偏偏那天他的痛风病犯了，手疼，不能有太大幅度的弯曲，就这么直直地把东西提起来，经过自己眼前的那一刻，该死的天空中正好露出了第一道鱼肚白，于是他也就有幸看到了自己这辈子再也无法忘记的东西——一个血淋淋的头颅！

那是个年轻女人的头颅，一双眼睛正直勾勾地盯着他，嘴角微微上扬，表情里竟然带着几分古怪的嘲讽……

耳畔，一阵急促的敲门声陡然响起，陶大海猛地惊醒，吓了一跳，手中本来攥着的小酱菜瓶子差点就滚落到了高低不平的水泥地板上，他慌忙把瓶子往身后值班床上的被窝里一塞，顺口高声问道："谁？谁敲门？"

门外静悄悄的，墙上那 555 牌老式挂钟显示此刻已经快要到午夜十二点了。

片刻寂静后，耳畔又一次响起了急促而又有节奏的敲门声，并且没有停下来歇一会儿的意思。从藤椅所摆放的位置根本就看不清楚窗外门口的景象。陶大海皱了皱眉，站起身来到门边，用力拉开了保安室的木门，眼前站着个人，身材不高，因为光线的缘故，也分不清男女。

不过对方肯定不是学校的值班老师，老保安注意到眼前这人的目光正紧盯着自己，似乎是在仔细辨别着什么，便双手叉着腰，没好气地朗声说道："有什么事吗？"

"师傅，问个事儿，中北新村怎么走？"来人弓着背，瓮声瓮气地说道。

陶大海便伸手一指马路对面的岔道，干巴巴地回答："对面，进去往左拐就是。"

那人道了声谢，转身便又一次走进了路灯旁的黑暗中，穿过寂静无人的马路而去。看着他的背影逐渐消失在街道的拐角处，陶大海的心中不由得犯起了嘀咕，回想起方才这个陌生人紧盯着自己看的双眼，虽说因为光线的缘故，陶大海并没有看清楚对方的长相，但是却分明感受到了一种无形的压力，让自己浑身不舒服，太阳穴也开始不断地跳动抽痛了起来。

难道说这一切都是因为自己喝多了？关好门窗，从值班床上脏兮兮的被窝里摸出小酱菜瓶子，接着便心满意足地回到藤椅里坐了下来，陶大海长长地出了口气，瓶子中的酒不多了，无尽的长夜才刚刚开始。窗外传来了呼呼的风声，陶大海本想闭上眼睛偷偷眯一会儿，可是不知怎的却再也睡不着了。

凌晨的110接警台办公室机房里格外安静，没有了白天的喧嚣，此起彼伏的电话铃声也逐渐被交换台上的红灯闪烁而代替，房间里的一角，几乎占据一整面墙的LED监控显示屏上方，电子钟提示此刻刚过凌晨一点。

年轻的接警员郑红梅有些不太习惯这种周围突然安静下来的感觉，她顺手摘下戴了两个多小时的耳机，一边揉搓着发烫的耳朵，一边靠在电脑椅上看着墙上的监控显示屏发呆。

本以为这是一个非常简单的工作，每天除了接电话和及时向辖地派出所分派任务，就是配合上级单位做些调取监控的工作，自己心里也就不会有太多压力。但是前些天的那个奇怪的电话，却彻底击碎了她心中那份最后的安逸感。

作为110接警员，接到骚扰电话是再正常不过的了，更多的时候，只要对方的行为不出格，郑红梅也就懒得去计较，最多只是警告对方几句后便挂断了电话，而这样的经历，接警台上的每一位女接警员几乎都有过，所以也不足为奇。

而关于那个电话，事后想起来，一开始的时候就有些说不出的诡异。电话是午夜打来的，那天晚上本就没有多少报警电话，所以郑红梅对这个电话印象特别深。电话接通的那一刻，她就听到了哭声，没错，是一个男人的哭声，背景似乎是在一个酒吧，有钢琴声，也有人大声说话的声音，对方冲着话筒啜泣着断断续续地嘟囔着什么，似乎完全都不在意电话这头的接警员是否在接听，直到最终挂断。通话时间并不长，郑红梅都没来得及开口说话，只是勉强听清楚了“药房”两个字。而她根据来电显示几次拨打过去的时候，对方一直占线。

电话占线有两种可能，一种是对方确实是在通话，而另一种可能，就是这个号码是网络虚拟产生的，只能单向拨出。

应该是一个喝多了的闲极无聊的醉鬼吧！

早上交班的时候，郑红梅刻意查询了当天晚上自己值班时各派出所上报的所有治安和刑事案件，没有发生在药房或者和药房哪怕有一丝一毫连带关系的案件。郑红梅长吁了一口气，便只是按照正常程序把它作为骚扰电话记录了下来，毕竟，在平时的工作中这样的电话实在是太多太多了。

一天后，郑红梅还在来上班的路上，便在同事的微信群中得知了一个不幸的消息：一位基层派出所的年轻民警，在午夜出警的时候，被人残忍地杀害了，而遇害的地点，就在红石路万州大药房，据说同时被害的是当晚值班的年轻女店员，一共两条人命。

看到这里，郑红梅的心顿时一紧，她本能地想到了前天晚上自己接到的那个奇怪的电话，所以一到单位，没顾得上换工作服，就径直冲进了录音档案室，找到了那晚上的录音资料，可是，结果却让她感到很失望，不知道是对方刻意为之，还是真的喝醉了酒，说不清楚话，她戴着耳机翻来覆去一连听了数遍，却并没有得到更多的发现。糟糕的是来电号码也是明显的电脑虚拟形成的。

也就是说，除了心理作用外，郑红梅根本就没有证据能够把这个诡异的电话和“药房”惨案联系在一起。一切的努力就是徒劳。

目光又一次落在了面前桌面那部黑色的电话机上，郑红梅微微皱眉，她无法解释自己为什么至今都会放不下这个让人头痛的骚扰电话，难道说，这就是所谓的女人的“第六感”？想起那位殉职的警察，她便下意识地发出了一声重重的叹息。

领导下午开会的时候说了的——那位殉职的警察，刚刚做了父亲。

电话铃声总是在令人猝不及防的时候响起。郑红梅戴上耳机，摁下接听键，可还没有来得及开口，沙沙的电流声中，电话的那一头便传来了一阵低沉的啜泣声。

又是他？

郑红梅顿时感觉到自己浑身止不住地颤抖，以致不得不紧咬牙关才能够勉强不叫出声来：“安平警局 110，请问您有什么需要帮助？”

对方还是在抽泣，似乎哭得很伤心。

每一个电话都是有录音的，但是事后再听的话，和现场相比起来，声道上总是会有一些细微的差距。

郑红梅真希望是自己判断错误，因为风声鹤唳的滋味让她感觉糟糕透了。

“您好，请稳定下情绪，这里是安平警局110，有什么需要帮助的吗？”她不得不又问了一次。目光死死地盯着面前话机上不断跳动的红色时间数字，头一回在心中感觉时间过得好慢。

终于，啜泣声停止了，紧接着便是一声重重的叹息，声音显得异常沙哑：“对不起，对不起，我不是故意的，真的，我不是故意的，但我实在忍不住……”

郑红梅心中一紧，便急切地打断对方的絮絮叨叨，追问道：“等等，你到底干了什么？和我说说好吗？”

“我……我忍不住，实在是对不起……”对方翻来覆去就是这么几句话，还时不时地被难以抑制住的啜泣声所打断，气氛瞬间变得有些怪异。

电话随时都有可能被挂断，郑红梅意识到情况有点不对，于是追问道：“请不要挂断，先生，能告诉我你拨打这个电话的目的吗……”

话音未落，电话真的断了。

郑红梅呆呆地看着眼前又恢复了宁静的话机，除了有些发烫的耳机和自己双手的冷汗以外，方才的那一幕就好像是在做梦一般。通话被终止的时间是凌晨一点二十七分，而来电号码是熟悉的虚拟网络号。这一切看起来既像是个彻头彻尾的恶作剧，又分明是在冥冥之中早就已经按部就班地进行。

她唯一能肯定的是自己没有做梦。脑子里闪过了下午开会时领导手中的那张冰冷的相片中被凝固的名字。郑红梅突然感到一阵头晕目眩，迟疑片刻后，她重新戴上耳机，伸手摁下了黑色的内部通话键：“喂，网安吗？我是110出警中心，请问阿龙今晚是否值班？”

阿龙，全名郑文龙，网安中心出了名的乐于助人的老好人。

在得到否定的答复后，郑红梅不免感到沮丧，她开始有些怀疑自己是否多心了，毕竟骚扰电话实在是太多太多，真要处理也是忙不完的。

为了以防万一，郑红梅还是在交接班本上一笔一画工整而又详细地写下了刚才所发生的一切——四月二十七日，星期三，凌晨一点二十七分通话结束，时长一分三十二秒。通话内容：语无伦次，疑似醉酒。电话来源：网络虚拟，无法查询。

有时候，事情就是这么简单。在合上交接本的刹那，郑红梅脑海中不免闪过一丝疑窦，因为那个电话中的声音，或许是刻意显得沙哑又沉闷，以致她无法辨别对方的真实性别和年龄，因为太像是机器合成音了，尤其是那难以解释的沙沙声。

下次在食堂见到阿龙的时候，一定要跟他好好说说！

窗外不知何时下起了雨。

雨中的安平市，就仿佛另一个世界一般宁静而又幽深。街边的水潭里，城市的霓虹灯把虚幻与真实紧紧地结合在了一起。

此刻，城市的另一头，环绕在大街小巷中的住宅区，二十世纪八十年代的建筑，楼层低矮，光线昏暗，每一栋楼的楼顶几乎都堆满了各种各样的杂物。

雨越下越大，其中一栋楼的楼顶，隐约几声用力的撞击后，通往楼顶的铁门突然被打开了，一个孤寂的身影，瘦小而又单薄，没有撑伞，也没有说话，犹如孤魂一般默默地穿行在杂物之间，径直走向楼顶另一端。那里没有栏杆，只有一个不到半米高的简易护墙，因为这里平时根本就不会有人来。

而此刻，身影毫不犹豫地跨过护墙，双腿悬空在楼层外，只是片刻的停留后，便犹如夜空中的一道流星，纵身一跃，散落的长发在空中徒劳地飞舞。

2

漆黑的办公室里，电话铃声响了很久很久，章桐却怎么也找不到自己的手机在哪儿。她开始感到莫名的烦躁，本能地转动身体想弯下腰去看看桌子底下……突然，上身向前一冲，整个人便失去平衡摔了出去，左侧坐骨随即感到一阵刺痛，她这才皱眉清醒了过来，借着窗外的路灯光，懊恼地发觉自己竟然从床上掉了下来，现在正坐在地板上，而屁股底下结结实实地压着丹尼那缺了口子的搪瓷狗盆。

铃声还在响个不停，顾不上抱怨，章桐循着声音便推开堆在床边的书，扒拉了半天终于在夹缝里看到了闪个不停的手机屏幕，便赶紧抓起手机，摁下接听键，利索地放在耳边：“你好，我是章桐。”

这半夜三更打来电话的，除了警局值班室的，就没有第二个人了。而半夜找法医的话，也只有一个原因，章桐不必去猜。

“……黄巷新村……好的，我马上到。”

挂上电话，拧开灯，看着床边一脸委屈的丹尼，又回头看看地板上那孤零零的狗盆，章桐耸了耸肩，片刻犹豫过后终于妥协了。她伸手拉开抽屉，从里面摸出了一包火腿肠。见到熟悉的包装纸，丹尼的目光瞬间变得透亮，尾巴也摇晃得更起劲了。章桐把火腿肠撕开外包装后便顺手丢给了它。看着丹尼旋风般冲向喷香的火腿肠，章桐便赶紧抓起外套和钱包、手机向门外走去。临出门的时候，她本能地回头看了一眼，丹尼果然蹲在房门口，只不过此刻的脸上已经洋溢着心满意足的幸福感了。

作为一条混种拉布拉多犬，丹尼的世界里似乎就只有火腿肠和自己的主人，它不用去面对太多的选择，不用承担更多的责任，也就不会有无数的遗憾。

这应该就是所谓的“佛系”安逸吧，想到这儿，章桐的嘴角露出一丝微笑。

出租车在十多分钟后才赶到位于城北的黄巷新村，下车的时候，雨势已经颇具规模。

不过和童小川铁青的脸色相比起来，下雨天给淋得湿透已经不算是最糟糕的局面了。顾瑜从现场勘察车里探出头挥了挥手，高声喊道：“主任，在这儿！”

章桐点头，没和童小川打招呼，便快步穿过人群，走向对面的停车区。

拉开后车门，她利索地钻了进去，一边脱下湿漉漉的外套换工作服，一边问坐在前排驾驶座上的顾瑜：“你什么时候到的？”

“比你早了几分钟吧，主任。”顾瑜道。

多年的工作经历已经让章桐习惯了在狭小的后车厢里换衣服，她轻松地拽上拉链，顺手拍了拍，这才打开后车门，拎着工具箱就跳了下去，身后跟着的顾瑜背着防水相机。

童小川一副欲言又止的神情，章桐微微皱眉：“怎么了，童队？”

“是自杀。”童小川伸手抹了一把脸上的雨水，神情颇显狼狈。这场雨是突如其来的袭击，很多人都没有来得及带上雨具。

“有目击证人？”章桐没有等他回答，就已经看到了案发现场——离自己不到十米远的距离，在黄巷新村一栋十二层楼住宅前的水泥地面上，两位制服民警正面对面拉着一块约三米长、两米宽的黑色防雨布，布应该是临时借来的，街对面开了很多家渔具店。面对围观人群的一面，防雨布是遮住的，所以看不清，而另一面，章桐所站着的位置，就可以很清楚地看到防雨布下，一具扭曲的年轻女尸静静地趴卧着。

一个人如果以这种怪异的姿势趴在地面上的话，那就只有一种解释，她身上的三分之二骨头已经完全粉碎。

雨下得很大，两位制服警被淋了个湿透，却仍然纹丝不动，见章桐走了过来，其中一位警员认识她，便点了点头算是打过了招呼。他们不能随便移动。

“谢谢你们！”章桐轻声道。她放下工具箱，在尸体旁蹲了下去，看着地面上冰冷的躯体，目光也变得温柔了起来。

这块防雨布的作用既是尽可能地保护证据，又是对死者最后的一点尊重。

女尸身穿深褐色短风衣，风衣扣子系得很紧，衣服上满是莫名的污渍，黑色弹性铅笔裤，一只脚上穿着黑色轻便鞋，另一只脚上，却只有袜子，鞋子不见了踪影，应该是跳楼的时候被甩脱了吧。姑娘的半边脸覆盖着被雨水打湿的长发，拨开头发，脸上却格外干净，没有半点血污，就好像被刻意擦拭过一般，妆容也只是轻微地走样，但是头发却黏成了一缕一缕。伸手触摸的时候，还在脖子后面摸到了被头发勾住的不到五公分的小半截断了的墨绿色耳机线。

章桐心中充满了狐疑，高坠是显而易见的，只是眼前的场景似乎哪里出了点问题。

顾瑜很快就拍完了现场的相片，正在收拾背包准备离开，回去拿尸体担架。

“周围有发现耳机吗？”章桐问道。

守在一边的警员摇摇头：“没有。”

“找一下，应该有一个耳机。”章桐一边说着一边用证据袋把那小半截耳机线小心翼翼地装了起来。

很快，警员回复：“章主任，这周围到楼栋的范围内没有发现有断裂的这种颜色的耳机。”

沉思片刻后，章桐便站起身：“你们是什么时候到的现场？”

其中一位警员答：“接到报警电话后不到五分钟，我们的派出所就在街对面五百米左右的位置，距离很近。”

章桐退后两步，抬头看了看黑漆漆的楼顶，又看看尸体：“你们来的时候就把尸体这么用布盖起来了，对吗？”

警员点头，略带稚气的脸上神情凝重：“是的，我们完全按照命案机制条例上保护现场的步骤做的。”

“你们有没有触碰尸体？”章桐心中的疑虑还是没有减轻。

警员摇头否认。

“你们来的时候，她就是这个姿势，对吗？”

答案是肯定的。

章桐蹲下，和顾瑜两人一起用力把尸体翻了过来，尸体前胸血肉模糊。顾瑜的目光中却露出了惊愕的神情：“主任，这……”

章桐点点头，她拿出笔式手电筒，仔细查看了下尸体的眼睛，不由得紧锁双眉，重重地出了口气：“通知童队，马上保护现场，建议立即启动命案调查机制。”

3

四月末，空气异常闷热，昨晚又下了一场很大的雨，可是看着此刻阳光灿烂的屋外，心理医生李晓伟却不禁陷入了莫名的迷茫。今天是自己本月的最后一次门诊值班，预约表上空空荡荡的，也就是说没有人来看病。这对心理医生来讲或许是件好事，塞翁失马焉知非福呢。

一个小时前刚查完房，回到座位上后本想着给章桐打个电话，没事找事聊上几句，哪怕只是问候一下也好，但是临了，他却还是选择发了个简单的笑脸的信息。

不出所料，快一个钟头了，手机始终沉默，李晓伟无奈地轻轻叹了口气。

正在这时，值班护士出现在了办公室门口，门开着，她敲了敲门，提醒道："李医生，有人看病。"

"请进！"说话的同时，李晓伟顺手便把手机调至静音状态，塞进了抽屉。

来的是个年轻女人，三十出头的年纪，穿着很得体，戴着墨镜，和章桐的年龄相仿，脸上却满是憔悴和忧虑。

女人一进门就自己在椅子上坐下了，把挂号单递给李晓伟，沙哑着嗓音低声道："李大夫，麻烦您了。"

李晓伟朝门口看了看，确定不再有第二个人，心中便有些许惊讶："这位女士，请问你是给自己看病吗？"之所以这么问，是因为平日里没有预约的病人基本上都不是自己前来心理门诊挂号就诊，十之八九是两人前来，并且以咨询为主。

年轻女人点点头，她摘下了眼镜，轻声道："李大夫，难道你认不出我了？我曾经是你的病人。"说着，她伸手指了指自己面前的挂号单。

李晓伟低头一看，"沈秋月"三个字赫然纸上，他顿时恍然大悟："原来是你！都三年了，我，我还以为你……"

沈秋月苦笑道："李大夫，你也太乐观了，我怎么可能就这么轻易走出来啊！"

"沈秋月"这个名字，李晓伟是绝对不会忘记的，作为李智明杀妻案的关键证人，李晓伟很清楚当年这个看似已经尘埃落定的案件在无形之中对于眼前这个年轻女人所造成的可怕伤害。当初，在接到警方要求心理干预的求助后，李晓伟第一时间就接触了沈秋月。果不其然，这个住在李智明家楼下的年轻女子虽然没有亲眼看到一板之隔的惨烈现场，但是人的想象力是无穷无尽的，拼凑起来后甚至可能远超出现场的真实情景。他在这个年轻女人的目光中看到了悲伤与恐惧，她患上了轻微的创伤后应激障碍。

“那你后来为何就不去安康诊所继续就诊了呢？”安康诊所是自己老同学顾大伟开的，也是警局系统的合作单位。

李晓伟努力活跃着房间内有些沉闷的气氛，毕竟事情已经过去了三年，而她突然地再次出现，显然并不是一件好事。

“那时候，我怀孕了……”沈秋月淡淡地说道。

“太好了，恭喜你！”李晓伟确信对方并不是前来和自己拉家常的。

果然，沈秋月的目光中闪过一丝阴影，她冷冷地说道：“孩子滑胎了，没保住。”

沮丧的感觉瞬间涌满了全身，李晓伟轻轻叹了口气，对于不幸患上创伤后应激障碍的病人来说，怀孕就像是一场冒险的轮盘赌，沈秋月输了。而她不选择去安康诊所找顾大伟，却回到原点找自己，这可绝对不是一件好事。

想到这儿，李晓伟不由得暗暗叹了口气，他忽然有些同情眼前的这个年轻女人了，毕竟她所经历过的事，可不是一般的女人能够承受的。他便习惯性地双手十指相扣，面对沈秋月，脸上露出了职业的笑容，语气轻柔地说道：“好吧，那，沈女士，今天，你想跟我谈些什么呢？”

警局刑科所法医室，章桐推门走了进来，突然想到什么，转头问顾瑜：“童队在门外的犄角旮旯里蹲了多久了？”

“和我一起回来的。”顾瑜有些尴尬，“他根本就没离开过，看情形在副局那里挨了批。”说着，她便和章桐一起费力把尸体抬上了解剖床，安放好后，便开始一层层地脱尸体的衣裤，同时进行拍照取证。

“挨批很正常，这前面双尸命案没破，又来个差点判断失误的跳楼案，估计这个月的排班得爆表。”章桐道。说着，她抬头看了看门外，小声嘀咕了句：“看来这家伙不拿到尸检报告是不会走了。”

顾瑜点头：“没错，主任，他刚才就是这么说的。还有……”

“还有什么？”章桐拿着剪子的手停在半空中，目光却注视着尸体的胸口部位，似乎突然愣住了一样，神情也变得凝重了起来。

此时，尸体的表面只剩下了一件贴身的红色内衣。因为尸体已经出现了严重的尸僵，章桐不得不用剪子剪开了尸体上仅存的衣服，一道可怕的伤口便赫然出现在了眼前。章桐放下剪刀，伸出右手顺着伤口部位往里伸去，脸上的神情越发严肃了起来，收回手后便果断地吩咐道：“上全身 X 光机。”

顾瑜立刻关上房门，用力扯掉盖着 X 光机的白色防尘布，推到解剖台旁，紧接着便是插上电源，关灯，戴好护目镜，一切都准备好后，便摁下开关。机器发出了沉闷而有节奏的“嘎嘎”声，缓缓划过解剖台，来回两次，确保每个角度都留下了清晰的影像后，章桐便关上了 X 光机。在顾瑜收拾 X 光机的时候，章桐摘下手套，来到后面的小隔间，打开电脑显示屏，开始逐帧查看刚才拍下的 X 光片影像。

当看到左胸肋骨所在的位置时，那段突兀的缺失让章桐的心里一沉：“果真是你！”她探头向外叫道，“小顾，查看下死者的鼻腔和耳朵，擦拭样本立刻送检。”

“主任，送检的标的物是什么？”

“硫酸钙。”

回想起现场时那格外干净的惨白的脸和几乎黏在一起的头发，章桐的耳边又一次响起了案发现场那似乎永远都无法停歇的“沙沙”雨水声。

很快，顾瑜便赶了回来，和她一同进来的，就是在门口窝了半天的童小川，只不过和第一次见面时相比起来，他显得沉闷了许多，紧锁着双眉，似乎心事重重。

解剖室里变得安静许多，除了房间一角洗手台上那个永远都无法被完全关上的水龙头所发出的滴答水声外，就是不锈钢解剖刀和托盘接触的声音，清脆而又冰冷。

“章主任，情况怎么样了？”童小川终于憋不住了，他惴惴不安地问道。

“如果说死因方面，确实没有什么意外，完全符合高坠的情况。”章桐指了指尸体道：“小顾，记录一下：尸体尸斑位于颈项部以及腰背部未受压部位，按压不会褪色。全身除了左胸一处长五点二厘米、宽三点七厘米的切创伤外，并无其他开放性创口，而这一处切创伤属于死后伤。

“头面部未见外力损伤，只是鼻部和左侧耳道有血性液体，口唇黏膜和颊黏膜未见损伤，颈部未见损伤，颅骨无骨折。

“左上肢背侧大面积皮下出血，左肘关节前侧见多条表皮剥落，伴随皮下出血，其中一条横行，其余多条方向为由上至下纵行。左肱骨上段、肘关节、左侧尺骨、桡骨下端粉碎性骨折，左小腿外侧皮下出血，左侧胸前第四节肋骨缺失，疑似人为取走，剩下的第六、七、八和第九节肋骨在腋后线处骨折，骨折断端呈分离移位刺入胸腔。

“右肘关节处前侧见多条表皮剥脱，伴随明显的皮下出血，方向由右上至左下斜行，右肱骨上段横行骨折，骨折断端错位明显，右足跟皮下出血，皮下出血对应深层结缔组织出血。

“双侧胸腔大量积血，双肺严重挫伤，左肺下叶背侧见多处破口，腹腔大量积血，腹膜后巨大血肿形成，肝脏、脾脏、肾脏破裂，胰腺挫碎，脊柱椎旁肌肉出血。

“脑、心、肺、肝和肾等重要脏器大体检验未见致命性疾病改变，胃内容物报告和鼻腔、耳道擦拭标本报告要等一点时间。”说到这儿，章桐长长地出了口气，抬头看向呆立在解剖床旁的童小川，“也就是说，死者身体上的损伤符合外轻内重，暴力巨大的损伤特点，损伤均为高坠伤，除了一处死后伤外，生前并无其他暴力加害形成的损伤。”

“既然是高坠伤，那你在案发现场的时候为何要求启动命案调查机制?这不是死者自己选择跳楼死的吗?”童小川不解地问道。

章桐摇摇头：“疑点之一，死者是近视眼，她双侧眼球佩戴隐形眼镜片并且结合她的眼球状况来看，度数不会低，而一般选择跳楼自杀的女性，她都会在临跳楼之前取下自己的隐形眼镜片……”

“为什么?”童小川追问道。

顾瑜在一旁冷冷地答道：“因为谁都不愿意感受看着冰冷的地面向自己

撞击而来时的窒息感，或者说，戴着眼镜的话，也许就没有跳楼的勇气了。而选择自杀的人，都不希望自己的内心产生怯懦感的。”

章桐心中一动，她看了一眼顾瑜，却很快就打消了念头，转而继续面对童小川，道：“疑点之二，就是她的左胸第四节肋骨，被人为地取走了，方式很粗暴，因为肋骨的横截面并不平整，明显是用锉刀锉断的。还有就是，虽然目前鼻腔和耳道擦拭样本的检验结果还没有正式出来，但是我已经可以肯定里面少不了硫酸钙的成分！”

惊愕的神情一点一点地在童小川的脸上凝聚了起来，最终，他嘀咕了句：“多谢两位！”便转身走出了解剖室。

听着童小川的脚步声逐渐消失在了寂静的走道里，章桐这才回过神来，轻声说道：“小顾，你知道什么样的案件嫌疑人最难抓吗？”

小顾茫然地摇摇头。

“没有杀人动机的连环凶杀案件。”章桐紧锁双眉，若有所思地看着顾瑜，“就像一盘散沙，对手就像是一条深藏在沙子中的毒蛇，随时都有可能攻击你。你不知道从何下手，因为你不知道他为何杀人，也不知道什么样的人会成为他的攻击目标。这样的话，你就永远都会被他牵着鼻子走。这对所有的刑警来说，都不亚于一场灭顶之灾。”片刻的沉寂过后，她又缓缓说道，“甘肃白银的连环凶杀案，你应该听说过吧？”

空气中突然有一种异样的感觉，顾瑜轻轻点头。

“这案子非常有名，只是我们用了整整十八年的时间，才真正在沙子中抓住了毒蛇的尾巴。”章桐淡淡一笑，声音中却充满了难言的苦涩与落寞，“不过唯一值得欣慰的是，最终还是抓住他了，难道不是吗？”

4

市第一医院心理门诊室。

送走了沈秋月，李晓伟重新又打开了抽屉，瞟了一眼手机显示屏，依然是待机状态，消息栏里也照样是空空荡荡。他没有勇气拿起手机，便又重重地关上抽屉，靠在椅背上长出了一口气。

窗外耀眼的阳光不知何时已经消失得无影无踪，这个时候还没有到午饭点，李晓伟便顺手打开了电脑显示屏，开始认真地写起了当天的门诊记录。

对于沈秋月的突然造访，李晓伟心中虽然有一种挫败感，因为这就意味着当初自己对她的心理干预并没有获得太大的效果。但是谁都知道心理医生并不是“神棍”，而心理治疗也并不是百分百都能取得成功，因为除了生与死以外，这世界上本就没有什么绝对的东西存在。

想到这儿，李晓伟似乎又感觉好受了些，不再像刚才见到沈秋月时那么自责。他想起送她回来时经过楼梯转弯处，无意中低头看到了楼下门诊大厅里，刚下楼的沈秋月正快步走向一个有些眼熟的身影，李晓伟立刻记起那男人正是沈秋月的丈夫汪涵，不免心中感觉一丝欣慰。毕竟经过了这么大的变故，妻子滑胎失去了孩子，情绪不稳定，且又患上了最难治愈的创伤后应激障碍，身边的男人却还是那么不离不弃。李晓伟的心里竟然有些小小的嫉妒了。

目光落在右手边的那张被折叠又被打开过无数次的 A4 纸，上面就是李智明三年前所留下的那封特殊的遗书。李晓伟不由得推开手中的无线键盘，拿起 A4 纸打开，又逐字逐句看了起来。

当初这个案子发生的时候几乎轰动了整个安平市，而李智明的心理问题也成了安平所有心理医生私底下最感兴趣的话题之一，无数种猜测被用来揣摩这个普通男人的杀人动机，却又被不断地否定。李晓伟曾经怀疑过凶手是反社会型人格障碍，不然的话，就难以解释他杀完人后还能镇定自若地洗澡、换衣服，甚至还能在杀人现场安然入睡。能如此平静地杀一个人，而事后却又全盘否定自己的所作所为，坚称自己无辜。这样的转变确实让人难以理解和接受。

他打开抽屉，拿出手机，略微迟疑后便拨通了顾大伟的电话。

电话很快就接通了，虽然上次两人的见面以尴尬告终，但却并不影响顾大伟对这个老同学的求贤若渴，所以电话那头立刻便传来了他爽朗的笑声：“哎哟喂，老同学，终于想通了，要来我的诊所工作了？”

李晓伟干笑了两声，随即直截了当地说道：“沈秋月今天来我的门诊室了。”

“沈秋月？”笑声顿时戛然而止，因为这个名字别人可以忘记，但是他顾大伟却绝对不会忘记，片刻过后，他喃喃说道，“她去你那儿干什么？”

“看病。”李晓伟答。

“你当初只是她的心理干预医生，给她做了一个月的心理疏导而已，过后就转到我们诊所了。不过她也只是三天打鱼两天晒网的状态，我们后来回访了几次，她的丈夫和周围的邻居都一致反映说沈秋月的生活轨迹已经恢复了正常，我们才最终决定停止治疗的。”顾大伟说道，“我不明白她为什么现在突然又回去找你了。”

“创伤后应激障碍治疗后发生反复的病例也不是没有，我听实习导师说过他曾经遇到过一个一辈子都没走出去的人，直到那个病人最终自杀，他的家人才算是得到真正的解脱。当然了，也包括治疗他的医生在内。”李晓伟道，“可是这种病例也是很特殊的，并不常见。”

“噢？说说看！”顾大伟顿时来了兴趣。

李晓伟却叹了口气：“并不是什么好事。实习导师说，事发那天中午，那个年轻的母亲骑自行车接九岁的女儿放学，在十字路口等红灯时，遇到了一辆失控的水泥搅拌车，车速非常快，而那天偏偏又是雨天路滑，结果车子把她撞飞了，而她的女儿……唉！太惨了！”

“难道说她目睹了？”

李晓伟低声说道：“是的，她虽然被撞飞了，却只是断了一条胳膊，所以，这女人这辈子都不会忘记自己女儿倒在车轮下的样子了。再加上内疚，她思想上再也不会忘记那场悲剧的结果也是可以理解的，这就是所谓的‘附加伤害’。”

“那照这么看来，沈秋月的生活中应该是发生了什么，她无法信任我，自然也就回去找你了。老同学，那你可得多留个心眼。”顾大伟刻意拖长了自己说话的音调，“不是我吓唬你，病人迷恋上自己的心理医生，最终惨烈逼宫可不是什么新鲜事了。”

“别杞人忧天，事情没你说得那么严重。”李晓伟嘀咕了句，就顺手挂上了电话。

结果接下来的整整半个小时，他就是瞪着电脑屏幕发呆，一个字都写不出来了。

5

午夜，霓虹闪烁，倒映在雨后的街头，偶尔车辆驶过，和白天的喧嚣相比，此刻的城市俨然就是另一个世界。

时间是零点四十六分，章桐在键盘上敲完最后一个标点符号后，便摁下了电脑关闭键，顺手摸了摸丹尼的大脑袋，勉强冲它挤出了一丝笑容。接着便疲惫不堪地爬上了床，脑袋接触枕头的那一刹那，她便利索地闭上了双眼。

就像在脑子里用力关上了一扇沉重的大门，她实在是太困了，很快便进入了梦乡。

窗外风声愈加猛烈，气温骤然下降，很快，天空中居然开始飘起了白色的雪花。和以往不同的是，这次的下雪速度快得惊人，转眼间，安平市的大街小巷便成了一片银装素裹。

城市的另一头，飞鱼网咖一天中最热闹的时候却才刚刚开始。整个安平市有将近四百多家网吧，但是对于规模中等的飞鱼而言，因为网速快和电脑配置高，这个时候往往一座难求。

因为白天散布在城市各个角落里的人，晚上收工后就都会逐渐聚集在这里。在闪烁的电脑屏幕前，酣畅淋漓地扮演着平行世界中的另一个自己。

他也是其中之一，是老顾客了，只不过，每次来他都不得不赔着笑脸逗那个胖网管开心，毕竟自己没有身份证，自然也就没有合法的上网资格。但是他却每次都会如愿坐在电脑屏幕前玩那款新上线的大型游戏，因为那是属于白天的“规定”，而夜晚，无论什么都会神奇地变得“好商量”了，前提条件当然是翻倍的上网费用。他很清楚那多出来的钱铁定是进了胖网管的腰包。

不过他并不心疼，相反，他觉得物有所值。因为他太着迷于那款游戏了，说不上到魂牵梦绕的程度，却也相差无几。

耳机中传来一声清脆的“叮咚”，这是玩家搭档上线的提示，他顿时兴奋了起来，要知道这个神秘的家伙已经陪自己打了一周的排位赛，完全是大神级别的玩家。看来，冲顶的梦想今晚将会变成触手可及的现实！

就在他忙于准备装备时，对方在简易对话框中发来一条文字讯息——今晚晋级后去私密聊天室？

他受宠若惊，毫不犹豫地点击了 OK。

对方可是网游界的大神啊！

6

凌晨时分，蜷缩在车里的滋味真不好受，总感觉自己很快就会在这个清冷的早晨被活活冻僵。

时间过得真慢啊，一分一秒都好像一个钟头那般漫长，车里的温度已经接近了零度。终于，车载导航仪上跳出了一个会话界面。

——时间到了。

界面很快消失，这个人就好像从来都没有在现实世界中存在过一般，却又知道自己该何时出现。想来，还真的让人感觉有点毛骨悚然呢！

留给自己的时间不多。

最后一次检查了所有的工具，戴上耳机，拉开车门的刹那，寂静的小巷子里，雪花扑面而来。

该死的，真冷啊！

第三章

李晓伟着实被章桐的话吓了一跳，他知道眼前这个女人一向是崇尚理性和科学的，更是从不相信这个世界上有什么鬼神一说，但是如今突然跟中了邪一样开始质疑自己之前的观念，这可绝对不是什么好兆头。

1

天气预报是出奇的准，但是真正相信这次下雪预报的人却少之又少。

上午，整个案情分析室里，抽烟的人少了，大家都不自觉地用单薄的警服裹紧身体，尽量减少身上热量的散发。会议已经开了十多分钟了，也毫无悬念地卡了壳。

政委皱眉看着童小川："童队，有关红石路万州大药房的凶杀案，摸排和监控至今还没有线索吗？"

童小川摇摇头："红石路那边位于城中村，又是监控死角，所以案发时间段的周边监控的数据量相对就比较大，视频组还在排查。摸排走访方面，辖区派出所汇报回来的消息说，死去的女店员是江北人，叫王悦，今年正好20岁，两年前来到我们安平市打工，其间一直都在万州大药房做售货员，社会关系简单，工作表现良好，在周围同事中的口碑也不错。而案发当晚的报警电话经过核查也并不是她打的，号码来自一个网络虚拟号，网安大队正在核查追踪这个号码。据此，可以得出结论——死者王悦是万州大药房凶杀案的附带伤害。”

房间内一片沉寂。大家的目光都不约而同看向了主持会议的刑侦副局长陈豪。

“那殉职的钱元海呢？”陈豪深知死者是警察，自己就更应该掌控好眼前这一房间里的年轻刑警的情绪，他紧锁双眉，默默地把手中的烟盒揉成了一团，接着双手十指交叉，哑声问道，“他们所里的人怎么说，是不是有人因为他曾经办过的案子而前来报复？”

“不可能，陈局。”童小川愤然道，“阿水是个普通的基层民警，一年到头所处理的也只不过是一些鸡毛蒜皮的小案子，除了偷鸡摸狗就是醉酒闹事、打老婆之类，工作性质跟社区大妈没什么两样。上个月中旬他到局里来汇报工作，我看过他的工作报告，最大的一个案子就是夜晚值班巡逻时抓住了一个偷自行车电瓶的家伙，仅此而已。我真的想不通，为什么要对他下手？”

“而阿水平时的社会关系也非常简单，基层民警工作琐碎不说，又要经常值班，所以他的生活圈子和我们在座的每一个都差不多，除了单位就是家，要么就是出差办案。”说着，童小川脸上的神情变得凝重了起来，语气低沉，“除非，这个凶手的目标是随机性的。案发那晚，如果说万州大药房是凶手精心布下的一个局的话，而所里只有阿水一个人能出勤却是随机的，所以我觉得，凶手真正的目标并不止是阿水，而是我们安平市的一千多名警察！”

童小川的分析有理有据，一旁坐着的李晓伟作为犯罪心理顾问，也不得不默默点了点头表示赞同，可是他的心里却仍然感到一种莫名的惴惴不安。

陈豪点点头：“你说得有道理。”他重重地出了口气，严肃地道，“这家伙也未免太张狂了。”

李晓伟突然问道：“那请问基层派出所的当晚值班人员名单有没有可能

对外泄露？”

“出于便民监督的角度考虑，派出所办事前台会有公示。”政委答道。

童小川合上了面前的笔记本，道：“案发当晚，很多警力都被抽调去维护新体育中心的演唱会现场秩序，派出所中就只留下了两个人留守，阿水是其中之一，另一个是个年纪较大的辅警。所以在接到有人在辖区闹事的报警电话后，他就必须得去了。只是没想到，这一去就出事了。”

“这到底是个什么样的人？”李晓伟皱眉嘀咕道，“不在派出所动手，却选择小药房，在杀害女店员王悦后，坐等猎物进笼子。”

“凶手远离派出所下手的动机，很有可能是因为派出所里外以及附近的监控设施都配置的是高清镜头，他应该是怕留下自己的影像线索吧。”陈豪道，“所以他不得不布下了这个诱饵。”

“从他目前的行为方式来看，凶手是个思维缜密且下手果断的人，并且很有可能是有案底的，因为他的反侦查意识极强，在案发现场，我们痕检的技术员至今都没有找到什么有价值的线索。”技术组的工程师欧阳询沮丧地低下了头，“唯一能指望的，或许就只有法医处章主任那里了。”

“章主任今天怎么没来开会？”陈豪诧异地问道。

大家不由得面面相觑，童小川道：“打过电话了，她说是路上出了点事耽误了，会尽快赶来。”

一听这话，李晓伟不禁微微皱眉，他非常了解章桐是一个恪守时间的人，如果说她耽误的话，那就意味着绝不是一件小事。

窗外，雪花依旧纷飞。

八点刚过，民福中学的上课铃响过后，校园里瞬间变得安静了下来。

校门口的山樱花树被昨晚突然降临的雪花包裹得严严实实。章桐抬头看了看树枝上几乎被冻成了冰雕的樱花，轻轻叹了口气，顺手从防风服兜里摸出手机，拨通了110报警台。

她本不该出现在这里，或者说至少是现在。因为民福中学与自己上班所在的警局位置是两个不同的方向。但是今天早上七点刚过，在自己出门去上班的路上，却接到了楼下邻居丁大妈打来的电话，说自己在城北的一个好姐妹赵阿姨急需她的帮助，还强调说非常紧急，说自己已经把她的电话号码告诉对方了，叫章桐等下别忘了接电话。章桐实在记不起在社区居委工作的丁大妈为什么会有自己的手机号码，可随后的电话一接通，这个疑问就被她远远地丢在了脑后。

赵阿姨一开腔就是带着哭音，结结巴巴地说没人帮得上自己，也没人愿意相信自己，而章桐是她老姐妹所认识的唯一一个在警局工作的人，是法医，所以无论如何也一定要请她去一趟民福中学，说自己的天塌下来了，以后没法活了。

“我正要去上班，到底出什么事了，赵阿姨？您慢慢说，别急。这一哭我都听不清楚您到底在说什么。”章桐不免有些手忙脚乱，她最怕别人哭。

抽泣片刻后，哭哭啼啼的老太太总算是说出了一句完整的话：“我家老头子没了。”

“没了？”章桐微微一怔，停下了脚步，本能地大声问道，“是正常死亡吗？人现在在哪儿？”这突兀的话引得路边擦肩而过的一对母女俩投来了诧异的目光，见章桐注意到了自己，母亲尴尬地笑了笑便赶紧拉着自己女儿匆匆加快了脚步离开。看来人们对死亡都是本能地避之唯恐不及，章桐哭笑不得地摇摇头，继续把注意力集中在手机的通话上。

“在民福中学，老头子是这里的保安，昨晚值班……他们非得说我家老头子是正常死亡，他明明是被人害死的……小姑娘，阿姨就指望你来说个公道话了……”

电话那头又是一阵几乎背过气去的哭泣。以前也有亲戚朋友突然打电话来恳求自己出面，虽然说章桐心里并不愿意，但是抱着“不求一万只求万一”的心态，于是，看着眼前挤得满满当当的公交车缓缓开过，她心一横，便伸手拦下了一辆迎面驶来的空出租车。

还好今天上午自己的案头工作都已经做完了。再说了，时间上赶一赶应该也来得及。

可是，直到站在保安室里，面对着直挺挺躺在一块门板上、脸上蒙着一块手帕的老保安陶大海的尸体，章桐这才意识到了事情的严重性。

身旁哭得上气不接下气的赵阿姨早就被自己的女儿和学校的一位女教师搀扶了起来，而一位身穿黑色套头毛衣的中年男人则神情沮丧地站在门板边，十分不情愿地告诉章桐自己是民福中学的副校长，而他们学校自从建校以来就没有在学校死过人。

出于职业的本能，在出示了自己的工作证件后，章桐便询问了死者的一些情况。直到这个时候，副校长还是坚持认为死者是死于突发的心脏病。

“这是什么时候发生的事？120来过了吗？”章桐一边说一边从随身挎包里拿出一副乳胶手套戴上，同时伸手揭开了盖在老保安脸上的手帕。

“120来过了的，刚走，说人没了，就不归他们管了。至于死因嘛，说八成是心脏病！”

话音未落，站在门口的赵阿姨顿时急得直跳脚，指着副校长就开始骂了起来：“你胡说八道，我们家老头子根本就没有心脏病！他今年年初体检一切都正常！报告现在还在家里的抽屉里搁着呢。他分明就是为你们干活给活活累死的，是工伤！你们不要逃避责任！”

章桐心中顿时明白了老太太如此执着地把自己叫来的真正用意。

副校长有口难辩，转而对章桐拍着大腿抱怨道：“警察同志，说起这事儿啊，我们校方可真的是倒霉透了。这干保安的就是值个班而已，哪有可能会被活活累死，你说是不是？这天底下遇事儿总得说个理由吧。”

章桐没吱声，指尖触摸尸体的肌肤，尝试着弯曲手臂，尸僵还没有产生，也就是说死者的死亡时间不会超过三个小时。

“你们是什么时候发现尸体的？”章桐果断地问道。

“一个多小时前，是学生早上打扫校园的时候发现的，就在保安室后面的小树林旁，他身边还有个酒瓶子呢，还说不是心脏病。”副校长不满地嘀咕道，“那时候我们没意识到他已经死了，就以为只是喝醉酒，犯了心脏病……”

章桐听了，抬头看看他：“你凭什么判断他当时还没死？”

“身体温热啊，还动了动来着，我们怕他冻坏了，就赶紧把他抬了进来，在床上放下后就打电话给120，同时通知了家属过来照顾他。谁想到我们好心做事却反而被……唉，这叫啥世道！”副校长愁眉苦脸地看着章桐，“警察同志，你看她们这不摆明了要来讹钱。我们学校有规矩的，保安值班不能喝酒，会误事的。他自己喝了酒犯病死了，还赖上我们了……”

章桐却似乎对耳畔的絮絮叨叨根本就没听进去，只是诧异地看着死者的十指，尤其是右手中指，僵硬无比，这完全区别于全身的其他部位。又分别查看了死者的瞳仁后，仔细闻了闻死者的口鼻，最后站起身，发觉死者的双脚没有穿鞋子，便手指着问道：“鞋子去哪儿了？”

“在这儿，在这儿。”副校长赶紧弯腰从床旁拿起了一双黑色的保暖皮鞋，因为穿了很多年，平时又缺乏保养，皮鞋表面早就裂痕斑斑，失去了皮质所应该具有的本来的色泽。

“尸体抬进来后，鞋子就一直放在那里，对吗？”章桐指了指床旁的水泥地面，上面只有几乎看不清的淡淡水痕。

副校长点点头：“没错，一直就放在这儿，脱下来后就没有动过。”

“最后还有一个问题，”章桐神情严肃地看着副校长，“你刚才讲过，发现他的时候，他还动了动，对不对？所以你们认定那时候他还没死。”

“是的，警察同志，接到学生汇报后，我当时就赶去了，他的身体确实有动弹过，只是幅度不大，就跟，就跟抽筋一样。”副校长喃喃说道，他在章桐的语气中感觉到了一丝不安，便有些惶恐地皱眉道，“警察同志，是不是……是不是他的死不是心脏病？”

“现在还不知道确切死因，但是可以肯定的是，他的死因非常可疑，不排除他杀。所以按照规定必须立案，并且尽快进行尸检！”

话音未落，门边站着的赵阿姨便脸色煞白，晃了晃身子，仰天倒了下去。顿时，小小的值班室里大呼小叫地乱作了一团。

2

巴掌大的警局法医解剖室里，平时冷冷清清，此刻却可以用人满为患来形容。两名法医，一名临时抓过来帮忙的痕检技术员，外加愤愤不平的童小川和自己刚上任没多久的助手——侦查员张一凡，一时之间，解剖室里的气氛变得热闹了许多。

眼下，局里正为那两起毫无头绪的杀人案而感到焦虑不安，如今又多了一起，童小川肩上的压力可想而知，所以一进解剖室就阴沉着脸，闷声不吭地在门边唯一的一张椅子上坐了下来。

章桐瞥了他一眼，没吱声。

张一凡和章桐在红石路的案发现场曾经见过，所以有点“自来熟”，讲话也就没有什么顾忌。

“章主任，我觉得你像一个人，或者说一个小孩，一个很出名的小孩。”

章桐不由得愣住了：“谁？”

“名侦探柯南！”张一凡神秘兮兮地说道。

“我和他有什么关系？”章桐不解。

“关系大了去了。你和他有一个很可怕的共同点！”张一凡笑嘻嘻地伸手摸了摸头，“章主任，因为你们俩都是无论到哪儿，都能见到死人，而且是非正常死亡的死人！”

“啪。”童小川毫不客气地反手在自己下属后脑勺上打了一巴掌，斥责道，“都啥时候了，你这小屁孩还有心思开玩笑！要是破不了这几起案子，咱整个刑警二队都得去派出所当户籍警去！没脸在这混日子了。”

章桐皱眉，冷冷道：“童队，在我这儿发什么脾气，别光摆臭架子拿下属出气，刑警这一行不比你曾经干的禁毒，饭碗不是那么好端的，要动得了脑子耐得住寂寞。”

几句话呛得童小川愣住了，脸上一阵红一阵白。房间里的气氛顿时变得有些尴尬。

章桐双手捧着死者的心脏，放在电子量秤上，正要查看荧光屏上的数据，突然，她愣住了，伸手指着心包腔所在的位置，道：“小顾，你来看！他明明是今天早晨才去世的，心包腔内的血液怎么可能凝固发黑？”

“还有，”说着，又指了指左心房，“你看上面是不是有个洞？”

“是的，类似针眼！”顾瑜不禁感到愕然，她抬头看着章桐，道，“主任，这怎么可能？”

“只有直接对心脏进行电击，才会导致心包腔内血液迅速停止流动，导致心梗的症状出现。”章桐紧锁双眉。

“可是刚才我在尸体表面检查时，并没有发现电击所留下的皮肤发白迹象啊。”顾瑜感到不解，“这并不是正常的电击，凶手所使用的凶器非常特殊，应该是一种长长的银针类的非常容易导电的带电器物，因为是高强度的电击，在受害者身体上所涉及的范围小，所以很容易被忽视。遇到这种特殊情况，你可不能墨守成规啊。”章桐语重心长地说道，接着，她指着心脏左心房上的那处黑色的小洞，“我记得今天早上在民福中学时，副校长曾经向我提到——发现死者的两名学生事后说起过死者当时有抽搐的迹象，而副校长本人也亲眼见到了，也就是说，可以确定死者的心脏遭到了高强度的电击，引发了类似癫痫的心梗迹象，所以 120 才会说死者可能死于心脏病。

“这同时也就可以解释为何我在现场时会发现死者的右手中指提前发生尸僵的现象，而他的口鼻中却并没有明显的酒味。”章桐说道，“我是七点三十八分到的民福中学，死者被人发现时是六点五十分左右，当时他的尸体还是温热的，并且身体还有抽搐的迹象，也就是说，死者那时候很有可能是处于濒死状态，尸僵是绝对不可能发生的，除非在一种极为特殊的状态下。”

“章主任，难道你的意思是说他知道自己将要被害？”张一凡忍不住插嘴问道。

“是的，”章桐转身看着他，神情严肃，“正因为他知道自己要死了，所以才会导致全身肌肉极度疲劳，精神上受到了极大的冲击，再加上由于惧怕死亡而产生的恐慌，他会不自觉地握紧双拳，而最用力的便是中指，人一旦死去，或者处于濒死状态，最用力的部位便会立刻发生僵硬，这样一来，我们才会在他十指上看到不正常的尸僵形成。”

“对不起，主任，我大意了，刚才在做尸表检查时，忽略了这个重大线索。”顾瑜紧张地说道。

“这不怪你，因为凶手用的是带有高度电压的银针，所以在体表只会形成一个类似于黑痣的东西，很容易被忽视，以后注意就行了。”说着，章桐摘下了染血的手套，丢进一旁的垃圾桶。顾瑜开始对尸体做最后的缝合处理。

“那死者体内各类脏器的健康状况如何？”童小川仔细想了想，问道。

“排除因为饮酒而产生的心、肝、肺等体内各器官的微小程度肿胀外，正如他妻子所说，死者生前是同年龄段中身体素质保持良好状态的人。这个结论和家属送来的体检报告上所显示的数据结果是一致的。”章桐答道。

她突然想起了什么，赶紧提醒童小川：“童队，要是我没算错的话，那两个发现死者的学生，当时在发现死者的地方或许还见过凶手，只是他们还不一定……”

话还没说完，童小川却早就已经冲了出去。

看着在他们身后因为惯性而不停摇晃的过道门，顾瑜不禁目瞪口呆：“主任，你话还没说完哪，他咋跑了？”

章桐无奈地叹了口气：“童队是个疾恶如仇、火暴脾气的人，干刑警这一行，还得多磨合才行，总之呢，他得学会冷静。刚才我看他都差点被上头尽快破案的压力给压垮了。不过话说回来，眼下都已经积压了三起案子四条人命，局里要面对的各种压力只会更大。”

“对了，小顾，我记得你今天不是还要回学校去交实习论文吗？外面下雪，交通不方便，赶紧走吧，剩下的事儿你就别管了，我会处理的。”章桐催促道。

顾瑜涨红了脸，她突然觉得眼前这位不苟言笑的冷冰冰的上司有时候还是挺通情达理的：“谢谢主任关心。”

章桐却好像没听到一般，正弯着腰在耗材柜子里翻找打印纸，四份尸检报告，今天可要好好忙一阵子了。

3

民福中学是一家完全中学级别的四星级中学，学校里的高中部和初中部加起来，学生人数也不少。午间放学铃响过后，便有学生陆陆续续走出了教室，有的去食堂，有的离家近的就回家吃饭。

校门口老保安心脏病发去世的消息很快就在校园里传播开来，所以学生们三三两两走过校传达室的时候，难免就会放慢脚步，或侧目，或低声议论。

他默默地走在人群的最后面，肩上背着一只黑色的大书包，书包很沉，而他很瘦弱，以至不得不微微向一边倾斜着身子来保持身体的平衡。地面上的积雪早就已经被清扫干净，只是空气中仍然充满了湿冷的感觉。

他低垂着头，眼角却仍然注意到了保安室门外角落里那并不显眼的一道黄色和红色相间的警戒标志，虽然早就听说学校里来了警察，但是这么近距离地看到真实的警戒带，对他来说还是平生头一次，心中难免感到了一丝激动。

而昨晚通宵打游戏的疲惫感早就已经被抛到了九霄云外。说实在的，他打心眼儿里不喜欢那个老保安，在他看来，那只不过是个自以为是的老家伙而已，顺带着还会在副校长面前告状，那就更不值得同情了。

正胡思乱想着，肩膀上被重重拍了一记，他反手刚要打过去，对方却顺势把他的手抓住了。他便无奈地狠狠瞪了对方一眼，嘴里嘀咕了句："又是你。"

对方嘻嘻笑着，两人便一同向街对面走去了。上网也是需要钱的，尤其是对于他这种嗜网如命的人来说，钱尤为重要。

而这个世界上本来就是有失才能有得。

市第一医院门诊部办公室。终于熬到了下班的时间，李晓伟刚关上电脑，手机铃声却在这个节骨眼上响了起来。

电话是章桐打来的，李晓伟深吸一口气，稳定了下自己的情绪，这才接起电话，用愉快而又平静地口吻说道："你好。"

电话那头章桐的话却让他的好心情顿时消失得无影无踪，转而变得惴惴不安起来。

"很抱歉，李医生，我现在心情糟透了，我想我输了，不该，以前不该那么随意就给你的推论下判断……对了，李智明杀妻案你还在继续关注吗？如果忙的话就算了。"章桐问，而这样的口气，李晓伟是从来都没听到过的。

"别，别，我一点都不忙，我当然关注着呢，那可是我的重点研究课题，能告诉我到底出什么事了？我能帮你吗？"李晓伟结结巴巴地问道。

片刻迟疑过后，章桐继续说道："我需要你的帮助，我们见个面吧，半小时后，就在我们局里的食堂见，老地方等我。”

“好的，我马上到。”李晓伟挂断电话后，便一把抓起门背后的灰色羽绒服，拉开办公室门便冲了出去。

他非常了解电话那头这个执着而高傲的年轻女人，她不只是从不认输，也从不轻易求人。但是今天，就在此刻，这些规矩，都被无形地打破了。而理由只有一个，那就是三年前的李智明杀妻案。

李晓伟瞬间感到心乱如麻。

4

安平市警局刑警二队办公室。

四台电脑一字排开，正在逐帧地寻找民福中学案发时间前后可疑目标的正面清晰影像。因为发现尸体的小树林边正好是学校监控视频的死角区域，所以并没有找到直接的监控视频资料。这样一来，就必须对前后一个小时内所有经过那段区域的人逐一追踪到位，工作量也在无形之中多了许多。这里面当然还不包括黄巷新村和红石路的案子。

安平市大队民警郑文龙皱眉看着电脑屏幕，嘴里咕哝道：“这像素也太差了，都什么年代了，也不知道弄个高清镜头，抠门的学校。”

童小川双手抱着肩膀，紧锁双眉：“那地方我去查看过了，是个典型的特殊区域，旁边就是学校的垃圾堆放处，统一收集学校里的各种生活垃圾，然后每天再由专门的垃圾车清理走。小张，垃圾车司机找到了吗？”

张一凡赶紧从兜里摸出工作笔记本，打开，溜了一眼，这才胸有成竹地答道：“童队，我问过了，司机的原话是——一切正常。”

“就这么简单？”童小川感到有些诧异，歪着头看向自己下属，“别的什么都没说？”

“还真是这样。”张一凡有些委屈，“民福中学每天晚上就只有一个保安值班，而值班老师在午夜十二点后就会回家的。至于说每天早上负责把垃圾箱拉出校园的，就是当晚值班的保安，所以垃圾车司机才会说一切正常，也可以看出，至少在五点半的时候，老保安陶大海还没有死。”

童小川点点头："那倒是，这一点确实缩小了具体的案发时间范围。"

郑文龙转头道："童队，那这个老保安平时的社会关系怎么样？复杂吗？"

"你为什么会这么想？"童小川饶有趣味地问道。

"很简单，社会关系复杂与否将直接关系到当事人自身的风险安全系数，用脑子随便想想就知道啦，"郑文龙嘿嘿一笑，"现在的人，社会关系不要太复杂了！"

童小川叹了口气，懒懒地说道："错啦，我们这位大叔平时的社会关系非常简单，辖区民警说了，这位老保安是个出了名的热心肠，他们夫妇俩可是当地社区有名的老好人。女儿是军医，刚从非洲参加维和回来，女婿是工程师，家里啥都不愁，也有退休工资，老伴儿在社区居委会工作，而自己之所以选择出来工作就是不想太清闲了。"

"那就怪了，他大清早的去后面干什么？学校的公共厕所就在保安室对面的一层啊，完全没必要绕到屋子后面那斜坡上去的。"郑文龙说道。

"除非，除非是有人把他叫过去的，或者说他发现了什么。"童小川无奈地看着灰蒙蒙的电脑屏幕，"可惜的是那里竟然没有摄像头。"

"或许是因为那地方没啥值得偷的吧，堆放的都是垃圾。"张一凡揉了揉发酸的眼睛，小声咕哝。

童小川摇摇头："早上去保安室后面的就只有两种人，要么是负责打扫卫生的学生或者值班老师，要么就是值班的保安。而外人如果要想进入校园，然后到达出事地点的话，就必须经过保安室，也就是校传达室所在的位置，非常显眼。再说了，那时候已经过了早上六点，而民福中学有个不成文的规定，就是早上六点过后只能打开校门旁的小侧门，然后值班保安要到位，七点三十分才能打开另一侧的大门，那时候两名当天的值班老师到位，迎接学生的到来。所以说，如果外人要想瞒了死者而去出事地点，那是绝对不可能的。这样一来，就可以排除校外人作案的可能。还有啊，你们可别忘了，这个老保安一贯的口碑好，是个非常热心的人，而这种人，还有一种比较贬义的说法，那就是'好管闲事'，但凡是被他看到了，或者说被人要求，那么，死者就一定会主动离开岗位而去房子后面的出事地点，其间更是毫无任何戒心。”

看着闪动的电脑屏幕，郑文龙皱眉道：“那就更麻烦了，我们这边看到的只是三拨学生而已，难道说，他们是凶手？这些可都还是孩子啊，怎么可能会这么残忍地杀害一个普通的保安？”

“有时候，不能只看外表来判断人的好坏，要知道这世界上最难让人看懂的，莫过于人的内心世界了。”童小川若有所思地说道。

突然，他的目光停留在了电脑屏幕上，接着便语气急促地说道：“等等，倒回去……就是前面三十秒……就是这里，你们看，这个学生在看什么？”

电脑屏幕上，一位手中拿着大扫把、身穿深色羽绒服的女学生正面对着屏幕右方看着什么，时间不到一分钟，但是屏幕上方显示的时间却是六点四十九分。而这个女学生却并不是后来发现死者倒地的那两个孩子中的任何一位。

“我想，我们找到了一个关键证人！”童小川慢悠悠地说道，他顺手拍了拍张一凡的肩膀，“走，咱们去民福中学找这个孩子谈谈去。”两人便一前一后地走出了办公室。

没几分钟，刑警二队办公室的门又被人推开了，110 接警中心的值班员郑红梅探头进来，一眼就看到了坐在桌子边身材健硕的郑文龙，两人因为同姓的缘故，平日里关系也不错。郑红梅压低嗓门叫道：“阿龙，快出来，我有急事找你。”

郑文龙利索地摁下了暂停键后，和身边的同事打了个招呼，便乐呵呵地跑了出来，顺手带上门。走廊上人不多，郑文龙便直截了当地问道：“妹子，到底出啥事了，看你这么火急火燎的，还专门杀到刑警队来了？”

郑红梅却一脸的凝重：“上次叫你查的那个 IP，找到地址了没？”

郑文龙一脸的沮丧：“不太好找，这家伙在境外租了个服务器，曲里拐弯的，又不停地变换 IP 地址，我根本就查不到。”想想，他又不甘心地补充了句，“至少是现在，不过我还会努力的，你放心吧。没啥别的，我就进去了，这有点忙……”

话还没说完，郑红梅的脸色却阴沉了下来，道：“是不是民福中学的案子？”

郑文龙愣了："你怎么知道？哦，对了，你昨晚值班。"

"他又打电话了。"郑红梅焦急地说道，"我就打赌肯定又死人了，这绝对不是什么骚扰电话，给我打电话的人肯定就是杀人凶手！"因为激动，她说话的声音越来越大，引得隔壁办公室的人都好奇地打开了门朝外看。

"哎哟我的姑奶奶，你小点声啊，这可是人家的地盘。"郑文龙赶紧打圆场，"你有话好好说不行吗？走吧，我跟你去接警台看看，要真是有情况的话，我就立刻通知童队。"

郑红梅悻悻地点头："你早就该重视了，是不是骚扰电话，我可比你清楚！"

安平市警局食堂里。哪怕不是饭点，空气中也都会弥漫着一股蒸熟了的馒头香。

李晓伟只在椅子上坐了不到五分钟的时间，章桐就匆匆赶到了。坐下后，还没等他开口，章桐便打开随身带来的公文袋，从里面拿出两份报告，看也不看就直接悉数推到了李晓伟的面前："你是全科医生，这个不用我解释，你看得懂。"

"这是……"李晓伟一脸的狐疑。

"死者的死因和 DNA 数据分析图谱。"说着，她又从公文袋里取出最后一张 A4 打印纸，这张纸明显是从某个活页夹中被取下来的，上面字迹的陈旧也表明并不是近期所作，"至于这个，你看看吧，我就不多说了。"

"我之所以把你叫来，实在是因为这些东西不便带出警局，目前案子还没有破，我得保证这些资料的安全。"章桐靠在椅背上，双腿习惯性地盘膝而坐，若有所思地看着李晓伟。

"三年前，在李智明杀妻案发生前的一个月，局里正好开始建立指纹档案库和 DNA 数据库，当时有个规定，就是鼓励尽可能多地收集数据入库，以便于日后工作的开展，我记得包括车管所还有医院，只要留有血样或者和警方所处理的案件有关，都会在征得当事人的同意之下，尽可能全面地登记并采集数据入库，重大刑事案件更是成了典型。而一个月后发生了李智明杀妻案，按照上面的要求，我们的 DNA 技术员便采集了当时某些相关人员的DNA数据和指纹入库。接下来我所发现的，便是摆在你面前的这堆资料了。”

看着李晓伟的目光中所流露出的诧异和惊愕，章桐不以为然地耸耸肩：“没错，你是对的，我应该向你道歉。”

“道歉？为了什么？”李晓伟不解。

“理由是我现在不得不怀疑李智明是不是真的死了，因为和他案件有关的五个关键人物中的三个，都死了。”章桐轻轻出了口气，目光中充满了迷惑。

“五个？”李晓伟问，“哪五个人？”

章桐下意识地伸出了右手，逐一数道：“第一个，民福中学的老保安，是他先发现了受害者的头颅并且报了警，后来还带着赶来的派出所警员直接就去了李智明的家，并且直接指证了对方的人品有问题，这对刑警队的先期侦查起了很大的推动作用。”

“他怎么会知道这么多？”李晓伟不解地问道。

章桐苦笑：“因为他的老伴儿是社区的调解大妈，两人据说在当地可是出了名的老好人、热心肠，也非常熟悉小区中的各个住户……哎哟，看我这记性，我想应该就是那时候办李智明的案子，我去过三次现场，她见过我吧。我说今天早上怎么她就记起我来了呢！看来这老太太的记性可比我好多了。

“第二个，就是黄巷新村坠楼案中的女死者白晓琴，一位去年刚参加工作没多久的年轻女孩，生活快乐阳光，社会关系简单，谈了个男朋友，据说今年年底打算就要结婚了，两人关系也不错。根据卷宗描述，三年前，在案发前一周左右，她正面临毕业实习找工作，那天晚上和班里几个同学K歌回来的路上，无意中看到了路边停放的一辆车上，一男一女正在做着一些不雅的行为。我想是出于好奇和恶作剧的心态吧，几个学生中的男孩子便开始起哄，就是在那个时候，白晓琴看见了李智明的脸，却没有看清身旁那个女的是谁。当时，她并没有当回事，毕竟这只是几个孩子的恶作剧，而作为女孩，白晓琴还是本能地感觉难堪的。直到后来，当新闻媒体上播出了李智明的照片时，白晓琴便把他认了出来，出于义愤和冲动，她就直接去派出所举报了这件事，证实了李智明有过出轨行为。”

李晓伟突然问道：“后来找到那个女的了吗？”

“奇怪之处就在这里，或许是因为怕有监控吧，他承认得很干脆，却死活都不愿意说出女方到底是谁，只是说是自己临时起意找的失足妇女。不过这一条对于他杀害妻子的动机可是完全不利的。

“第三个，就是红石路派出所的民警阿水，他是整个案件中第一位接触李智明的人，当时他所在的派出所接到出警指令后，他第一个赶到现场。李智明被拘押后，阿水因为侦办案件的需要，也和他有过多次接触。如果说这是他被害的真正原因的话，那我想，这接下来的那个人，就应该是我了。”

李晓伟心中一惊，哑然道：“为什么这么说？”

“因为我主持了这个案件中死者尸体的解剖工作，并且在随后的法庭审理中出庭做证。他被判死刑，我的证词非常重要。”章桐苦笑，“也就是说，他并没有和我说过一个字，但是却知道我的存在。如果他是一只骆驼的话，那我就是那压垮骆驼的最后一根稻草。”

“你别胡思乱想，这根本不可能！这些，都只不过是巧合而已。”李晓伟结结巴巴地说道，“我以前都是瞎说的，你不是还骂我是神棍吗？你可千万别当真啊！”

“我可没胡思乱想，这是合理推论。”章桐咕哝了一句，“说到那第五个人，她没有留下 DNA 讯息，因为据说她当时精神不太稳定，被送去医院了，她丈夫拒绝了我们技术员的要求。”

“你说的是沈秋月吧？住在李智明家楼下的？”

章桐点头：“应该是，卷宗上就是这么写的，严格意义上来说，她只是听到了案发当晚李智明分尸的声音。所以，真要是所谓的‘报仇论’的话，这第五位证人的危险性要相对弱一些，她的作用只不过是旁证了案发时间而已。”

“我当时参与了对沈秋月的心理救助，后来她就去了我同学顾大伟开的心理诊所继续治疗，可是这状况也没持续多久，说是她查出来怀孕了，月份大了，自然也就不去了。要知道，有些心理药物是不适合孕妇服用的。”李晓伟说道，“虽然可能性不是很大，但我还是侧面提醒一下她的丈夫要比较好一些。那你接下来打算怎么办？”

“我会把这个线索通知给负责案件的童队，如果有可能的话，最好和三年前的那起案件一起并案处理。”此时，手机铃声响了起来，章桐示意李晓伟不用回避，然后摁下接听键。电话是监狱方打来的，结果其实也在意料之中。很快，她便放下手机，看着李晓伟：“李智明的尸体的的确确已经被火化了，并且有两名以上的狱方管理人员和法医在场做见证，他们都是签字确认身份的。所以这一点不用怀疑。”

“我记得当时他在监狱里是自杀的，对吗？”李晓伟问道。

章桐点头：“在来见你之前，我和监狱方通过电话，询问了那次事故的具体情况。李智明是原发性高血压患者，他每天都必须服药，但是事发前三天，他却故意没有服药，导致血压骤然上升，被送往监狱医院治疗，他趁护士没注意偷了个一次性针管，当天晚上，他就给自己的输液管里扎了满满一针管的空气。结果是必死无疑。”

“看来，他就没打算活着出来。”李晓伟叹了口气。

“是的。”章桐说，“他正处于上诉期，最后的死刑裁决还没有正式下来，偏偏就在这个节骨眼上他选择了自杀，也着实让人想不通。”

“我们几个同行私底下也曾经多次讨论过这个很特殊的案例，如果单纯按照反社会型人格障碍来判定李智明的行为的话，倒是可以解释后面有关杀妻后毫无悔意的表现，因为患有这种人格障碍的人对自己的所作所为是完全不在意的，他们有着严重的自恋倾向，并且对自己身边的人控制欲极强，稍有不满便会暴力相向。但是这些描述却和李智明日常所表现出来的种种行为是完全不相符的，据我所知，李智明在他人眼中，对自己的妻子极其疼爱，平时也包揽了家中所有的家务，在周围邻居看来，是一个口碑很不错的男人。所以如果单纯以背叛妻子有了第三者而想离婚的话，最后杀妻，而且用这种近乎变态的残忍手段，这真的是让人无法理解。”说着，李晓伟伸了伸懒腰，顺便活动了一下有些发酸的脖颈，“所以说，我个人认为李智明杀妻肯定另有目的。可惜的是，我没有机会当面和他好好聊聊。”

他突然注意到章桐看着自己的目光中有些说不出的怪异，便不解地问道：“你为什么这么看着我？”

“你曾经问过我，是否相信这个世界上人死了以后还会有灵魂存在，对吗？灵魂复仇？”章桐喃喃道。

李晓伟着实被章桐的话吓了一跳，他知道眼前这个女人一向是崇尚理性和科学的，更是从不相信这个世界上有什么鬼神一说，但是如今突然跟中了邪一样开始质疑自己之前的观念，这可绝对不是什么好兆头。

“那都是我在逗你开心呢，你可千万别放在心上！”李晓伟急了，“答应我，千万别放在心上，我以后再也不胡说八道了。我错了，我真的错了，你别吓我，要知道你再这个样子下去的话可会闯祸的。”

章桐略微迟疑了一下，紧接着便神情凝重地说道：“我在白晓琴的指甲内容物里发现了一个男性的 DNA。”

一听这话，李晓伟的脸色顿时变了，他轻声而又坚决地说道：“不，绝对不可能是他！”

章桐没有说话，只是默默地收拾好桌上的所有资料纸，整理好，然后逐一塞进公文袋，最后站起身，头也不回地离开了食堂。

她用自己的行动告诉了李晓伟那个 DNA 主人的名字。

5

街角的一间酒吧里。

喝酒的人虽然很多，但是彼此之间却似乎都隔着一道看不见的屏障。没有人在乎你是谁，也绝对不会有人关心你将要回到哪里去。每个人的脸上都戴着一个无形的面具，而酒精也就成了麻醉自己唯一的选择。

右手手背上的伤口已经发炎了，喝了一口苦涩的杜松子酒，开始犹豫要不要打消炎针。最近自己的身体状况一直很不好，睡眠也差了许多，毕竟杀了人，也就无法逃避一个普通人所必然会拥有的恐惧和不安。

几次显而易见的失败之后，开始觉得有些力不从心了。

扪心自问——自己是犯罪天才吗？当然不是！

但是很清楚自己是个撒谎天才。想到这儿，再次把酒杯放到自己嘴边的时候，嘴角那抹得意的笑容却是再也无法掩饰住的。

第四章

“反之，当我们无法如对方所愿地去阻止的话，那惨剧将会不断地发生，直至把目标彻底杀害，而当报复目标消失的时候，因为强烈的内疚，她最后一个伤害的，应该就是她自己了。”

1

民福中学校长会议室里。

在等待老师前去找寻那个监控视频中的女学生间隙，童小川支走了张一凡，抽空赶紧给未婚妻吴岚打了个电话。吴岚在安平日报社工作，负责法制专栏，是个性格直爽、有什么事就绝对不会留到第二天去处理的女人。所以两个人之间虽然已经到了谈婚论嫁的地步，但是个性使然，免不了就经常会因为一点小事而吵得鸡飞狗跳。

“岚子，找我啥事？”童小川压低嗓门道，“我时间不多，赶紧说。”

“我今天都给你打了几个电话了……算了算了，不跟你计较。对了，你是不是在搞黄巷新村前段日子的那个跳楼自杀案呢？”电话那头，吴岚的口气依旧是一贯的风风火火。

“这个，我真的不能说，这是局里的规定。”童小川口吻有些难得的温和。

“其实也不用你说，我今天打电话给你只不过是想证实一下，毕竟现在网上很多消息都是不可靠的。”吴岚直截了当地说道，“那个女死者虽然是跳楼死的，但她是被害的吧，对吗？”

童小川听了，心中不由得一紧：“你……从哪里知道的？”

“我知道得还多着呢！”吴岚的嗓音中充满了骄傲，“她身上应该少了一根骨头，对不对？一节肋骨！这可不是一节普通的肋骨哦。”

童小川的脑海里飞速地思考着，因为死者身上少了一节肋骨的事情是绝对不会向外公布的，难道说自己身边有人为了一点利益而甘愿放弃职业道德？他缓缓说道：“真的吗，岚子？我怎么没听说有骨头少了的事。”

这回轮到电话那头感到惊讶了：“你作为主官，竟然不知道这事？是不是刚去刑警队，人家不服你，所以留着有用的线索准备向大领导邀功？真没想到你们当警察的也玩职场宫斗剧啊。哎，我跟你说，你可不能输给他们。”吴岚是个很讲究实际利益的女人，她既然已经认定了要和童小川结婚，那两人之间的吵架是关起门来的内部矛盾，而现在的情况可就另当别论了。

童小川看着推门而入的校长，脸上勉强挤出了一丝笑容，语速飞快地说道：“把你听到的可靠消息微信发给我，我处理完手头的事再和你联系。”说着，他不容对方有任何反应，便挂断了电话，同时把手机调成了静音。

“邹校长。”童小川冲着对方点点头。在校长身后，站着一位身穿民福中学校服的女学生，大约十三四岁的年纪。

“警察同志，这就是你们看到的赵静同学。”大家落座后，邹校长语气温和地开始介绍，“她在初一三班念书，是个很听话、懂事的好学生，你们有什么问题就尽管问吧。”

女孩有些腼腆，也有些拘谨。

童小川看看身边坐着的张一凡，心里便有了主意，道：“你来吧。”

张一凡听了，赶紧清清嗓子，摊开笔记本，声音柔和地问道：“小妹妹，跟警察叔叔说说，今天早上你在包干区打扫卫生的时候，在垃圾桶的方向看到了什么？”

赵静点点头，凝神想了想，便轻声答道：“我当时听到有人在吵架，声音很凶。”

“吵架？谁和谁在吵架？”

“声音最大的是保安大叔，另一个人，我并不认识，他当时就站在学校围墙外面。”

童小川紧锁双眉，他看过那段铁栅栏围墙，不是全封闭的，栅栏之间有一定的间隙。但是校园外的那条小街上的监控，他可是仔细查看过多遍的，并没有可疑人员或者车辆经过。他看了看张一凡，目光示意他继续追问下去。

“能和叔叔描述一下对方的大概长相吗？比方说身高，穿什么衣服？讲话的语气？是不是我们当地口音？”

“我听不清楚那个人在讲什么，因为当时机器声音很吵。至于说他的穿着打扮之类，很普通，我没注意看。”赵静皱眉说道。

“那你为什么就能分辨出保安的声音呢？”童小川忍不住追问道。

“哦，警察同志，是这样的，我们的这位老保安嗓门大是出了名的，一生气就会高声骂人。”一旁的邹校长赶紧解释道。

“那机器声？什么机器声，你还记得吗？”童小川目光落在了赵静的身上。

“马达声。”这一回，她回答得倒是很快，“因为我每天上下课都要经过学校对面的水产批发市场，所以这种很特别的马达声经常听到。”

那叫水产增氧机，童小川可是亲眼见过这东西的威力的，便点点头：“明白了。也就是说你之所以当时会注意那个方向，是因为老保安的嗓门，对不对？”

“是的，大叔很生气的样子，先是站在坡上，后来就向铁栅栏那边走去了。”说着，女孩抬起头，认真地看着童小川，“他们开始吵得很凶，可是后来就突然不说话了，那时候我班长叫我，我就走了。”

“谢谢你。”童小川知道，此刻自己已经问不出什么来了，便告别了校长，和张一凡两人一起匆匆走出了校园。

临上车之前，两人又特地绕道至校外的那条岔道上，现场果真如那女孩所说，正对着陡坡就是一个一人多高的铁栅栏。显然，案发那一刻，凶手正是站在铁栅栏旁，把保安引到自己面前，在准确的范围内实施行凶。童小川无意中用手推了推铁栅栏，却注意到这些看似很坚固的东西对付民福中学的学生还是可以的，但是真要是成年人的话，却也是形同虚设，自己一用力就能把它掰开，而地面上也确实有移动过的新鲜痕迹。

接着，童小川又转身看向身后几十米远的电线杆上唯一的一架路边监控，冷冷说道："那家伙是踩过点的！"

张一凡顺着他的视线看过去，果不其然，监控只能拍到大半个路面，就连街道两旁停放着的车辆也是只能照到小半个车身："难怪我们搜遍了监控，也看不到案发经过。只是，童队，作案工具到底是什么？我记得章主任说是一根带电的针？"

"你还记不记得刚才那女孩子提到过当时她听到什么声音了？"童小川反问道。

"当然记得，马达声。"

"那是大功率高压气泵型的水产增氧机，一般都是卖鱼的才会有。这周围最近的卖鱼的也在三百米以外，怎么可能会听得这么清楚？除非当时在案发现场有一辆装着这部水产增氧机的车正好打开了车门，朝着我们的受害人，电机马达声才会这么响。而要能同时装下水产增氧机和大功率发电机的，就必须是一辆经过改装的面包车。"

"我们之所以没有在监控镜头中查找到犯罪嫌疑人的踪迹，那是因为他很好地利用了一台面包车作为自己的死角，而这个位置是不允许卖鱼的，离学校那么近，周围又没有居民区，刚才那孩子反映说两人吵架时，车门是打开的。"童小川皱眉道，"我想，那台电机的出现，噪声如此之大，很有可能就是为了引保安去那个位置，接着两人便会产生冲突，因为听不清对方的话，保安就向前走，来到这个栅栏旁。死者应该知道这个地方是唯一可以绕过前面校传达室的路径，而他一定以为对方正准备在这里摆摊卖鱼，所以才会上前阻止，并且两人发生了争执。"

张一凡突然说道："那女孩的出现，会不会正好打断了嫌疑人的行凶？

而死者遭到心脏电击后，虽然心脏停止跳动了，意识尚存，所以才会后退，摇摇晃晃地倒地抽搐？”

童小川瞪了他一眼：“你探案小说看多了吧，破案要靠真凭实据，可不是什么瞎胡闹！”

话音未落，手机在裤兜里震动了起来，童小川转身便向停放着警车的大槐树下走去，一边掏出手机，见不是未婚妻吴岚打来的，这才暗暗松了口气。

“我是童小川。”

让他感到意外的是，电话竟然是郑文龙打来的：“童队吗？我是网安的阿龙，赶紧回局里，有重要线索……”

“什么重要线索，在电话里不能说吗？”童小川示意张一凡开车，自己便钻进了副驾驶座，“我最讨厌神神秘秘地故弄玄虚。快说，别浪费时间！”

“好的好的，童队，我想民福中学那死了的老保安，很有可能和另外三名死者是死于同一个人的手里！”郑文龙结结巴巴地说道，“我刚才分析了声纹，一模一样的！”

“等等，谁的声纹？”童小川一头雾水。

郑文龙这才意识到童小川还并不知道接警台所发生的事，顿感事情重大，便简单扼要地把接连几天发生在接警台的奇怪电话说了一遍。

“都怪我大意了，童队，对不起，我失职了，如果早一点发现的话，或许后面就不会发生这么多悲剧了……”最后，郑文龙惴惴不安地说道。

片刻沉默过后，童小川道：“也不能都怪你，谁都可能会有大意的时候，你也别太自责了，回局里再说吧。”说着，他便挂断了电话。

张一凡没有说话，他打开车窗，伸手拿起警灯吸住车顶，瞬间，刺耳的警报声便划破了夕阳下宁静的安平小城的上空。沿途的行人纷纷侧目，而坐在副驾驶座上的童小川，却看着手机屏幕，目光若有所思。

2

傍晚，高中生小杰背着书包匆匆穿过拥挤的街道。雪停了，地面变得泥泞不堪，单薄的校服让他感到很冷，所以走上小区外的人行道后便重重地打了个喷嚏，顺手去兜里摸纸巾擦鼻涕的时候，指尖触摸到了口袋里一枚圆圆的硬币，硬币冰凉，心情便也沮丧了起来，因为这是自己目前唯一的家当了，如果晚上还要出去继续上网玩游戏的话，不只是上网的钱不够，用来贿赂网管的钱那更是远远不够的。

抬头看了看自家的窗户，屋里灯亮着，父亲应该回家了吧，而母亲不到牌局结束是从来都不会记得自己还有一个家的。于是，只要母亲不回家，那等待着自己的就永远都是醉酒的父亲和冰冷的拳脚。

他犹豫了好一阵子，冷风吹在脸上生疼生疼的，虽然心中极其渴望回家，但是他却还是狠下了心，喉咙一痒，便朝地上生生啐了一口，用灰不溜秋的球鞋底蹭了蹭，最后又抬头看了一眼家里的阳台，这才转身果断地向小区外快步走去。

这个时候，尽管冻得半死，他那略显苍白的脸上竟然泛起了一阵兴奋的红晕。

"小杰，小杰，你去哪儿啊？"邻居停下了车，摇下车窗叫他，"你不回家了吗，马上吃晚饭了。"

应该是看到了他肩上沉甸甸的书包吧，小杰在邻居的目光中竟然看到了一丝怜悯，这让他感到很恶心，便硬生生地咽下了已经到嘴边的话，头也不抬地匆匆离开了，就好像要迫切逃离这个冰冷的现实世界。

和周围林立的高楼大厦相比起来，安平市公安局这栋二十世纪的五层楼建筑显得有些寒酸，暗灰色的外墙表面在夕阳中被叠印出了一种古怪的色彩，而大楼的走廊里似乎永远都弥漫着一股陈旧的霉味。

离确定的开会时间还有不到十分钟，童小川烟瘾犯了，他独自站在走廊上，用力推开面前的玻璃窗，看着远处逐渐亮起的霓虹灯，打火机的火苗在寒风中若隐若现。他深吸一口，满足地微微闭上了双眼。

"童队，"李晓伟出现在他的身旁，"给我一支。"

"哟！你也抽烟？"童小川感到有些意外，却并不拒绝这略显莽撞的要求。

“很多年没抽了，本以为戒了的，现在看来是空欢喜一场。”李晓伟熟练地点燃香烟，吐出了一个近乎完美的烟圈，喃喃道。

童小川敏锐地觉察到了什么，轻声道：“是不是遇到什么烦心事了，兄弟？”

李晓伟若有所思地看着逐渐笼罩城市上空的浓浓夜幕，半晌，哑然道：“童队，不知道在这个世界上有什么样的对手，是能够使你从心底感到害怕的？”

童小川一怔，摇头：“我，我不知道。你怎么会突然问这个？”

李晓伟却并不回答他的反问，只是轻轻叹了口气，贪婪地重重吸了两口烟后，便顺手把烟头在花盆里掐灭，转而面对童小川，微微笑道：“童队，其实答案很简单，就是你根本看不见的对手，你不知道他的长相，也不知道他在哪儿，更不知道他会在什么时候用什么样的方式接近自己的猎物，你唯一所能面对的就是他走后所留下的那一具冰冷的尸体罢了。”

童小川惊得目瞪口呆，他似乎意识到了什么，可是看着李晓伟的背影，却又欲言又止。他下意识地摸出手机，看着未婚妻吴岚在下午的时候给自己发来的那段留言，这一刻他突然明白了李晓伟刚才所说的话中那刺骨的寒意。

飞鱼网咖的烟雾报警器一到晚上七点便会被值晚班的网管关闭，高中生小杰推开玻璃门的时候，扑面而来的烟味让他感到一阵头晕。他不会抽烟，虽然有时候不得不勉强装装样子，因为只有这样做了，才会在自己的所谓朋友圈里拥有最起码的一点存在感，但是过后，那种呛得肺里火烧火燎的感觉总是让他后悔不已。

人为什么总是要干明知会后悔的事呢？

小杰嘴里咕哝着向网管柜台走去，果不其然，今晚还是那个胖网管值班，应该是知道晚上的油水远远超过白天的收入吧，小杰的嘴角露出了一丝鄙夷。

可是诡异的一幕出现了，胖网管竟然伸出那肉乎乎的手掌朝着小杰招了招，满脸谄媚：“小老弟，就知道你会来，机子已经给你开好了，最好的包间，茶水免费供应，对了，还没吃晚饭吧？哥这就给你叫外卖去。”

小杰愣住了，虽然饥肠辘辘，但是却出于本能地警惕地问道：“你怎么突然对我这么好？告诉你，我今天可没钱上网。”

出乎他意料的是，眼前这胖网管根本就没有生气，反而笑得更开心了：“小老弟，不用你花钱，我刚才不是说了吗，机子都已经给你开好啦，我们飞鱼网咖最好的一台机子，GTX1080 的配置，I7 处理器，座位可是‘头等舱’级别哦，茶水、泡面免费供应，你想吃点喝点别的，尽管叫哥哥我就是了，不用你花一分钱！而且啊，不只是今天，整整一年的时间，你都是我们飞鱼网咖级别最高的会员，可以不限时免费玩游戏。”

“你说啥？”小杰突然感到自己的心脏在狂跳不已，他不敢相信自己所听到的一切。

“唉，你怎么还不明白呢？”胖网管无奈地叹了口气，靠在椅背上，双手抱着肩膀，悻悻地抱怨道，“跟你简单说吧，有人往你账户里充了一万块钱，指明要为你开通一整年的不限时上网。你小子，啥时候抱上了这么肥的大腿的？也不吱一声！以后啊，多照顾照顾点哥哥我这破网吧的生意啊，有好东西可别一个人独吞了，真不够哥们儿。”

小杰的脸上露出了古怪的笑容。

3

又是一个不眠之夜。安平市公安局案情分析室里，地上铺着深红色的腈纶地毯，好几处边角都已经被磨得褪了色，可是如果不铺地毯的话，底下那年久失修的木质地板走上去时所发出的“嘎嘎”声则更会让房间里的人感觉头皮发麻。

主管刑侦的副局长陈豪这两天日子并不好过，案子没有起色，而社会上的各种舆论却又压得让人无法喘气。他抬头看了看房间中这些年轻人疲惫的脸，知道在这个节骨眼上，自己除了坚持和对下属的信任，真的是不能有丝毫抱怨的。

因为如果连自己都挺不住的话，他们又哪来的信心能够静下心来去破案?

或许是因为抽多了烟，童小川的嗓音变得异常沙哑:“黄巷新村是个开放式小区，没有物业，而发生在那里的白晓琴坠楼案，我们查看过监控视频，最终在临街的一个小杂货铺门口终于找到了一个探头，还好是高清的，正对着他们的楼栋门，可以看到白晓琴上去，可惜的是却看不到她坠楼的场景，只能大概看到一点窗玻璃上的反光，知道是人掉下来了，能就此推断出大概的死亡时间。监控视频中显示，凌晨一点二十七分的时候，死者白晓琴独自一人走进楼栋门，上了楼梯，五分二十七秒后，惨剧就发生了。而案发现场的楼顶并没有打斗的痕迹。我们也做过实地勘察，五分二十七秒正好是一个人缓步走上楼顶的正常时间。

“为了以防万一，我们还派人逐一走访了事发楼道内的所有住户，得知白晓琴并不住在这栋楼，而案发当晚也没有人听到过呼救的声音，也就是说她自己跳下去的可能性非常大。

“还有一个，我必须说明下，发现死者的是两个当地巡夜的老联防队员，因为最近那个地区一连发生了好几起入室盗窃案，所以当地派出所就加强了夜间的巡逻治保工作。”说着，他看了一眼章桐，“至于说章主任所发现的那一截耳机线，我们反复搜索过案发周围，包括楼道，并没有看到有被震掉的耳机，目前这条线索还在继续跟进。因为我们在监控视频中看到死者上楼前，头上确实戴了一副耳机，只是因为离得太远，而且像素的问题，使得我们无法判断出耳机的具体型号和颜色。”

痕检的工程师欧阳说:“没问题，这个就交给我们吧，我们正在联系一些知名的耳机生产厂商和相关销售部门，他们应该会有所判断。”

“童队，你接着说。”陈豪冲着童小川点点头，“大致的现场情况和案发经过我们都已经知道了。只是我有一个问题，你是因为什么而决定把这几个案子串并处理的?”

“有两个原因。”童小川点开自己面前的笔记本电脑，“首先，我想请各位来听两段电话录音。”

说着，他便按下了电脑屏幕上的播放键，房间里顿时响起了电话铃声:

“你好，安平 110，请问有什么能帮你?”

嘈杂的背景，断断续续的啜泣声，可以听出是一个男人压抑的哭声。

“你好，这里是 110 接警处理中心，你有什么需要帮助吗？是不是身体不舒服……”女接警员在耐心地引导对方说话。

终于，电话那头的男人开始说话了。

“……我，我错了，我错了，请原谅我，我知道我做得不对，可是我控制不住自己啊……”

女接警员的声音变得有些不满：“这里是 110 接警处理中心，不是心理咨询热线，建议你拨打电台热线或者专门机构处理……”

童小川轻轻叹了口气：“这是第一个电话，下面是第二个。同样的时间段打来的，接警员是 110 接警中心的郑红梅。”

电话录音的“沙沙”声又一次响起，一样的接听，又是一样的回答，只不过在录音末尾时，郑红梅显然已经意识到了对方拨打这个电话必定是另有目的，所以她急切地追问道：“请不要挂断，先生，能告诉我你拨打这个电话的目的吗……”

回答她的却只是意料之中的“沙沙”声，电话很快终止，房间里恢复了一片沉寂。

童小川把电脑转交给身边坐着的郑文龙，后者点点头，说道：“下面由我来简单解释一下我们刚进行过的声纹鉴定，又称语声鉴定，这是一项对有声言语进行个人识别的专门技术，哪怕是严重失真的录音资料，但是一个人的声纹标识却等同于他所拥有的个体生物遗传特征 DNA，是独一无二的，要想找到完全相同声纹的两个不同个体来源的概率是极低的。所以，本案中的鉴定物是几段电话录音，就更好识别了。

“打个比方来说，声纹鉴定技术就类似于用特殊的电子设备来读取我们的声音特征。其间，我们把两段录音分别通过语图仪，也就是声纹仪转换成条带状或者曲线性语图，这里的语图指的就是声纹，根据语图所反映出的音频、音强与时间等语音特性进行比较，就能对两份鉴定物资料是否为同一个言语人做出准确的鉴定与判断。”说着，他顺手打开了房间里的投影仪，把两张语图放了上去，“大家现在可以很容易看出，这两份语图是完全重叠的，也就是说，尽管在刚才所听到的电话录音中，对方只是断断续续地说话，并且背景不是非常清楚，其间也有很强的底噪，但是经过语图仪的专门分析后，就能确定是一个人打来的，而这样的电话资料至今为止不是两个，是三个。”

“这个人总共打了三次电话？”一旁坐着的李晓伟皱眉问道。

郑文龙点点头：“是的，目前为止是三个。我也查过对方的来电号码，不出所料，是网络虚拟的，至于说IP地址嘛，狡猾得很。这家伙是个老手，他完美地隐藏了自己。而他三个电话打来的时间非常特殊，因为不久后就发生了三起凶案，它们分别是红石路万州大药房杀警案、黄巷新村坠楼案和民福中学保安被杀案。

“要是我的判断正确的话，对方在下一次出手前，应该还会打出第四个电话，或者说第五个。”

郑文龙话音未落，李晓伟便说道：“从刚才的电话录音中可以分辨出打电话的人出于恶作剧的可能性并不大，这样一来，杀人前的忏悔，而杀人时却又下手果断狠毒，这完全就是两种极端的心理状态，不排除这个人患有边缘性人格障碍并且伴有严重的自恋倾向。”

童小川问：“李医生，他打电话的用意到底是什么？”

“应该是想要别人来阻止自己。我刚才提到的边缘性人格障碍，是我们精神科常见的一种人格障碍，主要体现为个体的情绪、人际关系、自我形象和行为的不稳定，是一种既复杂又严重的精神障碍，平时个体的表现既稳定又不稳定，治疗起来难度非常大。这种障碍介于神经症和精神病之间，也就是说，一半是外因，一半是遗传所造成的，形成的原因非常复杂。”说到这儿，李晓伟轻轻叹了口气，“我之所以会对这两段通话录音中的对象产生边缘性人格障碍的怀疑，是因为此类患者最显著的特征就是对自我的否定与肯定都是非常极端的，说白了，就好像一个人的内心同时住着两个人。”

“难道不是分裂型人格障碍？”张一凡不解地问道。

李晓伟摇摇头：“不能这么片面地理解，边缘性人格障碍中确实带有分裂人格的存在，但是分裂型人格障碍在很大程度上不会同时并存两种人格，两种人格的冲突会导致承载个体变弱，而一种强势人格会占据主导地位，逐渐占据更多存在的时间直至吞没弱者，但通话录音中的对象每次打电话的时间都是固定的，而且我从他的言语中无法判断出有另一重人格的存在。所以，我个人倾向于是边缘性人格障碍，同时伴有很强的自恋。本案中，如果凶手是分裂型人格障碍的话，就不会每次都这么计划精准地杀人，并且毫无影响地顺利完成杀人的整个过程。其间必定会出问题。所以，这种人格障碍可以排除。

“只是，边缘性人格障碍一般都出现在女性身上比较居多，大部分人在童年都有被虐待的经历，被忽略或者被强行带离照料并且爱护自己的亲人，患者相信因为自己在童年被剥夺了充分的关爱而感到空虚、愤怒，所以成年后就非常渴望被关爱。当她们得不到自己想要的关爱的时候，就会对对方产生强烈的愤怒，甚至会不计一切后果地去报复杀人，但是成年的理性却又不断地使自己内心产生懊悔，当无法阻止自己的行为的时候，就会转而求助外界，甚至是警方都不足为奇。

“反之，当我们无法如对方所愿地去阻止的话，那惨剧将会不断地发生，直至把目标彻底杀害，而当报复目标消失的时候，因为强烈的内疚，她最后一个伤害的，应该就是她自己了。”

房间里一片沉寂。

“李医生，你确定凶手是个女人？”童小川问。

“我也曾怀疑过，但是，”李晓伟摇摇头，苦笑道，“能够制伏一个民警的人，再加上网安的郑警官已经鉴定过这段通话录音，并没有使用过魔音变声软件的痕迹，所以，尽管怀疑，但是我真的不太好说，而在这件案子中，我只是个顾问，就事论事分析对方的犯罪心理而已。”他的目光落在了对面章桐的身上，瞬间变得有些温柔了。

副局长陈豪不解地问道：“综合法医尸检报告来看，民福中学的保安尸体上没有缺少一节肋骨，而且凶手所使用的杀人手法是完全不同的，光凭一个电话就能确定是同一个人干的吗？”

童小川答道：“关于民福中学保安的事，今天我和小张特地去了案发现场，再次实地查看过，现场和外围街道隔开的地方是个铁栅栏，并且可以轻易挪动位置，从栅栏所在位置来看，地上有明显的被多次挪动过的痕迹。而那里又是监控死角，我想平时民福中学的学生大概会选择在那里偷偷摸摸挪动铁栅栏进出校园，这也应该是个公开的秘密了吧。我和小张后来询问了当时目击现场案发经过的学生，对方就曾经提到有人就站在铁栅栏外围，身后停着一辆被打开的面包车，而遇害的保安在听到噪声很大的电机马达声后循着声音来到案发现场所在位置，在铁栅栏边发生争执。虽然后来那个目击学生因为同学叫就离开了，但是却无法排除她有被犯罪嫌疑人看到的可能性，从而影响了他的作案计划。”

章桐道：“我赞成童队的推断，可以说这是一个尚未全部完成的凶杀案，因为他还有东西没来得及拿走。”

“章主任，你确定？”痕迹鉴定的欧阳工程师问道。

“是的，因为我另有证据证明这几个人都属于同一个案子——三年前的李智明杀妻案，他们都是该案的证人或者经办人员。”说着，她从公文袋中拿出曾经给李晓伟看过的那几份资料，“三年前，我们局里正好开始组建DNA和指纹档案库，原则上是尽可能多地入库，而李智明杀妻案在当时的影响力极大，所以在经过本人同意后，收集了其中涉案大部分人的DNA和指纹入库。而我在做尸检报告整理的时候，才发觉他们都和这个案子有关……包括我在内。还有就是，我在黄巷新村坠楼案的女死者手指甲内容物中，查出了李智明的DNA……”

“这不可能！”联想到自己未婚妻所发来的那条讯息，童小川急了，一拍桌子道，“李智明不是已经死了吗？”

章桐点头，平静地说道：“我给监狱方去过电话，他的尸体确实已经火化。他是自杀的，死因是空气进入静脉形成致命的栓塞，没有抢救过来。”

一旁的郑文龙本是低头在摆弄自己的平板电脑，听了这话后，顿时满脸惊愕，抬头问道：“难道真的是网上所流传的‘幽灵杀手’？”

说着，他快速在自己平板电脑上点击几次后，连接上投影仪的蓝牙，接着道：“你们看，我也是今天在例行巡查时，注意到了这个频繁出现的特殊关键词——‘幽灵杀手’，所出现的地点几乎涵盖了本地大部分的社交媒体。目前我正在安排我的同事做来源追踪。

“和‘幽灵杀手’有关的，就是三年前你们刚才所提到的那起杀妻案，都说是那家伙回来复仇了！其中还包括了那份可怕的遗书宣言，你们看，有人全传上去了。”

你相信这个世界上真的有灵魂存在吗？

不，你肯定会说我疯了。

那我换种方式来问你吧——你相信这个世界上会有死人来问你要债吗？

你肯定又不信。因为谁都知道，人一旦死了，那就什么都没有了，无论是肉体，还是灵魂，一切的一切，曾经属于死人的东西，包括所有的记忆，甚至连死人的名字在内，都将会随着时间的流逝而在活着的人的脑子里被打包清零，最终注销，一切恢复平静。

不过，只有一样除外，那就是活人对死人所欠下的债。

我所指的，当然是看不见的那种，是无法用金钱偿还的那种，比方说，人的命。死人不会在乎钱，但是他却会在乎债，在乎活人曾经对他所做过的一切。

不相信？没关系。如果活人忘了的话，也没关系。要知道，死人的记忆力是很不错的。而时间对于死人来说，就等同于金钱一样，是最没有意义的东西了。

好吧，啰唆了一大堆，现在言归正传。

我死了，所以我就该来向你要债了，因为你欠我一条命。

准备好了吗？

陈豪一听就皱眉：“这么神神道道的东西，来源可靠吗？”

郑文龙点头：“陈局，这个，你确实不用怀疑，因为上传到网络上的最初 IP 地址我查了，来自监狱医院的办公电脑，就是值班室的那台，调查下来，是个想出名的值班护士干的，还有一个则是挺有名的一家媒体机构公众号。因为当时的李智明杀妻案虽然很快就被破获，但是在我们安平市的群众中间影响很大，大家都以为凶手必定是个穷凶极恶的人，谁知真正面对时，却和想象中的差距太大。他后来又以这种极其不可思议的方式自杀，留下了这份特殊的遗书，值班护士在整理遗物时发现后就把它卖给了某个知名的新闻网站。这就是遗书内容被泄露的整个过程。

“再加上凶手的杀人动机仍然扑朔迷离，所以这件事情在网络上就始终带有一定的神秘度和关注度了。”

童小川看了看章桐，突然问道：“章主任，你现在是一个人住吗？”

章桐疑惑不解：“是的。”

童小川果断地说道：“我要派人保护你，二十四小时不间断。”

身旁坐着的张一凡愣住了，小声嘀咕道：“童队，咱二队啥时候招女警了？”

“没有啊，都是大老爷们儿。鸟不拉屎的地方谁来？”

“那我们没女警的话，怎么二十四小时保护一个年轻女人？”张一凡急了。

“讲究那么多干什么？这个时候是命重要，还是脸重要？”童小川重重地合上了章桐刚才摆在桌面上的李智明案相关人员名单，“对了，还有那个沈秋月。”

房间里的几个年轻侦察员强忍住笑，憋住没敢开口说话。章桐脸红了，收拾好公文袋：“没别的事了吗？陈局，我先回办公室去了，还有工作。”

“去吧去吧，有情况随时联络，注意安全。”陈局点点头嘱咐道。

章桐便站起身匆匆离开了案情分析室。

“李医生，她怎么走了？”童小川这才意识到章桐临走时脸上的表情似乎带着些许愠怒。

李晓伟无奈地笑了笑：“我想章主任应该还有别的工作要做吧。对了，沈秋月的事，就交给我吧，她曾经是我的病人，我正好可以顺便去看看她。”

“那章主任……”童小川有些犹豫。

“她没事的，你放心吧。”李晓伟看着童小川，心里猜测他必定是遇到了什么突发的事件，才会这么在意章桐的人身安全。

果不其然，散会后，童小川叫住了他，两人还是来到走廊上，依旧点了一支烟，李晓伟却拒绝了，只是笑眯眯地看着童小川，道：“童队，你有什么心事，就尽管说吧。”

童小川听了，狠狠地瞪了他一眼，半晌，轻轻叹了口气："都说你们心理医生是半个神棍，我就知道在你面前藏不住秘密，但是这事儿，说出来有点……丢人。"

说着，他便伸手摸出手机，解锁后拉到微信那一页，点开未婚妻吴岚的留言，然后递给李晓伟，道："你自己看吧，我刚才在会上，都没好意思说。你也知道，我们这位陈局最看不惯的就是自己的下属破不了案，然后病急乱投医，去相信那些神神秘秘的封建迷信，指望能从中找出什么有用的线索来。要知道这不仅仅是一种无能的表现，更是一个巨大的笑柄，叫老百姓以后怎么看我们安平市的警察……破案靠'都市传说'？"

李晓伟认真地阅读着吴岚所写的每一个字，心中却泛起了狐疑，反复看了几遍后，半晌，抬头看着童小川，道："我觉得你应该把这个告诉章桐，俗话说无风不起浪。你不信是一回事，说不定那犯罪嫌疑人会相信，你说是不是？

"我记得章主任在尸检报告中说起过肋骨截取的手段非常粗糙，并不是专业人士所为，甚至于用'粗暴'两个字来形容都不为过。而这个有关聚齐六根左胸第四节肋骨的所谓招魂传说，我建议你还是核实一下来源比较妥当。心理学上有一种叫皮格马利翁效应，又叫'自验预言'，通俗点说就是人们会不自觉地接受自己喜欢、感兴趣、信任的人或者传说的暗示和影响，而不会去质疑它的真实性。这就是那些都市传说能流传这么久的原因之一了。"

童小川听了，不由得紧锁双眉。

法医办公室里静悄悄的，空气中弥漫着一股淡淡的来苏水味。章桐靠在椅背上，正在认真地读着手中的一封信，信封上盖着的邮戳是三年前的，寄出地址是安平市看守所，确切时间是李智明被移送到监狱去之前的最后一天，而信的内容非常简单，满满三页纸其实只需要数十个字就能全部概括——我被操纵了，我是无辜的，凶手另有其人！

章桐当然记得这封信，当初收到它的时候，也曾经仔细看过。李智明杀妻案最大的疑点就是杀人动机，这一点谁都无法否认。但是自己身为法医，唯一有资格质疑或者肯定的就是科学依据，她不能对超出自己职业范围的事物做出任何判断。尸体上的每一个证据所指向的凶手，就只有李智明。她还能说什么呢？

记得判决下来后，因为这封信，章桐特地去监狱看过他一回，但是她却只问了一个问题——人是你杀的，这一点你否认吗？

答案当然是肯定的。

可是如今再次读起这封信，章桐却感到心乱如麻。内心深处无法再平静下来。难道说，自己真的错了？

正在这时，身后的走廊里传来一阵熟悉的脚步声，很快，脚步声便在打开的办公室门边停了下来，李晓伟温柔的声音随即在耳畔响起："走吧，我们吃饭去，然后顺便散散步，好好聊聊。"

4

飞鱼网咖的胖网管正在低头盯着自己肚子上的游泳圈发愁，时不时还叹口气。"啪！"一张身份证便被重重地丢在了他面前。

"来，给开台机子，要最好的那台，最里面包厢的，老子有钱。"说话的人粗声粗气的，言语之间显得颇为傲慢。

胖网管一皱眉，他认得这个不懂礼貌的人，但是却又不好多发牢骚，毕竟自己端的这碗饭还是要接着吃下去的，只要对方不欠账，就得笑嘻嘻地当孙子，反正拜年的话说多了也不用自己掏腰包。

"哎哟，大哥，真不巧，您今天来晚了，这个包厢已经有人了。"胖网管的脸上笑容灿烂，"我这就给您开另一台，怎么样？差不多的。"说着，他伸出肉乎乎的右手正准备刷身份证，对方却一巴掌把他的手给摁住了，双眼死死地盯着胖网管，不满地说道："别忽悠老子，你们网咖里还就那个包厢最好，别的都他妈是垃圾货，你别以为老子不知道。不就是要多加几块钱吗，别狗眼看人低！"

说着，对方正欲掏出钱包，胖网管的脸上露出了想哭的表情："哥哥，哥哥，您别生气，真的被人包了，人家一掏就是一万啊，还丢下话来——

账上没钱了，尽管说……这可真的是财神爷，我这小打工的，哪有资格说‘不’啊。哥哥您说对不对？”

用钱来讲道理果然管用，来人的脸上青一阵红一阵，气焰顿时消下去了不少：“一万？”

胖网管拼命点头：“就是给那上高中的小屁孩上网的，还指名点姓就是给他，这叫啥世道啊，哥哥，您说是不是？”

来人长叹一声，灰溜溜地咕哝了句：“那你就随便给我开一台吧。”他瞥了一眼几乎座无虚席的网咖，心有不甘地补充道，“随便哪一台都行。”

胖网管这才暗暗长出了一口气，心里琢磨着老板那句话是怎么说的来着——有钱的人是不上网吧的，而上网吧的人是绝对不会一口气给别人的账号充一万块钱的。

这真是让人无法理解。手续办完后，胖网管便把身份证还给了对方，看着他悻悻离去的背影，心中真不是滋味。

电脑屏幕上跳出了一个对话框——网管，我饿了，给我买夜宵，我要吃烤串。

胖网管愤愤然朝脚下的水泥地面上啐了一口，他突然平生头一回希望这小屁孩的家长尽早能来网吧把他抓回去。

对了，最好再狠狠揍一顿！

他一边琢磨着，一边在手机上打开了外卖平台的软件。

安平日报社外的访客区。童小川有些坐立不安，印象中，自己还是头一次在这里等吴岚下班。

终于，未婚妻吴岚兴冲冲地出现在了童小川面前，一上来就搂住了他的胳膊：“你今天怎么对我这么好？”

虽然两个人是高中同学，彼此之间已经非常熟悉了，但是在大庭广众之下，童小川还是感到有些不自在，他习惯性地挣脱了吴岚，道：“岚子，走，我和你聊聊。”

出于记者的职业本能，吴岚从童小川的语气中解读出了他的大概来意，脸上的笑容消失了：“你不是特地来看我的，而是为了那段都市传说来找我的，对吗？”

被人一语说穿了自己的来意，童小川难免有些尴尬：“是的，能和我聊聊吗？”

“这要看你能给我什么样的东西等价交换咯。”吴岚笑嘻嘻地说道，“我的消息可不白送人。”

“岚子，你别那么市侩好不好？”童小川感觉自己脸上的肌肉都快僵硬了，他压低嗓门左右看了看，见没人注意到自己，便硬着头皮小声嘀咕道，“你的消息来源对我很重要。”

吴岚嗅到了大新闻的味道，她双眉上扬，略微斟酌过后，双手便习惯性地一摊：“要不这样吧，我给个优惠价——你所负责的那个案子，独家报道权归我，怎样？”

听了这话，童小川惊得目瞪口呆，迟疑半晌后，喃喃说道：“你，是在跟我做交易？”

吴岚感到很诧异，因为她觉得自己已经说得足够清楚的了：“没错啊，业内都是这个行情价，我还给你优惠了呢。知道你是警察，有金钱交易的话可是会被查的。”

童小川开始仔细打量吴岚，目光犹如锥子一般，看得她感觉很不舒服。

“你这么盯着我干吗？这又不犯法，你情我愿的。”吴岚嘀咕道。

童小川嘿嘿一笑：“成交，不过，丑话说在前头，我只能答应你我会尽力而为就是，因为我毕竟刚到这个单位，有很多事情还是要听领导安排的，怎样？我已经够有诚意了吧。”

吴岚嘴一撇：“好吧，谁叫你是我的未婚夫呢。”

听了“未婚夫”三个字，童小川的心中突然感到一阵莫名的刺痛。但是他的脸上却丝毫都没有流露出来，只是笑眯眯地轻声说道：“现在该告诉我了吧？”

在开车回警局的路上，童小川拨通了李晓伟的电话，电话一接通，他便迫不及待地说道：“李医生，是我，童小川。你的判断没错，无风不起浪，显然，真的有人相信了这个所谓的‘都市传说’。”

“等等，我开免提，章桐也在。”

童小川便把自己刚才说的话又简要复述了一遍。

“活人还魂？这根本就是无稽之谈！”章桐愤然道，“人死了就是死了，个体的毁灭消失是完全性、彻底性的，又怎么可能存在‘复活’一说，更别提火化过后的尸体了。”

李晓伟却意识到了什么，电话中的声音也变得有些惴惴不安了起来：“童队，难道说以前有过先例？不然的话，不会有人相信的。”

童小川轻轻叹了口气，道：“具体情况我还没有核实，但是据说在那个动荡不安的年代里，曾经有人失去了自己唯一的儿子，而他所做的，就是收集七截左胸第四节肋骨，做成了一个骨瓷坛来装自己儿子的骨灰。你们也知道，在那个年代里，生命是比较被漠视的，各方面的管理也很不正规。”

“那后来呢？”章桐追问道，“有人亲眼见到活人了？”

童小川尴尬地笑了笑：“原话是这样的——那位失去孩子的父亲坚持声称儿子的灵魂已经完全附着在自己的身上。”

李晓伟无奈地长叹一声：“这是典型的情感移植，又叫情感置换，在现实生活中由于对某人产生过度的依恋与愧疚，而对方一般都已经去世了，在这种情况下，无法面对事实的患者就会把对对方所产生的根深蒂固的情感转移到别人或者自己的身上，经历了痛苦、绝望、否认三个阶段后，要么走出来面对现实，要么就是永远都无法走出来，后果就是童队你刚才所说的那种，也就是人格分裂。”

正在这时，蓝牙耳机中显示有新电话接入。

“很抱歉，两位，我有电话，咱们明天局里再聊。”匆匆切换电话后，电话那端便传来了留守警局的侦查员小张的声音。

“童队，治安大队拿来了两样东西，你最好尽快赶回局里来看一下。”小张的声音中透露出一丝不安。

最近的案件僵局让整个二队的人都明显有了一些反应过度，童小川硬生生地把到嘴边的抱怨咽了回去：“我马上就到。”

车子在街头呼啸而过，不经意之间，童小川把车速拉到了将近时速一百，直到耳畔不断传来减速的提示音，他这才不得不把车速略略放缓了，这时，安平市公安局灰色的大楼已经出现在他的眼前。

十多分钟后，章桐的手机响了起来。

“章主任，请尽快来局里一趟，我给你手机上传了两张相片，你仔细看一下。”童小川不等章桐回复，便果断地挂上了电话。

章桐一脸狐疑地点开相片文件，只是看了一眼，便神情凝重地抬头对李晓伟说道：“我不吃了，要马上回警局。”

“这么快，出什么事了？”李晓伟一边匆匆结账，一边随口问道。

章桐默不作声地把自己手机递给了他。明亮的屏幕上，是一个类似于舞台表演所需要用到的手绘面具。面具质地精良，手艺上乘，画风栩栩如生。

两人匆匆走出饭馆，李晓伟不解地把手机递还给章桐，章桐却并不接：“你再仔细看看，这个面具、这个表情，是不是觉得眼熟？”

此时，安平市公安局刑警二队办公室里，郑文龙已然追踪到了面具卖家的那个 IP 位置所在，他右手兴奋地猛一拍桌面，高声嚷嚷道：“童队，位置是城东的飞鱼网咖，电脑机号 001，这家伙还在网上玩游戏呢！”

话音未落，一阵杂乱的脚步声很快便消失在了走廊的尽头，郑文龙惊诧不已地抬头看了看瞬间变得空荡荡的办公室，不解地问道：“这么快，都去哪儿了？”

治安大队的赵信耸耸肩：“我就知道童队手下的人非急眼不可。”

“为什么？”郑文龙好奇地问道。

赵信想了想，说：“你有那些死者的现场相片吗？童队的案子。”

“当然有。”郑文龙飞快点开了电脑中的文件夹。

“打开红石路万州药房受害者的那一个。”说着，赵信把手中的一张相片递给他，“你仔细对比看看吧。”

“阿水……天哪……”郑文龙吃惊不已，“谁发现的？”

“基层派出所的一个新来的实习警员，挺敬业的年轻人，值班时接到群众举报说无意中在她家孩子的书包里发现了这种恐怖面具，价格贵不说，而且一看就让人感到浑身不舒服，因为实在是太逼真了。当时孩子家长就把面具没收了，孩子却不乐意了，抱怨说大家都在买这个玩，为什么自己的却要被没收。这孩子的母亲先是不信，后来在家长群中说了这事儿，那些孩子家长赶紧回头一搜自家孩子的书包，你猜怎么着，孩子说得没错，还真有，并且数目还不少，说是通过网上的一个卖家购买的。孩子家长知道事儿大了，就跑来我们治安大队报案了。”

郑文龙呆呆地看着相片中的面具，半晌，他猛地把相片翻过去，底朝上重重地拍在了桌面上，神情就像被蝎子扎了一般，头也不抬地嘴里喃喃自语道：“快收起来吧，看得人心里难受。这帮小屁孩，玩什么不好，偏偏玩这种瘆人的东西，真不知道他们是啥心态！”

赵信收起相片，顺手拍了拍郑文龙的肩膀，无奈地长叹一声道：“他们还小，不懂什么叫死亡。”

城东，飞鱼网咖。

胖网管光是从对方杂乱的脚步声就能够分辨出来者根本就不是来上网的，而更重要的是他们的气势，虽然面无表情，但是却能让人明显感觉到了一股愤怒。他不禁暗暗咽了口唾沫，心里琢磨着难道今晚有人要来飞鱼砸场子？

“你是网管？”张一凡问。

“是，是的。”看着对方亮出的证件，胖网管更是一头雾水，“你们，哦，不，警察同志，请问你们……”

童小川阴沉着脸摆摆手：“001 号机子在哪儿？登记的上网人叫王东升。”

胖网管一哆嗦：“王东升，王东升是我的名字，001 就在那条过道的最里面，那孩子已经接连上了两天网……”

话还没说完，童小川带人便快步走了进去。直到几分钟后小杰灰头土脸地被人带走，胖网管也没弄明白到底发生了什么。不过，其中有一点他是清楚的，那就是平白无故给别人的账户充一万块钱绝不是什么好事。

他赶紧拿起了手机，却猛然意识到对方并没有留下过任何联系方式。

一个愿打一个愿挨，这关自己屁事。

想到这儿，胖网管便愤愤地丢下手机，冲着刚推门走进网咖的两个“茶壶盖”吼了句：“来上网的吗？拿身份证登记！”

5

紧闭的房间门，闪烁的电脑屏幕。

——你为什么这么做？

——不为什么。

——不可能，这个世界上已经没有好人了。你到底要多少钱？

——我不要钱。

目光中流露出一丝狐疑，迟疑片刻后，键盘敲击声又一次响起——那你要我为你做什么？

谈话似乎终止了，屏幕半天都没有动静。

难道说对方放弃了？不，绝对不会，因为他说过的，既然开始了，就不会再回头了。

果不其然，屏幕再次开始滚动，只是这次滚动的幅度变得大了许多，屏幕上跳出了一张相片，背景是安平市公安局那栋灰色的五层大楼。

——我要她的命。

看到这五个字的时候，笑容又一次浮现在嘴角。

——她是第五个人。

第五章

章桐认真地看着他的眼睛："好，王鑫，我现在要最后问你一次，你真的打定主意要见你姐姐一面了，对吗？你要知道，此刻躺在里面的人，和你以往印象中的姐姐，是完全不同的一个人，你真的不打算记住她活着时候的样子吗？"

1

雨后的早晨，空气格外清冽。几天前的那一场大雪所留下的痕迹早就已经在视野中荡然无存了。

章桐抽空打的回了趟家，洗澡换衣服后便把丹尼送到了小区外面的宠物诊所。这家诊所已经开了十多年，老板是当地人，成天乐呵呵的，是个性格开朗的中年男人，主攻兽医，算起来和章桐是半个同行，他老婆来自北方的一个小城市，性格也很随和，是宠物美容师。两人对丹尼都已经很熟悉了，也非常疼爱它。

"老板啊，它这几天有些精神不好，我叫它半天才理我一次，脾气也差，东西吃得不多，是不是病了？"毕竟不是自己的专业，章桐只能硬着头皮求助于诊所了。

老板皱眉看了半天，突然问道："章小姐，你是一个人住，对吧？"

章桐点点头。

"这种情况持续多久了？"

"应该有一周的时间了，我这几天工作都很忙。"章桐并没有告诉店老板自己是个法医。

"我想，它很有可能患上了忧郁症。"店老板尴尬地伸手摸了摸头，"我开店十多年了，这种症状只见过两次。丹尼很健康，身体上一点毛病都没有，发育得也很好。"说着，他把刚做的心电图报告递给章桐，"你看，我说得没错吧，你的狗养得非常好。排除这个原因的话，它就是得了忧郁症。"

"忧郁症不是我们人才会得的病吗？"章桐有些发呆。

店老板笑了："只要是哺乳类动物，有思维能力的，包括我们人在内，都有可能得忧郁症。回去后记得多给它一点关爱就行了，别忽视它。"说着，他疼爱地摸了摸丹尼的头，弯下腰在它耳边温柔地说道："乖，丹尼，你是最听话的宝宝，你放心吧，我们都很爱你的！"

一旁的章桐更无法理解了。

李晓伟停好车，关上车门，匆匆向第一医院的门诊大楼走去，就在这时，手机响了起来，电话是章桐打来的。他感到很意外，因为现在才早上八点多。当他耐着性子终于听完电话那头章桐的抱怨后，不禁笑了起来："你可别怀疑你的宠物医生，宠物忧郁症的病例在这几年确实越来越多，我想啊，多半是你工作太忙的缘故，丹尼我可见过的，是个很健康帅气的小伙子，它应该也是到了发情期，感觉被你忽视了，才会有这样异常的表现。"

正说着，李晓伟注意到正前方向自己走来的一个年轻女人有些明显的异样，神情呆滞，脸上呈现出痛苦状，略微停顿后很快便背倚着门诊大厅的石柱缓缓坐了下去。李晓伟见状，来不及多说便直接把手机顺手塞进兜里，几步来到年轻女人的近前，弯下了腰。

只见对方不断地大口呼吸着，面色苍白，浑身出汗，手足微微震颤，而脸上的表情因为痛苦而变得有些扭曲。

“你怎么了？觉得哪里不舒服？你叫什么名字……”李晓伟一边查看她的脉搏、眼睛和心跳，一边不断地问她各种问题，对方却只是嗫嚅着发出了几个无法辨别的音。李晓伟心中一紧，知道这个女人很有可能是低血糖所引发的晕厥，便冲着正向这个方向跑来的值班护士大声说道：“心跳一百二，呼吸二十七到三十，肌肉震颤，瞳孔收缩，她有可能是低血糖，需要补充糖分，你身上有糖块吗？”

护士愣了一下，赶紧点头，从护士服口袋里摸出了一块糖，撕开包装就塞进了年轻女人的嘴里，然后两人合力把她抬上了推来的轮床上。

“谢谢李医生。放心吧，她就交给我们了。”急诊科值班护士和随后赶来的帮手一起推着轮床便向急诊楼跑去。

李晓伟一边朝门诊楼走去，一边掏出手机正要查看时间，这时候才注意到手机上有一条来自章桐的留言，时间就是几分钟前——李医生，谢谢你让我明白了一个道理。我们都是医生，尽管各自选择的领域不同，你选择的是生者，而我所面对的却是逝者，看似方向不同，但是本质上却是共同的，那就是对生命的无限尊重与敬畏。

李晓伟知道她之所以会给自己发这一条留言，必定是刚才听到了自己救人的过程，嘴角不由得露出了温暖的笑意。

2

安平市公安局刑警队。

章桐站在审讯室外的走廊上，面对忧心忡忡的童小川，道：“这些面具确实是属于我们案件中的四位死者，这点毋庸置疑。当时在尸检的时候，我在尸体的鼻孔中和耳道边缘就发现了石膏所留下的微量痕迹，显然是犯罪嫌疑人在脱模的时候留下的。”

“你说，他为什么要做这种面具？”童小川喃喃道，“还弄得那么逼真，就跟死人的脸原封不动地被照搬了一样。”

听了这个，章桐却摇摇头："不是他做的面具。"

"不是他？"童小川吃惊地看着章桐。

章桐苦笑道："他至多只是个贩卖者，却绝对不是制作者。原因有两个：其一，面具为了防止脱色，所用的涂层颜料是丙烯颜料，但是其中却又加入了一定的植物颜料来起到固定和均衡的作用，因为丙烯颜料虽然遮盖性强，但是在使用一段时间后，会在画作表面出现龟裂的现象，我想，这可不是面具制作者所愿意看到的。而调和比例不是专业的人绝对做不到，我刚才用醋酸纤维蘸上少量的水擦拭过面具的一角，发现并没有掉色的现象，这就是说制作者功底深厚，对这一类颜料的使用方法非常熟悉。"

"面具上的颜色都是手绘的吗？"童小川问道。

章桐点头："那是当然。面具上所使用的丙烯颜料是一种化学合成胶乳剂，稳定性极强，含有丙烯酸酯、甲基丙烯酸酯、丙烯酸、甲基丙烯酸以及一些必要的增稠剂，而这个孩子，"说到这儿，她看了看独自坐在审讯室中发呆的小杰，道，"我筛查过他的鼻腔容物，他对甲基丙烯酸过敏，所以不可能亲手绘制。而面具表层的丙烯颜料干了后，就不会有这种过敏现象。再加上他的双手十指指甲缝隙内容物中并没有发现任何一种颜料残留物，由此可见，他并不懂用颜料作画。"

"你的意思是说，他被人当枪使了？"

"这么看来，应该是。"章桐道。

侦查员小张走了过来："童队，丁立杰的母亲到了。"

童小川点点头，长叹一声："总算可以进行询问了。这孩子没成年，做什么事还都得由他妈陪着才行。"

正午时分，李晓伟破天荒地打电话约顾大伟去新开的同庆楼分店吃饭。两人在小包厢里坐了下来，在等着上菜的时候，顾大伟神秘兮兮地看着自己的老同学，眨眨眼睛："怎么了？有啥喜事，快说！"

"没啥事就不能请你吃饭吗？你现在怎么这么敏感？"李晓伟不满地嘀咕。

"拉倒吧，老弟，我会不了解你？"顾大伟嘿嘿一笑，"是不是想找我参谋参谋？其实我看啊，你只要多找机会和她谈谈，自然就会了解她的心事了，再说了，我们的职业本能不就是和人谈话吗？你只要在和她谈话的时候记得把自己摆在心理医生的位置上就行了。”

李晓伟狠狠瞪了他一眼：“亏你想得出来！”

顾大伟双手一摊：“你要这么想的话，那我就爱莫能助啦！你给那么多人做过心理辅导，难道就不明白‘两条平行线’原则吗？”

一听这话，李晓伟便沮丧地低下了头：“其实我又怎么会不知道，但是却总找不到机会开口。我做过很多次暗示，她却好像并不明白，或许，她真的是对我没好感吧。这事儿还真不能勉强。你想，要是一旦被拒绝，我以后还怎么去面对她？”

“你不就是怕失去吗？老弟，我看你是当局者迷，其实有些女的，虽然说智商很高，但是情商却是相对较低的，尤其是你的这位章医生，她是在基层工作多年的一名法医。还记得‘投射效应’吗？古人说近朱者赤，近墨者黑，法医和活人打交道的机会并不是很多，所以难免就情感孤立，思维呆板，习惯于从科学角度去思考问题，这样一来，自然也就少了几分所谓的人情味了。”

李晓伟不说话，目光若有所思。

“对了，老弟，说点正事，那个案子，我有些小小的想法，不知道你是否愿意考虑一下。”两杯啤酒下肚，顾大伟突然压低嗓门，换了一种口吻。

“什么案子？”

“还用我说吗？现在网络各大媒体关于这一系列案子的事都传得沸沸扬扬的了。再说，我的公司好歹还是和警方合作的专业机构呢，资质是业内数一数二的，你也别小瞧兄弟我了。”顾大伟长叹一声，脸上的神情很快变得凝重了起来，“你难道不觉得做下这些案子的人，有问题吗？”

李晓伟心中一动：“你说凶手？”

“那是当然的啦，难道说那些被害的？老弟，咱干哪行的，你也不想想。”顾大伟嘴角一撇，带着微微的得意。

“那你说来听听。”李晓伟饶有趣味地看着自己的老同学。后者不知道是因为酒量太浅还是过于兴奋，脸涨得通红。

“这三个案子整整四条人命，要么是个疯子干的，要么就是个可怕的偏执狂。这分开来对付的话，一点都不可怕，咱见得多了，怕就怕是混合双打。”

李晓伟憋着没敢笑出声：“你怎么用上乒乓球术语了？”

“这不是打比方吗，通俗易懂。”顾大伟挥挥手，又抓过一听啤酒，掰开盖子，一边给自己酒杯倒满，一边嘀咕道，“我这里所说的混合双打，就是指两个人哦。”

李晓伟呆了呆：“前几天我听那两段通话录音的时候，结合案情就曾经推断出凶手患有边缘性人格障碍。大伟，你也知道患有这种人格障碍的人，女性的概率远超于男性，而且这三起案件的布局都非常缜密，符合女性的思维方式，但是，要想独自一人制伏受害者的话，尤其是第一个案子，也就是万州大药房的案子，我个人觉得女性太单薄了，而且我记得章医生说过，现场几乎没有被毁坏，也就是说，袭击是突然发生的。这就让我有些怀疑自己的推论了。可如果是两个人，那就解释得通了。对了，你怎么会想到凶手可能是两个人？你又没去过现场。”

顾大伟嘿嘿一笑，伸手指了指自己油得发亮的脑门，嘴里咕哝出了两个字：“直觉！”

“‘直觉’？”

“你呀，太习惯于传统的思维方式了，不只是追女孩子，考虑心理学问题也往往放不开手脚，不是兄弟我说你，你在这方面可是天才，要真放手去干的话，就不会只是现在这个捉襟见肘的薪水啦！就说李智明杀妻案吧，前几天你神神道道地问我这个世界上是不是有灵魂存在，也就是死人的灵魂，当时可把老子吓得够呛。可是回去后一想，嘿，还真是！”顾大伟嘻嘻一笑。

“‘真是’啥？”李晓伟皱眉问道，“我那只是随便说说的，你可千万别走火入魔啊。”

“不不不，你想想啊，李智明他老婆死了，他也死了，那到底是谁‘复制’了他的思维方式？又有谁会对他的思想感兴趣而让他在别人的脑子里‘复活’了？‘复活’他的目的到底是什么？你这么想想，自然也就想明白了。所以呢，一切都还要从源头去找。”

“从理论上解释不通你的观点，因为现在的科学技术手段还做不到‘复制’这种行为。”李晓伟连连摇头。

顾大伟却大大咧咧地伸手拍了拍自己老同学的肩膀，道：“我们是心理医生，可不是什么研究生命理论的科学家，找到答案这活儿，不归我们管。你就别操那份闲心啦！”

李晓伟陷入了沉思，诚然，顾大伟的解释听上去显得有些漫无边际，甚至有些荒诞不经，但是仔细想想，却也是和自己的推论有些细微的吻合，章桐曾经说过包括那个民福中学的老保安在内，死者都是和李智明杀妻案有关的，可以说是起到了直接把他送进死刑审判的关键作用。难道说，这个凶手和李智明有关？

下午回到办公室后，自己的观点却很快就被章桐否定了——你如何解释在白晓琴的指甲缝隙中发现了李智明的 DNA ？

这个 DNA 可是彻底排除了李智明生物学上的兄弟姐妹。

3

安平市公安局刑警队问讯室里的气氛显得有些压抑。

小杰才十六岁，也只有在这个时候，面对自己的母亲，他的目光中才流露出了一丝孩子的稚嫩与不安。

小杰的母亲忧心忡忡地看着童小川，又时不时地看看自己的儿子，一副欲言又止的样子。

“陈女士！”再次开口时，童小川的口气缓和了许多，“这件事情本来是要严肃处理的，但是经过我们仔细核查你家孩子的出生登记，确定他还有三天才满十六周岁，也就是说，可以依法减轻或者减免处罚。你作为他的监护人，带回去后，可要好好教育，明白吗？千万不要再做这种违法的事了。”

小杰母亲赶紧点头：“谢谢警察同志，谢谢，那我现在能带他走了吗？”

童小川摇摇头：“暂时还不行，我们有些情况需要向他核实一下。”

小杰一听，不由得微微哆嗦了一下："你们想知道什么？"

"你很聪明，知道我们想问的问题，这个东西不是你做的，那是谁叫你卖的？你和对方是如何联系的？售卖途径是什么？"侦查员小张严肃地问道，"你虽然还不到法定的处罚年龄，但是却有义务配合我们警方办案。"

小杰犹豫了一会儿，抬头道："那，我以后还能上网玩游戏吗？"

小杰母亲一听就火了，反手一巴掌狠狠甩到了儿子的脸上："上网上网，一天到晚就知道上网，不好好上学，将来靠什么养活自己……"

童小川一皱眉，示意小张把孩子母亲带了出去，房间里安静下来后，他看着小杰被打肿的脸和眼眶中的泪水，半晌，轻叹一声，把桌上的纸巾盒放到他面前，柔声说道："擦擦吧。"

小杰呆了呆，却并不伸手，只是看着童小川，喃喃道："叔叔，没关系，他们从不管我死活，出了事就会拳打脚踢骂我没出息，我习惯了的。"

童小川心中一怔，他太熟悉这种稚嫩而又孤僻的目光了，略微迟疑后，问道："能告诉我你为什么那么喜欢上网吗？"

"你听说过二次元世界吗？"小杰反问道。

童小川笑了，靠着椅背，道："我还真不清楚呢，和叔叔我说说。"

"说太多你也不会理解的，干脆就打个比方吧，一个平行世界，在那个世界里，我们能过上不同的生活。"

"那这个世界就是你所说的网络对不对？"

小杰点点头。

这一刻，童小川的心中突然感到了一阵莫名的悲凉，眼前这个聪明的男孩之所以沉迷于网络世界，恰恰是因为在现实中找不到真正的归属感，他被包括自己亲生父母在内的所有人都忽视了。

"和我说说这个面具吧。"童小川打定主意不告诉对方面具的真正来源。

"我们在网上管这个叫'脸'。"小杰兴奋地说道，"现在网上流行一个游戏，叫'第三人格'，玩家很多。"

"那你玩过吗？"童小川认真地看着小杰。

"当然啦，我都是黄金级别了。这些面具就是游戏的周边产品，市面上还没有卖的哦，非常火爆，我这可是独家。"小杰骄傲地说道，"叔叔，你要的话我可以给你打八折。"

童小川有些哭笑不得，显然这孩子还没有意识到问题的严重性，不过这样也好，他便决定顺着小杰的思路走下去，冲着刚进门的侦查员张一凡说道："小张，去网安大队弄台笔记本过来，能上网打游戏的那种。"

果不其然，小杰一听有电脑，顿时兴奋了起来，道："要 GTX1080，I7 处理器那种，配置低了可玩不来的！"

小张不满地瞪了他一眼，很快就跑网安大队搞来了一台勉强符合他说的配置要求的电脑，身后，郑文龙探头探脑，被小张推了出去。

"哎，我不能进去看看吗？"郑文龙不满地嘀咕，"这孩子挺厉害的。"

小张耸耸肩，无奈地说道："头儿不让你进，你就不能随便进。你也在玩那个游戏？"

郑文龙脸上的笑容僵硬了："只是听说过，没玩，我觉得那个游戏太黑暗，玩多了对人心理不好。"

小张若有所思地看着郑文龙："阿龙，你们成天玩网络的，也有让你们感到忌惮的东西？"

郑文龙嘿嘿一笑，反问道："网络世界里难道就没有坏人了吗？"

小张尴尬地清了清喉咙，不说话了。

问讯室内，网络连接上后，小杰目光闪烁，手指就像在键盘上跳舞，此刻这个男孩俨然已经忘记了自己身处何地。

童小川微微有些吃惊，他本以为小杰只是一个普通的沉迷于网络游戏的孩子而已，不由得小声说道："你挺厉害的嘛。"

"那是当然啦。"小杰接连在电脑屏幕上输入几条指令后，便进入了一个游戏页面，"就是这里，但是带我打游戏的那位大神今天不在线。"

门外的郑文龙终于忍不住了，径直推门而入，道："我为什么找不到这个页面，同样的 IP 地址，却只找到一个叫'无人生还'的智力推理游戏？"

小杰瞥了他一眼："你得打通关才行。到时候就能得到一把钥匙，那是打开这个在线游戏的唯一途径。"

郑文龙突然脸色大变，伸手就把小杰推开了，不容分说便在电脑屏幕上快速输入一行指令，电脑便立刻开始运行防火墙程序，接着他便断电，断网，最后用力合上了电脑，这才惊魂未定地长长出了口气。

童小川不解地看着他，半天才回过神来："你小子，想干吗？"

郑文龙阴沉着脸抱起电脑，咕哝了一句："童队，以后再给你解释。"便匆匆离开了问讯室。

"叔叔，他怎么这么小气？"小杰有些失落。

童小川若有所思地喃喃道："是的，真小气。……对了，小杰，你是怎么拿到那些面具的？"

"快递呀。"

听了这话，童小川顿时像泄了气的皮球一般，他知道，如果没有足够准备的话，对方是绝对不会堂而皇之地用最不起眼的快递来传送如此重要的东西的。

也就是说，如果顺着快递这条线索追下去，那就意味着不只是浪费人力、物力，案子也永远都破不了。

因为一个自我优越感极强的对手是绝对不会出没有把握的牌的。就像自己面前坐着的小杰，一个未满十六周岁的孩子，对手会不知道他的年龄？不！这一切全都在他的掌握之中，他早就已经料到了小杰肯定会被抓，而警察对一个未成年的孩子是无计可施的。

童小川突然明白了章桐当初所说的那句话的真正用意所在，他不由得苦笑，难道说自己真的不适合干刑警这一行？

4

按照规定，案子不破，作为物证之一的尸体是绝对不能交还给死者家属的。所以，当章桐又一次看到门卫室边上站着的万州大药房老板时，不由得暗暗叹了口气，上次在他的身边站着的是一位满头白发风尘仆仆的老人，而这一次，年轻老板的边上却换了一位眉宇间仍显稚气的男孩，约莫十六七岁的样子，皮肤微黑，一身洗得发白的校服，上面印着 ×× 高中的字样，神情充满拘谨与哀伤。他们的目光不停地在来往的警察身上寻找着什么，终于，药房老板看见了章桐，便赶紧伸手拍了拍男孩的肩膀，低语了几句后，男孩随即向章桐走来，目光中流露出急切的神情。

“王叔说你是办理我姐姐案件的法医，对吗？”男孩的鼻尖上沁出了几滴汗珠。

章桐点头，却不知道该说什么。上一次拒绝那位老人的话说出后，她后悔了好几天。

“你放心吧，我不是来要我姐姐尸体的，我……”男孩似乎是在竭力控制着自己的情绪，他一时语塞，双手由于紧张而紧紧地握在一起。

“慢慢来，别急。”章桐柔声安慰道。

“谢谢……我，阿姨，我想见见我姐姐，可以吗？就见一面，我保证不碰她。我今年就要去当兵了，想在走之前，再看看姐姐，可以吗？”

男孩的目光中闪烁着亮晶晶的东西，章桐无法拒绝，也不忍心拒绝，她点点头，哑然道：“来吧，我带你去。”

药房老板说道：“谢谢章警官，那我就不进去了，请好好照顾这个孩子。”

“放心吧。”

章桐带着男孩穿过警务大厅，下楼左拐，径直走到走廊的尽头，在解剖室的门前停下了脚步。

章桐轻声说道：“你叫什么名字？”

“王鑫。”

章桐认真地看着他的眼睛：“好，王鑫，我现在要最后问你一次，你真的打定主意要见你姐姐一面了，对吗？你要知道，此刻躺在里面的人，和你以往印象中的姐姐，是完全不同的一个人，你真的不打算记住她活着时候的样子吗？”

王鑫眼圈发红，却仍用力地点头。

章桐愣住了，她略微迟疑过后便长叹一声，伸手推开了解剖室的门。正在低头忙碌的顾瑜对王鑫的出现并没感到太多意外，只是看了章桐一眼。

“他是王悦的弟弟，想见见他姐姐，你陪他去吧。”

顾瑜怔住了，又一次上下打量了男孩一眼后，说：“随我来吧。”

十多分钟后，满面泪痕的王鑫在顾瑜的陪同下走出了冷库，章桐便接着把他送到了门口。药房老板一见，赶紧从凳子上站了起来，顺手摘下耳机，迎上前道："谢谢警官，给你们添麻烦了。"

"没事。"章桐小声说道。

药房老板唉声叹气："王悦那女孩是我药房里干得最认真的一个员工，值夜班从不挑三拣四，说是给弟弟攒学费。现在人没了，真是太可惜了。我今天带他来，也算是为那女孩最后做点事吧，求个心理平衡，毕竟她是在为我值班的那晚遇害的。"说着，他正准备带王鑫离开，章桐突然心中一动，赶紧叫住了他："等等，老板，你这个耳机是无线的，对吗？"她伸手指着药房老板挂在脖子上的耳机，"能给我看看吗？"

药房老板一愣，便赶紧摘了下来，递给章桐："是的，索尼最新的一款，质量还不错。"

"你用的是手机播放器？"章桐问。

"不不不，那都过时了，这一款有个 AI 无线接收功能，能精准定位并同时接收 48 家网络电台的讯号，你只要摁下旁边的指令按键，然后用你事先录制进去的自己的语音来命令它播放就行，总体就像苹果的 Siri，还挺不错的。"

药房老板的话音未落，章桐顿时恍然大悟，把耳机还给药房老板后，她赶紧说了句："谢谢你提供的帮助，再见。"便快步向警务大厅走去。

看着章桐匆匆离去的背影，药房老板愣了半天，这才冲着王鑫耸耸肩，无奈地笑了笑："警察都很忙，相信你姐姐的案子很快就能破的，放心吧，孩子，我们走吧。"

王鑫点点头，两人这才缓缓地走出了安平市公安局大院。

相对于法医处的冷清，痕检办公室的热闹就好像是另外一个世界，平时待人就很随和的欧阳工程师正坐在办公桌边和年轻同事开着玩笑，一抬头就看见了匆匆走进办公室的章桐，便赶紧笑眯眯地招呼道："章主任大驾光临。啊！"

章桐却并没有和他客套，径直就问道："欧阳，你还记得黄巷新村坠楼案现场所发现的死者遗物吗？其中有一截耳机线？”

欧阳工程师忙点头，道：“当然啦，我记得很清楚……”

他刚要说下去，却立刻被章桐打断了：“查出来了吗？”

“你来得巧了，我正要统一汇总到童队那里去。根据耳机线的制造工艺和原材料判断，应该是今年二月初才上市的一款最新的索尼牌耳机。”

“是不是墨绿色的无线头戴式？”章桐追问道。

“是的。”欧阳工程师从章桐凝重的神情中意识到了什么，“但是我们在现场的楼上楼下却并没有发现死者的耳机和音乐播放器。”

“手机中的音乐软件呢，能确定最后一次启动时间吗？是不是案发当晚？”章桐追问道。

欧阳摇摇头：“我查过这部手机，最后一次启动时间是在一个月前，她似乎对这个软件并不感兴趣。”

“欧阳，她的这部耳机应该是最新型号的，里面装有 AI 芯片，虽然是无线耳机，但是你们却不会在周围找到播放器，而发现尸体的时候，我记得很清楚——断裂的耳机线是在她的头部后方，而且是被头发缠住的，很显然她下坠的时候应该是戴着这个耳机的，不排除耳机被人用力扯走了。”

“扯走了？”欧阳不解地看着章桐，“耳机线的两端横切面非常整齐，应该是用匕首……”

章桐心中猛地一惊，语速飞快地说道：“凶手因为要取走死者的左胸第四节肋骨，所以耽误了一点时间，当时应该听到了联防队员的脚步声，便想尽快离开现场，临走时必定是想起了耳机，但是因为这种耳机是无线的，并且价格不菲，为了防止意外导致的脱落受损，生产厂家便会把这种耳机的连接线加装一个安全扣，设计成遇到碰撞后，向后推移，而不是彻底撞飞，这样一来，根据死者坠楼后的尸体角度和姿势判断，在死者坠地后，耳机自然就和头发缠绕在一起了，凶手要想尽快取下的可能性并不大，他慌忙之下才会想到用手中的匕首割断它，这也就可以解释为什么这么大的雨，死者的脸上盖着头发，并且血污有擦拭过的痕迹。”

“童队派人调查过死者白晓琴的社会关系，非常简单，也没有情感纠葛，因为参加工作没多久，和同事相处更是融洽，在这样的情况下，就排除了个人原因而选择自杀的可能。但是监控视频中，白晓琴却是独自一个人上了楼。”说着，章桐皱眉看着欧阳工程师，“欧阳，你说凶手到底是如何命令这个女孩跳楼，然后放着钱包不拿，手机不拿，却偏偏带走了一个有 AI 功能的耳机？”

欧阳脸上随和的笑容渐渐凝固了，他严肃地说道：“现在这种有 AI 功能的智能耳机一般情况下都会自动把听过的东西和时间备份到云端……我明白了，马上通知网安查看这部耳机当晚究竟听了什么，或许答案就在里面。”

章桐紧锁双眉，喃喃道：“希望还来得及。”

窗外，一阵惊雷闪过，天空中乌云翻滚，眼见一场暴雨即将来袭。

5

白天的时候，城南的酒吧街上几乎看不到一个人，冷冷清清的，店门紧闭，偶尔能在街角的柳树下看到几只流浪猫在打盹儿。但是一到夜晚，霓虹灯闪烁，青石板铺就的街面上便瞬间热闹了起来，透过虚掩的门，酒吧里所传出的摄人心魄的音乐鼓点、嬉笑声、时不时刮过耳边的几句咒骂声很快便被街面上来往的行人脚步给掩盖住了。

夜晚的酒吧街上是充满黑色诱惑的，尤其是后半夜的时候。所以，当身材高挑的男领班冲着呆坐在吧台旁半天都没有开工的她使了个眼色的时候，她便心领神会地点点头，伸手接过领班递过来的写有车牌号的纸条和一瓶兑了水的香槟后，抿嘴一笑，点点头，缓步走出了低矮昏暗的酒吧。

酒吧赚黑钱的方式有两种，一种是卖兑了水的酒，另一种则是抱着酒瓶子陪你共度良宵的女人，而无论哪一种，都是价格不菲的。来酒吧街上买春的客人都是深谙其道的，车子一般都会停在酒吧街外专门的停车场上，而停车场上则有酒吧所雇用的小工在四处分发酒吧的名片。刚才那个电话就是指名要她出台。

她的长相并不惊艳，价码自然也就不高，所以才不会介意自己将要面对的到底是什么样的人！放着钞票不赚那才是傻子，再说了，本来就是干这一行的，还挑剔个啥呢？

所以，当她如约钻进那辆黑色的本田车时，她只是注意到了驾驶座方向盘上那只贴着创可贴的手，并没有多说什么。

本田车扬长而去，她，自然也就消失得无影无踪了。

第六章

“我还得独自面对秋月的离开……李医生，你能切身感受到自己朝夕相处的爱人突然再也见不到了时自己孤独的心情吗？”

1

傍晚时分，雨越下越大，李晓伟已经开着车在上南塘街上兜兜转转了好几趟，却仍然没有找到停车位，似乎一下雨，所有的人都决定开车出来玩了，整条街道两边停得水泄不通。

手机铃声响了起来，李晓伟顺手摁下蓝牙耳机接听键，却没想到是章桐的电话，沮丧的心情顿时转忧为喜：“你好。”

“李医生，我想请你听段音乐。”章桐的声音中略带着一丝焦虑。

轻微的窸窣声响过后，耳机里便传来了一段并不完整的钢琴曲。起初，音乐声还很轻柔，可是在李晓伟的脑海中却仿佛惊雷一般，让他顿时呼吸急促了起来。还好音乐只有不到一分钟的时间，中间还夹杂着些许的卡顿。但是这点时间对于李晓伟来说却不亚于是度日如年的煎熬。

章桐沙哑的声音在电话那头响了起来：“你是不是对这段音乐很熟悉？”

“是的，肖邦的《小夜曲》，李智明杀妻案中唯一在电脑中存过的曲子。”李晓伟一边说着，一边脚踩油门瞅准了空子终于挤进了停车位。“我现在正要去我的一个病人家里，她是李智明杀妻案剩余的两名还活着的关键证人之一。”

“等等，你说的是沈秋月？”章桐问道。

“没错。”李晓伟钻出车，锁好车门，然后撑着伞向小区楼道走去，边走边说道，“我打不通她的电话，后来她丈夫汪涵接了，约好今天来做一次病人家访。”

“好吧，有情况随时和我联系。”说着，章桐便挂断了电话。李晓伟正好走出电梯，汪涵家自从李智明案后便搬离了原来的小区，可由于经济原因，暂时无法再另行购买新房，而旧房又因为三年前那起案件让买家望而却步，便不得不在上南塘小区租房居住。

门铃响过后，沈秋月的丈夫汪涵便打开了门，这是个外表儒雅的男人，身材不高，戴着一副无框眼镜，脸上凄然的表情和胳膊上的黑纱让李晓伟瞬间一愣，脱口而出道：“汪先生，现在方便进来拜访吗？”

汪涵点点头，转身向里屋走去，轻声道：“进来吧，家里就我一个人了，请帮忙带下门。”

两人一前一后穿过玄关，走进了一间狭小阴暗的客厅，客厅面积并不大，陈设简单，屋角是一台老式的十八寸电视，电视机旁的机顶盒上布满了灰尘，显然主人已经很久都没有打扫过这里了。靠窗摆着一张双人沙发和茶几，茶几上堆满了各种报纸和杂志，烟灰缸里塞满了烟头，沙发上凌乱不堪，一条灰色的毛毯揉成一团被丢在了沙发的一角，地板上横七竖八地躺着几个半空的啤酒罐。透过打开的卧室门，可以闻到房间里散发出了浓重的檀香味，和沙发上的杂乱形成鲜明对比的是房间的床铺整洁干净，可见屋子主人汪涵一天中在家的大半时间都是在沙发上度过的。

这个家给李晓伟的感觉就是了无生气。

两人分别落座后，汪涵尴尬地伸手摸了摸头：“对不起啊，李医生，家里出了这么大事，我这几天都在殡仪馆，回家也就是睡觉，人都糊涂了，也不知道家里停水了，都不能给你倒水喝。”

李晓伟赶紧摆手："没事没事，汪先生，这个时候到访本就是很仓促无礼的，非常感谢你不介意接待我。不过真没想到……"他伸手指了指汪涵戴着黑纱的胳膊，轻声道，"你夫人呢？不知你家哪位亲人过世了？"

虽然隔着眼镜片，李晓伟却依旧能够清晰地看到汪涵红肿的眼眶，又联想起他刚才所说的"一个人"，便感觉心中一紧，暗暗后悔起了自己言语的莽撞。

汪涵顺手摘下了眼镜，用纸巾擦了擦眼角，哑然说道："真的不巧，过世的正是我的妻子秋月，三天前的车祸。"

震惊之余，李晓伟突然明白了那打开的卧室里浓重的檀香味所散发出的位置应该就是沈秋月的灵堂，便一时语塞，结结巴巴地说道："她……怎么这么快，我前几天还刚在门诊见过她……天哪……"

汪涵长叹一声，眼角的泪水终于无声地滚落了下来，他轻轻啜泣道："李医生，你是好人，秋月在世的时候也最信任你。我也不瞒你，秋月自打跟了我，就几乎没过过几天好日子，本以为那事情都过去三年了，她的情绪也有了明显的缓和，我们钱也攒得差不多了，就有了重新买房子的打算，等秋月身体调养好了，只要她愿意，我们再要个孩子，最好，是一个像她那样漂亮温柔的女孩……可是这一切，三天前的那场车祸让这一切都彻底成了泡影。"

李晓伟的心不由得被紧紧揪住了。他长叹一声，喃喃道："那天在我的门诊室里，你夫人谈到了你，我看她心情很愉快，本以为做过几次家访就应该可以彻底走出来，忘记三年前那件可怕的事情。汪先生，请节哀顺变……"

"节哀顺变？"一听这话，汪涵突然抬头看着李晓伟，苦笑道："李医生，三年前的那件事，你真的以为我们全家能彻底走出来？你能想象血淋淋的杀人惨案就发生在与你仅仅一墙之隔的头顶房间里吗？不，你绝对想象不到的。秋月去世了，对我和双方的家人来说，都是一场近乎致命的打击，但是仔细想想吧，李医生，我们这个家的噩梦，其实在三年前就已经开始了！"

"警察和社会媒体只会关注受害者、关注行凶者，却绝对不会去关注受到这起案件影响的别的人。前段日子，听说那个杀人犯在死刑被执行前就自杀了，我想，或许他是不愿意去面对死刑吧，反正是个死，多活一天都是个折磨，还不如一了百了来得痛快。但是我……”说到这儿，汪涵便长叹一声，无奈地摇摇头，任由泪水滚落，沙哑着嗓音说道，“我还得独自面对秋月的离开……李医生，你能切身感受到自己朝夕相处的爱人突然再也见不到了时自己孤独的心情吗？”

汪涵的质问让李晓伟顿感哑口无言，他同情地看着眼前这个被悲伤几乎击垮的男人，却不知道该如何去安慰他才好。

七点钟的时候，汪涵送李晓伟下楼，临了，李晓伟看他情绪稍微有些缓和了，便诚恳地说道：“汪先生，每周三和每周六我都在门诊，你有空过来吧，我们谈谈，或许会对你的心情平复起点作用的。”

汪涵摇摇头，嘴角扬起一丝苦笑，轻声说道：“谢谢李医生的关心，我其实瞒着秋月已经在安康做了将近两年的心理辅导了，不然的话，我怕我还真的挺不住呢，毕竟我也是个人，你说对不对？但凡是个人，就会有感到心理压力无法承受而彻底崩溃的时候。哦，对了，李医生，我必须解释一下，之所以当初没有告诉你，那只是因为担心被秋月知道我也在做心理干预治疗，我想如果被她知道的话，或许会认为我这个男人不能让她有安全感，这就很可悲了呢，是不是？”

李晓伟感慨地点点头：“谢谢你，汪先生。不知你夫人的告别仪式什么时候举行，我想去送送她。”

汪涵若有所思地看了一眼大楼外细雨蒙蒙的夜空，轻声说道：“后天，早上十点，安息园。李医生，其实你不必来的，太麻烦了，秋月知道的话，肯定会怪我的。”

“不，放心吧，我一定到。毕竟她曾经是我的病人。”

看着李晓伟离去的背影，汪涵的目光若有所思。

在回去的路上，心事重重的李晓伟把车停在了马路边，昏黄的路灯下，地面的水潭折射出了霓虹灯闪烁的美丽幻影，使得夜幕下的城市变得格外神秘迷人。他伸手在仪表盘下的柜子里摸了老半天，终于摸到了一个被揉皱了的烟盒，可是打开后却见里面空空如也，这才恍然记起最后一支烟已经在几个月前就被自己抽完了。他懊丧地把烟盒随手丢在了副驾驶座上，调低椅背，双手枕着头，仰面看向车子天窗上的夜空，陷入了沉思。

沈秋月死了，剩下的就只有章桐，而过去所发生的每一件案子，似乎都与当初的李智明杀妻案有关，还有就是那首若即若离犹如幽灵一般的钢琴曲到底有着什么样的重要含义……这些，就像一幅杂乱无章的拼图游戏，看似有迹可循，实际上却始终都无法找到真正的下手点。李晓伟觉得此刻的自己就像站在一个布满迷雾的房间里，伸手不见五指，而浓重的谜团却又压得自己喘不过气来。

可是，难道就这么眼睁睁地看着章桐成为凶手下一个目标?

李晓伟猛地坐了起来，手忙脚乱地掏出手机拨通了老同学顾大伟的电话。电话响了好几声才被接起，一接通后，还没等顾大伟开口，李晓伟便急切地问道："大伟，沈秋月的丈夫汪涵在你们那里做过心理干预治疗，对吗？"

"没错，老弟你的消息还蛮灵通的嘛。"顾大伟嘿嘿一笑。

"我能听下他的治疗录音吗？"李晓伟直截了当地追问道。

"这个……"顾大伟有些犹豫不决，很快便压低嗓门道，"老弟，我可不想被人举报然后被吊销执照啊，那可是我吃饭的家当。"

"你脑子里怎么缺根筋呢？"李晓伟没好气地说道，"都啥时候了，还跟我来提这些边边角角的玩意儿，再说了，我也是心理医生，执照还比你早拿了两年，论身家的话，要说怕丢的那个人，该是我才对！难道你就不能把我的这个要求理解为简单的'病情磋商'，或者说'会诊'？那事情不就简单多了？"

电话那头的顾大伟忍不住扑哧一声笑了："行行行，没问题，明天中午你过来吧，我在公司办公室等你。"

2

午夜，雨停了，街头一片寂静，偶尔有车辆经过，在路边溅起水花，但很快就会恢复平静。

安平市公安局刑警二队的办公室里亮着一盏台灯，童小川正坐在办公桌前对着电脑屏幕发呆，面前的桌子上摆满了分别从三个案发现场所拍摄到的现场相片和所登记的证物清单。

在被调到刑警队之前，自己在禁毒大队工作了整整十年的时间。那是一段让人难忘的日子，有时候他都无法确定自己到底还能不能活着看到第二天早上升起的太阳。所有人，包括自己的未婚妻吴岚在内，都认为他之所以选择参加晋级考试，然后申请调到刑警队工作，那都是因为想多休息一下，毕竟当刑警队的队长不只是薪水高一点，显得更受人尊重，更不用再刻意掩饰自己的警察身份。其实吴岚就不止一次暗示过要是能去户籍科最好了，不过她并没有敢说出来，因为吴岚很了解童小川的为人，知道安逸的日子并不适合他。

但是童小川的心里却有一个从没有告诉过别人的秘密，而正是这个秘密，让他最终决定来了刑警大队。

他把这个秘密一直都埋在心里，本以为不会再想起。直到今天，他再一次看到了同样的眼神，内心深处那段痛苦的记忆便被毫不留情地打开了。当年，有一个和小杰差不多年纪的孩子，走进童小川在禁毒大队的办公室，举报了自己的父亲以贩养吸，在他的配合下，结果当然是把他父亲抓进了戒毒所。可是后来才得知男孩的母亲在他刚出生没多久就离家出走不知去向，而自从父亲被抓进戒毒所后，因为在学校被人歧视，孩子便没心思再上学，被周围人排挤，又没有经济来源，倔强的男孩不得不过早地进入社会谋生。后来，当童小川再次见到这个十七岁的孩子的时候，却是在冰冷的太平间。当地民警说那天男孩从工地下班回家的路上，无意中看到了有两个歹徒在猥亵一个年轻女孩，身形瘦弱的男孩想都没想就上前制止，结果被恼羞成怒的歹徒连捅八刀，血染街头。

深感内疚的童小川在一次宿醉过后，便毅然选择了离开禁毒队。因为他知道，还有一个地方，值得自己用余生去付出更多的努力。

耳畔响起了脚步声，然后在自己的办公桌前停了下来，郑文龙轻声道："童队，你也不休息一下啊？"

“睡不着。”童小川伸手指了指自己身后杂乱不堪的简易行军床，“你要累，可以去躺会儿。”

郑文龙摇摇头：“童队，我跟你说过我要给你解释的。”

童小川抬头认真地看着郑文龙，沉默良久后，哑然失笑：“我还从未见你那么凶过。”

“童队，我不跟你开玩笑，如果当时我不那么做的话，后果真的不堪设想。”郑文龙喃喃道。

“你难道是怕我们公安局局域网的防火墙被攻破？”童小川伸了伸懒腰，“你是网安的，应该不会那么没有自信吧？”

“不，那个我并不担心，我担心的是小杰的安危。他用的是我们局里的 IP 地址登录的游戏页面，自然就会被人定位到他所在的位置，童队，你想，歹徒那么利用他，自然就会很在意他是否出卖自己，我……”郑文龙结结巴巴地说道，“我担心……”

童小川听了，不免感到有些吃惊，半晌回过神来后，这才笑着摆摆手：“不可能的，我看是你悬疑小说看多了，小杰只不过是一个孩子而已，再说了，又没有和对方见过面，也没有通过电话，至多只是在游戏中有所交集，又怎么能够带我们找到凶手？别想太多了，快回去睡觉吧，我看，你是缺乏睡眠，所以才会这么胡思乱想。”

“我……”郑文龙欲言又止，看着童小川低头继续研究现场相片，明摆着不愿意再和自己讨论这件事，便长叹一声，摇摇头，沮丧地离开了办公室。

片刻过后，童小川突然抬起头，对值班室的方向吼了一句：“小张，张一凡！”

睡意顿消的副手小张应声迅速从值班室里冲了出来，在办公桌前站得笔直：“童队，有什么吩咐。”

“你，出个差，今晚开始，每天晚上八点直到第二天早上六点，给我守在这个地址的楼下。”他一边咕哝着，一边顺手在办公桌的便签簿上撕了一张下来，飞快地写了个地址，丢给小张，“我只要忙完手里的事，就会去替你，记住，要求是寸步不离，确保安全！”

“蹲守？没问题……这……”小张一看手中的地址，顿时傻了眼，“童队，这可是章主任家的地址啊，我记得很清楚，发现尸体的那天是我给她做的笔录。”

“怎么？自己人就不能去‘蹲’？”童小川头也不抬地反问道。

“不是，当然不是。”小张一听，赶紧解释道，“可是章主任知道这个事吗？”

童小川瞪了他一眼：“你是听她的还是听我的？出了事你负责？”

张一凡嘿嘿一笑，抓起童小川桌上的车钥匙刚要转身出门，却又停下脚步：“童队，明蹲还是暗守？”

童小川想了想，摆摆手，果断地说道：“还是明蹲吧，你这小身板，对付人家估计还差点，我去的时候再来暗的。”

城东的泰德花苑一期小区在凌晨的夜色中显得格外寂静，章桐揉了揉有些发酸的脖颈，这才注意到电脑屏幕上显示的时间都快要两点了，可是需要修订的文档还有很多，她突然有了一种力不从心的感觉。手边杯子里的咖啡已经冰凉，太阳穴却止不住得阵阵抽痛，她伸手拉开抽屉，抓起那盒已经吃了一半的止痛片，手忙脚乱地扒出一颗塞进嘴里，就着苦涩的咖啡咽了下去。

昏黄的台灯下，她的目光落在了被修剪得整整齐齐的指甲上，端详半天，陷入了沉思。

如果两个人之间没有直接的肢体接触的话，那白晓琴的指甲缝隙内容物里又为什么会出现一个已经自杀而死的男人的 DNA？虽然以往也曾经出现过非常少见的所谓的“间接接触”而产生的物证先例，但是那么做的话就必须要有一个中间媒介，可是，白晓琴自始至终都没有面对面和李智明有过任何接触，不论是案发前，抑或者是案发后，两个人完全是不同的生活轨迹。可以确定的是，如果不是在电视中看到了相关报道的话，白晓琴也根本就不会知道那天自己无意中所目睹的一幕，竟然会如此的关键。

那么，李智明的个体生物检材又是如何到了白晓琴的手上？和白晓琴接触过的和本案有关的就只有凶手，而那个凶手，难道说会和监狱有关？

想到这儿，章桐不由得倒吸了一口冷气，不管是李智明的死，或者说他当初杀害自己怀孕妻子的案件，其实两个事件的性质都一样——在残忍杀害对象的同时，却又拥有一个无法让人理解的杀人动机。回想起他给自己的那封信，章桐心中不安的感觉越发强烈了起来，她抓过桌边的手机，拨通了顾瑜的电话。

“小顾，我想确认一下那天你在送交白晓琴案的所有生物检材时，是不是确定无误交到了DNA工程师的手中？”

“是的，主任。”顾瑜肯定地答道。虽然才跟了章桐不到半年的时间，但是却已经习惯了这位上司不分白天黑夜的工作电话。

“主任，你是否想到了什么？”

“我必须排除物证被污染的这个可能。否则，我没有办法去说服童小川那个榆木脑袋。”章桐沮丧地答道。

“难道说，难道说你要童队相信真的是死人袭击了白晓琴？”电话那头顾瑜的声音透露着迟疑，“主任，你别生气，对此，我真的不抱希望。”

“只要你确定亲手交到了DNA工程师手里的话，那就没有任何问题，欧阳手下的人我是知道的，想必检查出来的结果也一定会让他们吃惊不小，但是不完全确定的话，他们是不会报上来的。这毕竟是命案，开不得玩笑。”章桐淡淡地说道。挂断电话后，她的目光在桌上的那份血液检查报告单上停顿了很久，上面显示狂犬病毒IgG抗体呈现出阳性反应，IgM却是阴性，也就是说死者在三到六个月前曾经注射过狂犬病疫苗，如果单独看这一点并不奇怪，可是为什么死者指甲缝隙内容物中也会有这种同样程度的阳性反应呢？这个不应该传染的。

犹豫了一会儿后，章桐便又拨打了童小川副手张一凡的电话。谁想电话铃声却从窗外传了进来。她赶紧来到窗边，循声低头看去，昏黄的路灯下，那辆熟悉的黑色桑坦纳和车边站着的小张显得格外耀眼，对方也正好抬头向楼上看。章桐满腹狐疑地做了个“上来”的手势，小张尴尬地点点头，便关好车门，匆匆走进楼栋，径直从防火楼梯上了四楼。

一开门，丹尼便以低声咆哮来表示自己对访客的不满。小张早就耳闻这位独行侠一般的法医神探家里养着一条很聪明的宠物狗，却怎么也没想到是体重和自己差不多的一条极不友好的拉布拉多杂交犬，便显得有些拘谨了起来。不过还好丹尼只是低吼示警，并没有做出什么出格的举动。

“放心吧，它经过专门训练的，没有我的指令，它不会咬你的。”

“它，它的眼睛怎么这么凶？”张一凡心里有点发怵。

章桐耸耸肩：“它的母亲是纯种的德系杜宾犬，父亲是拉布拉多犬，从遗传学的角度来讲，更偏向于原始犬类的特征，所以经过严格训练后做守护犬是再合适不过的了。只要你不袭击我，就没事。”

章桐把小张带到屋里后，指着唯一没有堆放参考书的椅子，说道：“抱歉了，将就一点吧，我这屋里平时也没什么人来，打扫房间就显得有些多余了。”

小张乖乖坐下后，章桐就地盘膝而坐，直截了当地问道：“你先说吧，大半夜的跑我楼下干什么？”

小张尴尬地咧了咧嘴，赶紧从兜里摸出那张童小川给自己的地址条，交给章桐：“童队叫我来蹲守的，怕主任你出事，这不，就差你一个人了。”

章桐并没有接，哭笑不得地叹了口气：“我说过我没事，不用在我身上浪费人力。对了，我正好要找你，有些事情和你们童队说不清楚，我也怕他会太冲动，到时候反而坏事。你是生面孔，又是年轻人，办事儿就方便一点。”

一听这话，张一凡顿时来了精神，他赶紧坐直了上身，认真地说道：“章主任，有啥事尽管吩咐，我一定办到。”

“我需要你帮我去趟监狱查点资料。”

“监狱？”小张不解地问道。

章桐点点头：“没错。李智明的案子。”

“不是已经结案了吗？”

“理论上，是的，但是我怀疑目前几起凶案的制造者和李智明有关，虽然说根据相关登记资料显示李智明已经没有在世的亲人，自然也就不应该存在 DNA 的同类型供体，但是却无法解释黄巷新村坠楼案女死者手指甲缝隙中的那组 DNA 来源。所以在结合那封遗书的前提之下考虑，我需要排除有人刻意制造李智明还魂杀人复仇的假象。”

“监狱的规定你也是清楚的，死刑犯在被核准死刑之前，是不允许有人探监的，之后，也只能是直系亲属，而和李智明有过交集的，除了监狱管理方的人外，就是狱中的人犯，所以，我需要你帮我查证一下是否有这样的可能存在。”说到这儿，章桐略微迟疑了一下，“你们童队比较固执，有时候不会变通，所以我觉得把这个交给你要比较妥当一点。希望你能理解我的用意。”

张一凡笑了：“放心吧，主任，我还以为多大的事儿呢。”目光落在章桐身边蹲坐着的丹尼身上时，他立刻本能地坐直了身体，脸上的笑容也变得尴尬了起来。

小张细微的举动并没有能够逃过章桐的眼睛：“你是不是曾经被狗咬过？”

小张嘿嘿笑着点了点头：“那时候皮，放学后不知道干什么，就四处惹祸。”

“狂犬疫苗……”此刻，章桐脸上的表情显得有些古怪。

“农村哪有那么讲究……”小张正说着，突然注意到章桐其实并不是在跟自己说话，相反，却是在盯着自己面前桌子上的一张报告单发呆，便乖乖地闭上了嘴。

终于，章桐再一次抬头看向自己，神情严肃地说道：“还有一件事，非常重要，帮我当面问下监狱里面的人，就是李智明死前三到六个月之内，有没有注射过狂犬疫苗，明白吗？”

“没，没问题。”小张站起身，准备告辞。

章桐却不知从什么地方弄了个抱枕丢给他，然后伸手指了指小张身后的长沙发：“上面有毯子，你猫几个小时吧，到时候我叫你。不然的话，明天你可没精神跑监狱的。”

“我，我有任务……”小张结结巴巴地说道。

“在哪儿不是‘蹲’？”丢下这句话后，章桐不容分说便起身向卧室走去，丹尼乖乖地跟在她身后，临走进卧室门的那一刻，它竟然回头狠狠瞪了张一凡一眼。

见此情景，小张不得不咽了口唾沫，咕哝了句：“那就，好吧。”接着便灰溜溜地蜷缩在沙发里，在清脆的键盘声中，没多久就闭上了双眼。

毕竟，沙发上比车里可舒服多了。

3

让李晓伟颇感意外的是，老同学顾大伟公司所在的位置竟然是在安平市市中心最繁华的地段，用“黄金”二字来形容真的是一点都不夸张。二十八层的世贸大厦，全玻璃外层空间，安康事务所占去了整栋写字楼办公区的三分之二。

站在顾大伟办公室窗边的时候，李晓伟似乎明白了老同学的良苦用心，因为包括自己在内的几乎每一个走进这间办公室的人，窗外绝佳的视野都能让其很快找到完全放松的感觉。

身后传来了脚步声和爽朗的笑声，李晓伟笑眯眯地转头看向正朝自己走来的顾大伟，咕哝了句：“好地方！要不少钱吧？”

“还算可以，拉了点风投，如今的社会，大家腰包鼓了，自然也就开始重视自己的心理健康的问题了。”顾大伟一边说着，一边在自己的老板椅上坐了下来。

李晓伟环顾了一下整个办公室，发现只有一张躺椅是留给自己的，不由得耸耸肩，勉为其难地坐了下来。

“我这事务所里都是毕业于名牌大学的心理咨询师，很多还都是海归呢。”顾大伟嘿嘿笑道，“老同学你要能来的话，我就把这事务所交给你打理，我专门跑业务，咋样？你的咨询费每小时两千起跳。”

听了这话，李晓伟差点从光溜溜的高档沙发椅上滑了下去，一脸惊愕：“你再说一遍？”

“两千每小时。”顾大伟双手一摊，“事务所不收提成。”

“你们所里收费这么贵？我们医院看一次才二十块的挂号费。”李晓伟心有不甘地咕哝道。

“这可是上报了物价局的定价，业内几乎都是这行情呢。不然的话，我楼下这些进口的仪器都是怎么来的？”顾大伟双眉一扬，“要知道，我们所的资质可是经过合法认定的。”

李晓伟长叹一声，摆摆手：“这就是命，怨不得谁，我现在过得挺好的，不想动了。对了，大伟，给我听听汪涵的治疗录音，我们昨天电话中可是说好了的。”

“好吧好吧！”顾大伟无奈地摇摇头，随即朗声说道，“小微！”

“在，老板，请问我能为你做什么？”一个靓丽的女声在房间中回荡着。

“打开 089 号档案，顾客名字汪涵。”

“好的，请稍等。”话音未落，耳畔便传来了沙沙的录音声。

看着李晓伟吃惊的目光，顾大伟咧了咧嘴，在脸上挤出了一丝笑容，嘀咕了句：“现在都流行这个。”

李晓伟的脸上露出了尴尬的神情。

录音总时长有八个多小时，顾大伟选择了其中最重要的几个部分，尤其是相关的对案发当晚的回忆，两人花了两个多小时才算全部听完。其间，李晓伟不断地做着笔记。录音结束后，他不解地看着自己的老同学，皱眉琢磨了好一会儿，才说道：“大伟，你怎么看汪涵的病情？”

顾大伟道：“记得我接手汪先生后，他每隔两周就过来诊一次，其间我就很明显地感觉到他的记忆出现了断层，不只是特定的案发当晚，事后也是如此。汪先生年龄还不到四十二岁，也就是说他这个年龄段的人排除掉遗传、外伤、病理和生活中的重大变故，依旧持续出现记忆断层症状的话，是不应该的。除非……”说着，顾大伟认真地看着自己的老同学，似乎是在犹豫着什么，却并没有急着说下去。

“别卖关子了，录音中我也听出来了，他应该是被催眠过，而且是强制性的催眠。这样的症状我在国外的科研资料中看到过几个相关的案例，对方在被催眠后没有被催眠师按照正确手法唤醒，所以才会导致如此难以恢复的记忆损伤。”李晓伟重重地叹了口气，“而患者本人是根本无法察觉到的。这也就是为什么催眠师要经过严格和专门的培训，不然后果真的是不堪设想。”

“我当时也觉得很奇怪，因为并没有记录显示这位汪先生曾经参加过任何类型的催眠，他妻子在世的时候，有一次陪他来，我私下也曾经问过她，她表示说据她所知没有。这样一来我又不方便对他再次进行催眠，唉，真让人头疼。”顾大伟长叹一声抱怨道。

“你说得没错，在没有任何确切病因的前提之下如果再次贸然进行催眠的话，很容易让病患发生记忆紊乱，从而出现幻觉幻听，这样就更棘手了。”李晓伟皱眉道，“可是，假设他确实是被催眠的话，那触发这一行为的介质又在哪儿？不可能没有任何介质就能实施这一行为的啊，而且普通人也不会愿意随便被人催眠，这点最起码的安全防范心理也还应该是有的。”

顾大伟突然想到了什么，抬头问：“那会不会是汪涵和沈秋月两人同时被催眠？”

李晓伟果断地摇摇头：“不可能，我最近刚和沈秋月在门诊谈过话，她的思维清晰连贯，记忆也没有出现刚才录音中的那种‘断层’，所以在她的身上是绝对可以被排除这一猜想的。”

“那就奇怪了，一个人怎么可能稀里糊涂地就被人给催眠了呢？我看过汪涵的背景资料，人家可是江大的高才生啊！”顾大伟习惯性地双手一摊，重重地倒在了自己的老板椅上，沮丧地叹了口气，“智商这么高的人，不会不知道这被人瞎催眠的后果吧？”

“从时间上推算，汪涵被人催眠这一事件应该是发生在李智明杀妻案前后，你说对不对？”李晓伟神情严肃地问道。

顾大伟点点头：“没错……那你的意思是……”

李晓伟心中一动，迟疑片刻后，却又摇摇头，嘴里咕哝道：“不，不，不，汪涵和沈秋月都是局外人，不太可能和那起惨案有关的，这应该只是一个意外。”

顾大伟却笑了：“老弟，导师那句话是怎么说的来着——这世界上的很多个意外只不过是必然的伪装罢了。”

“说是这么说，可是人家都死了，你叫我怎么去查？”李晓伟哭笑不得地摆摆手，“难道问鬼魂？开什么玩笑呢！如果那样做的话，那我岂不就真的成了章医生嘴里常念叨的‘神棍’了！”

再次走出世贸大厦的时候，夕阳早已洒满了天空，时候不早了。李晓伟本想直接回家，可最近的道路却因为下班的车流而被堵得严严实实，一时之间，抱怨声、喇叭声充斥着整条路面。他探头看了看，叹了口气，便在前面岔路口右打方向盘上了环城高架，琢磨着绕个圈，路虽然远一点，自己以前也没有走过，但是跟着导航的话说不准还能提前到家。

下高架的时候，前面又出现一个岔道，岔道口不到两百米的地方是一个居民小区，门口种着一排高大的法国梧桐，这个季节正是树荫茂密的时候，傍晚的微风从打开的车窗吹了进来，让人感到了一丝安逸。

夕阳……法国梧桐……路牌……一堵深红色的砖墙……一切都像幻灯片一般在脑海中缓缓划过。

突然，李晓伟猛踩了一下刹车，车胎与柏油路面摩擦后发出了尖锐的响声，引得一旁的路人纷纷投来不解的目光。他赶紧靠路边停车，深吸一口气后便毫不迟疑地下车，锁上车门，抬头看了看在法国梧桐树树荫中隐约出现的小区楼栋，嘴唇嗫嚅了几下后，就果断地朝小区门卫室快步走去。

对于李晓伟的出现，门卫室的老保安感觉有些诧异，起先是极不情愿的一口回绝，可是架不住穿着得体的李晓伟软硬兼施，又收下了一包烟钱后，便勉为其难地把工作证交还到对方手中，小声嘀咕道："小伙子，你难道就不能忘了这事儿吗？"

"这不都是为了工作吗，要赶着写报告，大爷，这年头，大家赚钱都不容易的。"李晓伟笑眯眯地伸手接过了一串门钥匙，"对了，大爷，那李智明家出事后就没有人再动过家里的东西？他家亲戚呢？"

老保安长叹一声："小伙子，你逗我玩呢，是不是？这都成了凶宅了，一尸两命啊，那家伙杀心重，狠着呢！这不，前段日子听说自杀了，你说自杀的人不就更不安分了吗，所以谁还敢去？警察撤走后，这屋子就被封上了，三年了，谁都不敢进去，楼里上上下下的，能搬走的也都搬走了，房子都是打折处理的。"

"打折？大爷，这小区地段可不错啊，学区房，还能打折？"为了套近乎，李晓伟故作惊讶地追问道。

“年纪轻就是年纪轻，不懂事！”老保安不屑地摇摇头，“买这小区的可都是家里有孩子的，凶宅的话，谁买？快去吧，我去物业处把电闸给你推上去。”

“多谢大爷！”李晓伟连连作揖，收好工作证和钥匙后，便向小区里面走去。

虽然隔了三年，但是他对去李智明家的路仍然记忆犹新。当年案发后接到通知，他在去汪涵家时，出于好奇，也为了更进一步感受一下当事人的心情，曾经顺道上楼去看了看案发现场，虽然并没有进去，却也知道李智明家所在的具体位置。所以，这一次，他径直走上楼，走出电梯门的那一刻，环顾四周，李晓伟的心中突然感到一种说不出的荒凉。

楼层上并排着两户人家，左面靠近电梯口的是李智明家，门口依旧贴着过年的大福字，只不过福字早就已经褪色，门把手上是断了半截的黄白相间的警戒带，也没有人愿意去拆除。而右面那一户，门口摆着一盆枯死的兰花，旁边的水泥地上，面对李智明家的位置留有明显的蜡烛烧过的痕迹，而鞋柜上只留下了一双布满了灰尘的黑色男式拖鞋，显然，屋主人已经不打算再在这里居住了。

一阵带着明显凉意的夜风从半开的楼道窗户里吹了进来，李晓伟下意识地颤抖了一下，他从兜里摸出老保安给自己的钥匙，插进门锁，转动，轻微的咔嗒声响起，门锁弹开了，扑面而来的是一股浓烈的霉味。毕竟是已经三年都没有被打开的房间，李晓伟知道这里锁住的，不只是房间，还有那段三年前发生的可怕回忆。

透过玻璃窗，可以看到远处城市的路灯在逐渐亮起，眼前的房间里却是黑漆漆一片。李晓伟正伸手在墙上摸索着寻找房间灯具的开关时，突然眼前一亮，这才猛地记起老保安说过他要去物业拉电闸的，现在应该是已经兑现了这个诺言了吧。

李晓伟揉了揉眼睛，努力让自己适应眼前房间里突然有了灯光的感觉，屋里的陈设一般，布满灰尘的沙发、茶几，在靠墙的桌面上摆着一台价格不菲的音响，插头连接在插座上，因为房间突然被通上电的缘故，音响电子显示屏上出现了“READY”的字眼，可见屋子主人平时的习惯就是让它随时保持待命的状态。

阳台正对着客厅，进门走过玄关后，右手边依次是厨房、卫生间和卧室。案发后应该是简单地打扫过了，地面上靠近阳台门的地方，已经看不出任何有尸体曾经倒卧过的痕迹，发霉的空气中也全然找不到消毒水的味道。但是李晓伟知道，要想轻易抹去这个房间内曾经发生过的那可怕的一幕，是很难做到的。

他又去了卧室，一张双人床靠着南墙，上面的铺盖已经被取走了，房间里显得空空荡荡的，靠窗放着一个花架，上面摆了两盆花，花架旁是个书柜，布满了灰尘，房间里的摆设总觉得似曾相识。李晓伟略微迟疑了一会儿后，就退了出来，重新又带上了门。

这时候，他注意到音响旁的那张椅子，便拉了过来，坐下后，顺手打开了音响。

是的，就是这首曲子——肖邦的《小夜曲》第九章降E大调第二篇，回旋曲式，弹奏者的行板在左手的伴奏下，右手在装饰音中始终都必须保持着华彩的咏唱。这首曲子把黄昏和夜的寂静完美地诠释了出来。

昏黄的灯光下，李晓伟关上手机，向后靠在椅子上，双手十指交叠，让自己保持一个最完美最舒服的姿势，做完这一切后，他这才轻轻合上双眼，陷入了沉思。他知道只有这么做，自己才有可能更进一步地走进李智明被人忽视的内心世界。

传闻一点都没有错，这台音响中确实只有这么一首时长为4分27秒的钢琴曲被反复播放着，他更无法理解为什么有人会只听这么一首曲子，哪怕是在残忍地夺走另一个人生命的时候。这是一首多么优美的曲子，也特别适合在此时此刻静怡的环境中倾听。想到这儿，李晓伟轻轻地发出了一声叹息：

“在最安静的时刻，我终将在黑暗中离去……”

突然，他猛地睁开眼，又一次环顾房间里的一切，满脸的惊愕，、可是皱眉想了想后，却又觉得脑子里空空荡荡的。

窗外，夜幕已经无声无息地降临。

午夜，泰德花苑小区。

夜风阵阵吹起窗台上的白色纱帘，章桐忍不住打了个哆嗦，两条外露的胳膊终归难以抵挡住这夜凉如水的寒意。她顺手拿起椅背上搭着的薄羊绒披肩披上，走到窗口准备关窗，无意中注意到了楼下小区的过道上正有一辆轿车缓缓转过弯来，最终停在了自己的楼下。想起昨晚张一凡的尴尬经历，章桐不由得微微皱眉，小声嘀咕了句："真是大惊小怪，我可不要什么保姆！"随后便用力关上了窗。

五六分钟后，一阵缓慢的脚步声竟然在身后的房门口停下了，紧接着便是一阵急促的门铃声响起。

章桐强压着怒火来到玄关，打开猫眼看了看，便立刻拉开了门，吃惊地看着门口站着的李晓伟，脱口而出道："你怎么来了？"

李晓伟右手扶着门框，神情落寞地看着她，目光若有所思："章医生，我，我能进去吗？我找你有事，我今晚必须要和你谈谈。"

听了这话，章桐没再多说什么，便转身让他进了屋，随手把门带上后，两人一前一后来到了客厅。没等章桐开口，李晓伟便疲惫不堪地在沙发上坐了下来，整个人目光散乱，显得有些心不在焉，又似乎是在精神上受到了莫名的打击，心知必定发生了什么大事，自己刚才的不满情绪便随之而消退了很多："现在时间已经很晚了，李医生，我看你精神状况也不太好，如果你不介意的话，今晚你就在沙发上委屈一下，怎样？有什么事我们明天再说。"

李晓伟点点头，随即就像个终于找到了安全感的孩子一般乖乖地向后倒在了沙发上，蜷缩起身体，很快便闭上了双眼，呼吸声也逐渐变得平静缓和了下来。

见此情景，章桐无奈地叹了口气："走吧，丹尼，我们回卧室去。"

丹尼却似乎有些心有不甘，它竖起双耳，警惕地盯着沙发上背朝外躺着的李晓伟，并不愿意挪动自己的爪子。章桐不得不用力拽了一把它脖子上的项圈，它这才终于呜呜叫着委屈地跟在主人的身后回卧室去了。临睡前，考虑到丹尼最近的情绪有些不太稳定，章桐便用狗链子把它拴在了门把手上。

直到两个多小时后，将近凌晨三点，章桐猛地被丹尼低沉的怒吼声惊醒，房间里同时传来了桌椅被推倒和狗链子不断撞击门把手的声音，那是丹尼在拼命挣脱狗链的束缚。

章桐不由得心中一惊，不容多想便欲起身去摸床头灯的开关，谁想到可怕的一幕发生了，一双大手在黑暗中突然把她推倒在床上并且死死地摁住了她的脖子，卡住咽喉的力量在不断地加大，呼吸也变得越来越困难，章桐挣扎着试图去扒开脖子上那犹如铁箍一般的双手。可是，这突如其来的袭击者显然并不愿意轻易放弃自己的攻击，反而还加大了力量。章桐刚欲呼喊救命，可是张了张嘴，却只是发出了嘶哑的呜咽声。难道说自己只能坐以待毙?

留给自己的时间越来越少，耳畔传来了丹尼的狂吠声，狗链撞击门把手的节奏也变得更加急促了。挣扎中，章桐的右手无意中摸到了自己临睡前放在枕边的一本书，书里夹着一支原子笔，她便本能地抓过原子笔，右手凭借经验迅速找到袭击者手臂上的肱动脉，然后毫不犹豫地用笔尖狠狠地扎了下去，并且同时拼死往上一推。

袭击者应该是没有料到章桐会这么做，他惊恐不已地发出了一声惨叫，踉跄着后退的同时，丹尼也终于挣脱了铁链，飞身跃起，一口死死地咬住了对方的后脖颈，然后借着惯性把他拖到了地上。

章桐大汗淋漓地翻身坐了起来，同时打开了房间灯的开关，在终于看清楚袭击者的面目时，她不由得呆立当场，感到惊愕不已。

“怎么是你?”

话音未落，身后的大门被人用力撞开，童小川依旧穿着那件皱巴巴的牛仔外套，神情严肃地出现在了卧室门口。卧室地板上，丹尼还是死死地咬住李晓伟不放，而李晓伟却因为失血过多已经陷入了昏迷。

“怎么会是他?”童小川一边收起枪，一边惊诧地叫道。

章桐没有回答，赶紧用自己的睡衣腰带扎紧了李晓伟的胳膊，同时命令丹尼:“快松开!”

“章主任，这……”童小川掏出手机，“我，我需不需要叫人来?”

“叫120吧，要快，否则的话，我都不能保证了。”章桐神情凝重地说道，脑子里飞速地回忆着李晓伟今晚突然出现在自己门口时的那副古怪模样。

凌晨五点三十分，手机闹钟准时响起，飞鱼网咖的胖网管揉了揉发酸的眼角，舒服地伸了个懒腰后，便从椅子上站了起来。这个时候的网吧里是一片难得的安静，包夜顾客此起彼伏的呼噜声时不时地敲击着胖网管的耳膜，他不满地嘀咕道："睡得跟猪一样，就这点出息了！"

离自己下班的时间还有半个小时，胖网管要做的事情还有很多，而眼前最要紧的，就是逐一给电脑点数，尤其是运行的主机。他手里抓着交接班簿，开始晃晃悠悠地在网吧里转圈，嘴里咕哝着数字，时不时地在本子上勾一下，做好备注。

快要走到头等包厢的时候，胖网管突然停下了脚步，没错，是青轴键盘的敲击声："这小崽子，都什么时候了，还在玩！不要命啦！"

嘀咕归嘀咕，毕竟是头等包厢的客人，自然就有着高人一等的权利，胖网管没再打扰他，转身摇摇晃晃地离开了。

小杰是昨天晚上八点刚过的时候出现在胖网管的柜台面前的，还算老实，一开口就只是小心翼翼地试探那个特殊的约定在这家店里是否仍然有效，胖网管没有阻拦，他知道自己根本就得罪不起那种一出手就一万块的财神爷，便表态说当然有效，账上的钱是随便让他花的，紧接着在这个男孩稚嫩的脸上便露出了激动的神情。奇怪的是，胖网管在事后很长一段时间里都无法解释自己当初为何在最后面对小杰的时候，心中会油然而生一种说不出的歉疚感。

或许，这就是人最初的本性使然吧。

4

章桐从来都不喜欢化妆，但是今天出门去上班的时候，本来已经走到门口，对着玄关的镜子照了半天，轻叹一声，还是乖乖地丢下包返回屋里，找出了很长时间都没有用过的 BB 霜和口红，花点时间给自己化了层淡妆。

可是尽管早就有了足够的心理准备，从跨出家门的那一刻开始，投向自己的目光依然是复杂而又带着几许同情。尤其是进了办公室，助手顾瑜抬头刚想打招呼，瞬间就像石化了一般，张口结舌："你……"

章桐可不想把昨晚李晓伟的事给彻底闹大，便硬着头皮咕哝了句："别乱想，我走路不小心摔跤了。"

自知这种伤势就连在一个法医系的学生面前都是糊弄不过去的，头一回撒谎，又是这么显而易见就能被戳破的谎言，她感到自己的耳根子都热得发烫。

凌晨的时候，童小川跟着120急救车去了安平市第一医院，章桐没去，她得和物业解释，同时收拾满屋子的残局，收拾完了，也就该上班了。刚才在路上接到了童小川从医院打来的电话，一面抱怨还要去防疫站打狂犬疫苗，另一面却绕着弯儿说章桐那招挺狠的，要不是自己出示了警官证的话，120急救医生早就已经打电话报警了，不过还好，现在人没事，只是还没醒过来。

私底下章桐也有些后怕，因为她知道如果当时补救措施慢了几分钟的话，李晓伟的命说不准就断送在自己手上了。只是在那个紧要关头自己的脑海中根本就没有时间去考虑太多的事，呼救是完全不可能的，如果不那么做的话，自己很快就会死于机械性窒息，结局不堪设想。归根结底，那个时候的李晓伟，已经是一个陌生人了。

在办公桌旁坐下，章桐这才感到浑身酸痛。

"主任，你要不要休息下？"顾瑜关切地问道。

章桐摇摇头："我没事，你忙吧。"说着，她轻轻摊开右手，手心里攥着的是一张小小的名片。早上在收拾卧室的时候，章桐无意中在地板上捡到了这张仍然崭新的名片，她可以确定这并不属于自己，也就是说是从李晓伟身上掉下来的。她已经用手机查询过名片上这家安康公司的性质，知道一个心理医生是绝对不会去心理诊所做咨询的，而名片上的名字"顾大伟"自己也曾经在李晓伟口中听说过。于是，在一番斟酌之后，出于对李晓伟昨晚古怪行为的不解，章桐便拨通了名片上的手机号码。

电话那头的顾大伟一听说自己老同学出了事，不禁哎呀一声叫了出来：

“天哪，这不可能！李医生不是这样的人，你可千万不能误会他。他昨天是来找过我，但是我们之间只不过是探讨了一个病患的病情发展情况而已，只是一般性的公事，并没有什么特别的事情发生。你大概也知道我和李医生是大学同学，他大约是在五点多的时候离开了我的公司。至于说后来发生了什么，很抱歉我就不知道了。”迟疑片刻后，他又问道，“章医生，你确定是他干的？他当时有没有喝醉？会不会是犯浑……在跟你开玩笑，一时失手？”

章桐右手下意识地摸了摸自己脖子上的瘀青，苦笑道：“昨晚唯一能肯定的就是，他当时的意识是清醒的，再加上说有重要事情要问我，所以我才会让他进门。但是两个小时后，他就差点没掐死我。”

电话中一阵沉默，半晌，顾大伟惴惴不安地问道：“章医生，那这家伙，他，他……现在在哪儿？”

“哦，凌晨的时候被 120 急救车拉走了。”章桐漫不经心地答道，“同事说他刚从抢救室出来，不过应该没事，我对他是留了分寸的，你不用担心。”

话音未落，电话那头便传来了顾大伟一连串明显被自己口水呛到的咳嗽声。

第七章

顾大伟喃喃地说道，目光中闪过一丝阴影，“总之，他现在患上了暂时性的创伤后应激障碍，结合他的怪异行为来看，不排除他在那段时间里被人催眠了……所以，我需要证据，童队，请你一定要帮帮我。”

1

离自己接班时间还剩下不到半个小时，110接警员郑红梅轻轻地推开了网安大队办公室的玻璃门，探头向内张望着，她知道自己这个时候肯定能在这里找到郑文龙。

网安大队的办公室是整个公安局大楼中所有办公室里面积最大的一个，从成立以来至今，前后虽然经历过几次内部装修，但是因为电脑和各种电子设备不断增加的缘故，越扩越大，最终就成功超越了接警中心那巨大的LED电子监控屏幕，成了大楼里电子辐射最强的地方。

郑文龙是网安大队里的灵魂人物，他的来历很神秘，属于半路出家，户籍信息被小心加密，简历中“原单位”那一栏总是空白，而对外介绍的时候，他的名字也从来都不会公开。但是据说当年主管刑侦的副局长可是费尽心机几乎磨破了嘴皮子，才终于把他成功说服，从而拉进这个团队并主持工作的。不过大家很快就接受了郑文龙的存在，因为这个看上去其貌不扬、成天笑嘻嘻的年轻人似乎天生就是一个为了解决难题而存在的人。

郑红梅终于在一堆不断闪烁着红灯的主机房里找到了身材健壮的郑文龙，此刻，他正背对着自己弯腰在机箱上查看着什么。

“阿龙，那个 IP 地址，你帮我追踪到了吗？”

郑文龙听了，转过身，神情沮丧地摇摇头：“要是我没计算错的话，这家伙应该是躲到‘暗网’里去了。”

“‘暗网’？”郑红梅还从未见他这么发愁过，便不解地问道，“我怎么好像在哪部小说里看到过这个？‘暗网’是不是非法网络的意思？”

郑文龙长叹一声，愁眉苦脸地看着她：“傻妹子，你即使看到，也只不过是理解它字面上的含义罢了。‘暗网’没你想的那么简单。”

两人边说边向外走去。

“所谓的‘暗网’，其实就是科学家想尽办法研究出的用来保护个人隐私的一种专门技术，又被称为‘洋葱网络’，上面的域名数量是表层网络的四百到五百倍，任何一个在上面访问的人都是完全匿名的。”郑文龙边说边把记录本夹在胳膊肘里，腾出双手在空中比画道，“‘暗网’就像洋葱一样，将用户的信息一层层包裹起来，而‘暗网’上的内容，传统的搜索引擎根本就看不到，也无法获取，所以，个人隐私就得到了最完美的保护。”

回到办公桌旁，郑文龙顺手拉出一张椅子示意她坐下，然后快速地敲击自己面前电脑的键盘，看着电脑屏幕上不断滚动跳跃的各种字符，不无沮丧地接着说道：“但是现在，‘暗网’的存在和发展已经与最初的设计者的用意完全背道而驰，各种各样的非法活动充斥了整个‘暗网’，只要你有钱，你可以在上面做任何事情，无论你在世界的哪个角落，只要你愿意，你就可以在这个网络上肆意妄为。”他长叹一声，重重地敲下了“Delete”键，然后无力地向后靠在椅背上，咕哝道：“我这几天都在尝试尾随他的轨迹隐藏 IP 再次进入，结果却失败了。看来，这家伙是个典型的‘黑帽子’，比我厉害多了。”

直到这时，他这才猛然意识到郑红梅的突然出现可不是简单地只想问个问题就了事了，便转头盯着她，神情严肃地说道：“你绝对是无事不登三宝殿，说吧，是不是又打电话过来了？”

郑红梅紧锁双眉，点点头：“昨天早上的事，我怕等下找不到你，所以提前请同事替我一下。阿龙，这一次，我总感觉要出事。”

郑文龙心中一紧：“为什么这么说？”

“以前，那家伙在电话中只是不停地哭和忏悔，但是这一次，却是笑……那笑声，我以为他在和谁开玩笑，但是说实话我这辈子再也不想听到那个笑声了……”郑红梅犹豫不决地说道，目光中闪烁着一丝不安。

郑文龙急了：“你还在这傻待着干什么，回去发副本给我，同时上报给二队，叫他们联系法医处，听明白了没有？”

郑红梅匆匆离去。一旁的同事不解地问道：“郑工，你为什么这么担心？”

郑文龙轻轻叹了口气，神情凝重地说道：“我在二队开案情分析会的时候，就曾经听过那家伙的声音，我不是心理医生，但是接连三个电话都是一样的口气，第四个电话却变了，那可不是什么好事！必须马上让童队知道这个变化。”

正说着，电脑屏幕上自己的邮箱中突然显示有一封新邮件，郑文龙本以为是接警中心发来的，可是点开仔细一看，却分明是一封海外加密邮件，等看完全文后，他的脸上不禁一阵红一阵白。

信件是用英文写的，虽然寥寥数语，但是却直截了当地指出了郑文龙这几天来一直试图进入“暗网”却失败的“光辉业绩”，并且表示自己作为一名“暗网”的“潜伏者”，知道郑文龙的真实身份，善意劝他不要随便靠近“暗网”，否则后果不堪设想。信件落款——美少女战士。

“郑工，你没事吧？”坐在对面的同事见郑文龙看着电脑屏幕憋红了脸不说话，便探头关切地问道。

震惊之余，郑文龙结结巴巴地说道：“我，我这大老爷们儿居然被人给嘲笑了！”接着，他一脸愤怒地伸手指着自己的电脑屏幕，皱眉咕哝道，“不对，不对，这年头怎么还有人叫‘美少女战士’这样的网名的？到底是哪里来的小屁孩？”

迟疑片刻后，对面的同事终于忍不住了，顿时笑得前仰后合："郑工啊，看来这回你可算是真的遇到梦想中的对手了，千年一遇啊！"

走出监狱大门的时候，身后铁门被重重地关上，安平市公安局刑警二队侦查员张一凡这才长长地出了口气，不知道是不是自己的心理作用，他总觉得监狱外的天空远比自己在里面时看上去的要明亮许多。

这或许就是"自由"的感觉吧！

环顾了一下四周，此刻，监狱外的街上空空荡荡的，没有车辆通过，也更谈不上行人，而自己开来的那辆灰不溜秋的无标志警用车辆正孤零零地停靠在不远处的大槐树底下。张一凡便紧走几步，来到车旁，打开车门钻了进去。刚转动钥匙准备把车开走，手机却响了起来，见是章桐的号码，便赶紧戴上蓝牙耳机，同时打开导航，边开车边接听电话。

背景音很嘈杂，不过还好能听清。

"小张，查到什么了吗？"章桐问道，"你声音大一点，我现在在郊区马巷出警，不在办公室，所以听不太清楚。"

"主任，你放心吧，我这就赶回局里去。我拿到了李智明在押期间所有的文书资料。"张一凡边说着边按照导航指示向右打方向盘，同时大声说道，"对了，章主任，你知道那封遗书的最初版本是写在什么上面的吗？"

"不知道。你为什么突然提起这个？"章桐不解地问道。

张一凡的目光中充满了兴奋："我现在手头有足够的证据怀疑这封遗书根本就不是李智明写的。"

"你说什么？"章桐突然感到了一丝不安，迟疑片刻后，便果断提醒道，"电话中不要再说了，我回去后马上就给你电话。你一定要等我！"

可是，话还没说完，电话那头却突然传来了张一凡吃惊的声音，他模糊不清地咕哝了句："……不对啊，这路不对啊……哎呀……"紧接着便是一声惨叫夹杂着金属撞击所发出的巨大声响，就此电话中断。

章桐紧握手机，顿时呆住了。

2

郊区马巷远离市中心，位于山谷之中，景色优美的安平湖穿谷而过。除了节假日踏青的游人，这里平时也会接待一些老年自助游团队。而发现尸体的位置，就是钓鱼的人最喜欢去的云瓦台，这里地势平缓，正好是一个天然的水流回转的位置，绝佳的地形使得这里的鱼特别多，尤其是杂食类的鲤鱼。

但是章桐知道，从今天开始，将会有很长一段日子，这里再也不会有人来钓鱼了。

挂上电话后，便把手机塞进了自己的现场防护服口袋。刚才，章桐已经尽可能地快速通知了所有能帮得上小张的人了，告诉了他们车祸所发生的大概位置。局里有规定，所有在职警察的手机在工作期间除了一些特殊岗位以外，都会被要求打开定位，以防万一。而自己手头毕竟还有工作要做，所以哪怕脑海中有无数个问题要追问，章桐还是只能硬生生地把它们吞下去，祈祷小张没有出什么大事，不然的话，自己内心的愧疚是无法假装看不见的。

不知何时学会了用“祈祷”这个词来描绘自己的糟糕心情，私底下其实章桐根本就不相信“祈祷”能够带来所谓的“奇迹”。但是这样做，有时候至少能让自己的心里感觉好受些。

马巷的这个案子，是一具在水里至少待了两个月的浮尸，尸体的腰间被绑上了沉重的水泥块，尸体上不可避免地出现了被鱼类啃食过的痕迹，还好全身的衣着看上去还比较完整，尽管面目全非，却可以勉强辨别出死者是一个年轻女人。

“会不会是自杀？”童小川问道。

初步检查完尸表后，章桐皱眉，又重新拉好了死者的上衣，摇摇头，低声说道：“需要马上解剖，这尸体在水里泡太久了，拉上岸后会加速腐败的程度，到时候就什么证据都没了。可是，童队，从我们这边回局里还有一个多小时的车程，我那车后面的氟利昂漏了，没法制冷到足够的温度来保存尸体，所以，在这太阳底下恐怕撑不了一个钟头。”

听了这话，童小川左右环顾了一下，随即果断地说道："前面过个山头就是火葬场，虽然走的是小道，但是开车应该不用两公里，先去那里再说，我带路，这里的地形我熟悉。"

章桐看了看顾瑜，后者无奈地点点头，心知也只能这样了。

一座城市里无论什么地方的空调都有可能会坏，但是唯独火葬场的永远都不会。几年前，局里法医处的办公条件还比较落后，章桐是经常带着人来火葬场进行实地尸体解剖的。可这样做也有不好的地方，不只是证据的固定和提取会有一些不确定因素的存在，就连检验环境也是不容乐观的。

不过目前看来，这也是唯一可行的办法了。顾瑜一边开车，一边不解地问章桐："主任，为什么你会对这具尸体的死因产生疑问？"

章桐看着窗外不断闪过的树木，目光若有所思："因为一个自杀的人是绝对不会在腰间绑上这么重的水泥块的前提下，还用锐器多次捅穿自己的腹股沟的。刚才现场初检的时候，我在她左右两边的腹股沟上至少发现了不下十处的伤口，而且是贯通伤。这么做只有一个目的，就是在死后让尸体不要那么快就浮上水面被人发现。"

"十刀？她疯了吧，都戳漏了！"顾瑜嘀咕道，同时右打方向盘，把车完美地停在了童小川警车的后面。

"车技不错！"下车的时候，章桐嘀咕了句，"从哪儿学的？"

"我男朋友教的。"顾瑜绕到车后，用力拉开了后车厢的门，利索地跳了上去。

章桐不由得喜出望外，一边帮着把尸体袋用力拽出后车厢，放到轮床上，一边问道："哦？这么快都谈男朋友了，那什么时候结婚？要记得告诉我哦，我给你批假，同时一定给你随个大礼。"

话刚出口，她就后悔了，因为眼前顾瑜的脸上并没有一般女孩恋爱中的喜悦，相反，她的目光中却闪过了一丝让章桐非常熟悉的表情。

"谢谢主任，不用了，因为他去年已经去世了。那天，有个亡命徒在街上抢了辆车，四处撞人报复社会，他为了救个孩子……一条命，活生生的人，就这么没了。”说着，顾瑜跳下车，仰起头，冲着章桐凄然一笑，“后来呢，我就申请替他来了基层，所以，主任，你就放心吧，我是绝对不会走的，因为我得替这家伙好好干活呢！你说是不是？”

章桐听了，愣了片刻，随即无声地点点头。

3

每个人的内心深处都会有一种非常害怕的东西，而这种东西往往会陪伴他一辈子，说不清楚原因，有时候是一句话，有时候则是一种声音，有时候甚至只是一个影子，心理学上把它解释为“条件反射”。章桐虽然身为法医，却也不例外。

推着装有尸体的简易轮床缓缓穿过甬道，绕过大厅，最终在焚化区对面的一排平房门口停了下来。虽说尸体对于火葬场来说并不新鲜，但是对于活着的人而言却始终都是让人感到忌讳的，所以，虽然平房就在离大厅直线距离不到五十米的地方，却不得不为此而绕了很大的一个圈子，才终于来到目的地。

眼前的一排房子被刷成了干净的白色，几乎纤尘不染，耳边隐约能够听到平房后面传来的沉闷的嗡嗡声，这是一年到头都在运转的空调压缩机的声音。除此之外，就是身后焚化区窗户里时不时响起的哀号声了，毕竟，这是送自己亲人离开这个世界的最后一刻，尸体被推进炉子后，就再也见不到了。

章桐站在轮床边上，一边竭力忍受着装尸袋里所散发出的臭味，一边迫使自己不去倾听身后传来的声音。

终于等来了卷帘门响起的咔咔声，顾瑜摘下口罩，如释重负般地长长出了口气，小声嘀咕道：“总算来了。”

“这是人家的地盘，咱们临时征用，就不要那么高的要求了。”章桐说道，“局里办公经费紧张，我又不知道今天的尸体程度这么糟糕，否则的话，哪怕自己倒贴钱都愿意，也就不用遭这个罪了。”

冷气扑面而来，显然平房里是开足了空调的。开门的小姑娘年纪不会超过二十五岁，身材矮小，身上穿着火葬场的套装制服，只不过脚上穿了双粉色塑料拖鞋。

“怎么这么臭？”小姑娘目光落在轮床上，忍不住皱眉嘀咕道。

“水里的浮尸，两个月了。”顾瑜没好气地冷冷回应。

果不其然，小姑娘一听这话就立刻变了脸，同时手忙脚乱地伸手在兜里摸出了一个口罩戴上：“也不早说，这味儿会很久都散不了的。”说着，她朝平房最里头的位置指了指，“最顶头那间，赶紧去吧，记得把通风打开，不然我们这里得臭半个月！”

章桐和顾瑜不禁相视一笑，两人按照指点继续推着轮床向前走去。身旁经过的一个个房间其实就是火葬场的仪容整理间，关着的居多数，从为数不多的几间开着的门口看进去，可以看出房间并不大，但是放一张轮床是绰绰有余的了。

“比我们那解剖室的环境强多了。”章桐小声说道，“至少这里不缺人手。”

最终，轮床停在了最后一间的门口，推开门的刹那，章桐终于明白了为什么会把这最后一间交给自己，因为这间仪容整理间显然是计划外被加上去的。房间的布局很怪，由两部分组成，狭长的那一部分只能勉强推进去一张轮床，而里面那部分，如果在轮床边工作的话，人就必须站着，而且是后背贴着墙，根本就没有多余的空间给活人活动一下筋骨。不过还好，这里的空调设施、下水道以及水池之类的配套都是齐全的，尸体存放冷库也正常工作。

章桐环顾了一下四周，闻着扑鼻的来苏水味道，长长地出了口气：“好吧，那我们就赶紧开工！”

戴上护目镜，拉开装尸袋的刹那，水中的尸体接触空气后迅速产生的腐烂臭味顿时充斥了整个房间。

市第一医院加护病房里，李晓伟睁开双眼的刹那，便被窗外的阳光晃得头晕。他不得不又一次闭上眼，过了好久，再次睁开的时候，才终于分辨清楚那是自己熟悉的一棵无花果树。又抬起左手看了看绑在腕上的手环，还有周围的粉红色墙面，没错，此刻他正在自己的工作单位——第一医院的加护病房里躺着。

脑子里一片混乱，李晓伟实在记不起自己到底为何会突然出现在这里，便挣扎着想坐起来。

“哎哟，我的好兄弟，你可千万别动。”一旁沙发椅上正坐着看资料的顾大伟赶紧来到床前，伸手轻轻摁住了他，“你差点丢了小命，知道吗？”

李晓伟强忍着阵阵头晕恶心，沙哑着嗓音问道：“到底发生什么事了，我怎么在这里躺着？”

顾大伟听了，不由得一怔，狐疑地瞪着他：“你真的想不起来发生的一切了？好吧，那你告诉我，你最后记得的是什么？”

“我从你公司离开后，接着，就是开车，去了一个地方……什么地方来着，我记不清了，接下来就到了这里。”李晓伟皱眉嘀咕道，“难道我失忆了？中间到底发生了什么？你又怎么会在这儿？”

“娘哎，这下手可真够狠的，人都给整失忆了。”顾大伟不禁咧嘴倒吸了一口凉气。

“你说什么？”

“不不不，我没说什么，你好好休息吧，我有事，先回趟公司，下班了再来看你。”顾大伟赶紧找了个借口，匆匆溜出了病房，和护士打了声招呼后便一溜小跑去了车库，直到关上车门，伸手抹了把汗，这才终于长长地出了口气。

他小心翼翼地掏出手机，拨通了童小川的电话，这个号码是几个小时前童小川刚给自己的，嘱咐他一有什么新情况就立刻打电话通知对方。

电话只响了一声就被接了起来，电话那头的声音低沉而又沙哑：“我是童小川。”

“童队啊，顾大伟，我是李医生的同学，还记得吗？”顾大伟结结巴巴地说道。

“当然记得，顾先生，你有什么事，尽管说吧。”口气明显缓和了许多。

“就在刚才，李医生醒了，但是他已经失忆了，对昨天离开我办公室以后的事，都记不清了。你，确定他是去了李智明原来的房子吗？”顾大伟紧紧抓着手机，惴惴不安地问道。

“是的，我们查了他的车载导航仪，他的车在那个小区外面总共停留了五小时四十八分钟，接下来就直接开车去了泰德花苑，中间并没有停留。我也派人询问过小区保安，证实了这几个小时中他一直都在李智明的家里待着。从房间情况来看，似乎有些不可思议。”

“不可思议？”顾大伟有些吃惊。

“因为这几个小时时间里，他只做了一件事，就是坐在椅子里不断地听一首乐曲。”童小川缓缓说道。

“是不是肖邦的那首著名的降 E 大调夜曲？”顾大伟急了。

“我……我不懂这个，很抱歉，但是听说是什么夜曲来着。”童小川尴尬地说道。

顾大伟深吸一口气，神情严肃地说道：“童队，我现在请求你帮我一个忙，立刻派人把这首在李智明家中所发现的曲子原封不动并且完整地用音频打包文件发给我，就是这个手机号码所对应的邮箱。我们公司刚弄了一台仪器，是可以对乐曲进行专业分析的。”

片刻沉默过后，电话那头又传来了童小川果断的声音：“这个当然没问题，只是，顾先生，你的意思是不是说这首曲子，真的有问题？”

“还没分析，真的不好说，但是据我对李医生多年的了解来看，他是绝对不会做出伤害别人的举动的。现在的改变太突然、太反常了，根本就没有任何缓冲层面的存在，这在心理学上是解释不通的。”顾大伟喃喃地说道，目光中闪过一丝阴影，“总之，他现在患上了暂时性的创伤后应激障碍，结合他的怪异行为来看，不排除他在那段时间里被人催眠了……所以，我需要证据，童队，请你一定要帮帮我。”

4

火葬场的仪容整理间里，女尸的胸腔和腹腔都被打开了，空气中弥漫着一股浓烈的恶臭味。

虽然空调被开到了最低档，但是仍然难以缓解房间里的闷热，而密不透风的隔离服则更加加剧了自身身体热量的积蓄，没多久的时间，章桐便感到浑身是汗，而汗水进了眼睛后所带来的刺痛感让她不得不加快了眨眼的速度。

“上呼吸道见白色泡沫液，并伴有泥沙……肺部有水性气肿……小顾，心脏怎么样？”

顾瑜头也不抬地答道：“右心淤血，血液呈暗红色，需要进一步检查左右心室血红蛋白含量比，我已经取样保存。”

“好！记得所有的内脏器官都需要留样保存。”此时的章桐感到心满意足，她点点头，“我刚才观察到她的消化道中有溺液，呼吸辅助肌也有出血迹象，初步判断是溺死，不过还要看硅藻检验和血液化学检查的结果才能最终判定，这尸体在水里的时间太久了，有时候即使是死后抛尸入水，也会出现一些类似于生前溺水的假象。”说着，她抬头环顾了一下整个房间，轻轻地叹了口气，“希望欧阳他们在现场提取水样能够一切顺利。”

“主任，我有一个问题，”顾瑜抬头看着章桐，口罩早就已经被脸上的汗水打湿了，“我想知道你凭借什么证据来证实她在水里的时间已经超过了两个月？”

“第一，她的衣着，是冬天的，有防寒内衣，显然是天冷的时候入的水；第二，她入水的地方应该不是云瓦台，那里虽然属于风景区，但是地势平坦，再加上水流速度的缘故，鱼群经过那里的时候会产生一个自然的漩涡，鱼多自然钓鱼的人就多，死者也就不会在水中待这么久，直到呈现出了典型的‘巨人观特征’时才被人发现。死者原本的身高在一百六十五至一百七十公分之间，体重约五十公斤，结合水文资料和水泥块的重量，经过系统算法后，就能得出大致的漂浮时间，所以我才会说在两个月以上。”

顾瑜吃惊地问道：“欧阳工程师算得这么快？”

“不奇怪，他曾经是清华的数学系高才生。”章桐耸了耸肩，“你接下来肯定会问我怎么判断出她的大致年龄的，对不对？”

顾瑜尴尬地点点头。

“死者面部已经呈现出了基本的白骨化，不排除腐烂加上鱼类啃食的结果，这样一来，我们就先看牙齿的磨耗程度。”说着，她探身分开了颅骨的口腔，指着牙齿道，“牙尖咬合面中间凹陷，根据牙磨耗的九级分级法，所以得出结论平均年龄在二十四到二十七岁之间，这是其一；其二，女性颅骨较小、较轻、较薄，表面粗糙，肌线不明显，颅内容积平均小于一千三百毫升。不知道你是否还记得颅骨骨缝愈合分级法，共分为五个等级，从未愈合直至最终的完全愈合，各对应相应的年龄段。你仔细看她位于复杂段和前囟段的冠状缝，只是刚刚出现愈合，锯齿状的连续线依旧清晰可见。由此可以推断出死者的年龄在二十四岁左右，同样的特征出现在她蝶骨的大翼段和小翼段，体现出年龄超过二十二岁。还有矢状缝，就更是明显了。”

顾瑜恍然大悟：“原来如此。”

话音未落，耳畔竟然传来了敲门声，章桐不解地看了看顾瑜，随即大声问道：“谁啊？”

门外传来年轻女孩怯生生的答复：“警察同志，对，对不起，能请您帮我们一下吗？我是这里的工作人员。”

章桐微微皱眉，迟疑片刻后，便摘下手套丢在一边，同时嘱咐顾瑜：“我去看看，你注意一下提取检材的保全。”

“放心吧，主任！”

章桐来到门边，把门打开后，眼前站着的是一位同样身穿工作服的年轻女孩，身材娇小，神情腼腆，年龄在二十岁上下。而斜对门的房间里，她的同事则惴惴不安地探头查看着。

“警察同志，你，请问你是法医，对吗？”年轻女孩结结巴巴地问道。

章桐感到有些糊涂，心里又牵挂着身后的尸检，便心不在焉地问道：“我是法医，出什么事了？我们这边还没结束，不用这么急着催吧？”

一听这话，年轻女孩赶紧摆手解释道：“不催不催，警察同志，我们是想请你帮个忙，真的，求你了，我早就听说你们法医都是很专业的，不像我们这些都是凑数混日子的。”说着，她抬头，用哀求的目光看着章桐，“如果，如果你不帮忙的话，我们这个月的奖金就泡汤了，说不准还会被扣工资处分……求你了，不用太长时间的……”

章桐刚想发火，可是看着眼前的女孩一脸的哀求，不像是在开玩笑，迟疑片刻后，便换了种口气，无奈地说道:“你到底想我帮你什么，你不说清楚，我怎么帮你？难不成你们这里出了杀人命案？”

年轻女孩用力点头，却又很快果断地摇头，小声说道:“和那差不多。”

第八章

其实回想起今天凌晨所发生的那一幕，章桐还是感到有一些本能的后怕的，因为只有她自己才知道，当时，在黑暗中紧紧扼住自己脖子的那双手，是绝对不会松开的。

是的，她看不见他，而死亡，却又偏偏离自己那么近。

1

遗容整理间里静悄悄的，只有墙角水龙头发出的滴答流水声才会偶尔打破这尴尬的宁静。两个年轻女孩站在一旁，背靠着墙神情紧张地看着章桐，时不时地对视一眼，目光中充满了担忧。

直到亲眼见到这具躺在隔壁房间里的尸体，章桐才终于明白了刚才那位年轻女遗容整理师会这么发愁的原因。

死者为年轻女性，身高在一百六十三公分左右，体型偏瘦。双手手腕、前臂、骨盆以及股骨均发现明显骨折，而双膝膝盖部位也有损伤，这符合车祸时撞击仪表盘所造成的后果。除此之外，颈部有明显的挥鞭样损伤，造成寰椎脱位，枢椎齿突骨折，椎体损伤，而这样一来，脊髓的损伤也是不可避免的。

但是这明显还不是最糟糕的，死者的头面部的损伤异常严重。章桐不禁皱眉，因为普通的车祸似乎无法造成如此严重的头面部创伤，因为不只是容貌尽毁，就连死者的头颅都发生了严重的变形，以至于根本无法辨认出死者本来的面貌。

“这是车祸造成的吗？”章桐不解地问道。

身材略矮、留着短发的女遗容师点头，结结巴巴地抱怨道：“是的，已经送来三天了，但是因为尸体面部损坏得实在太严重了，我们再三请求不要举行开棺告别仪式……结果，却还是被家属拒绝了，对方说无论出多少钱，都要看到妻子的脸……我们想了很多办法，却都失败了，今天是最后的期限，主管说了，要是达不到要求，就，就砸我们饭碗……”

听了这话，章桐皱眉道：“这不是明摆着给你们穿小鞋吗？”她的目光仔细打量着冰冷的尸体，思索片刻后，果断地点头，“这个忙我帮你们，但是，我需要对尸体的伤势做个具体了解，这样才能对症下药。”

两个年轻女孩一听就喜出望外，长长地出了口气，连连道：“没问题没问题，反正到时候棺木中只会露出死者的头颈部位，身体是穿了衣服的，看不到，不会有影响。警察同志，你尽管弄吧！”

“那好，你们在一旁守着，帮我打个下手，因为我会需要一点东西。”章桐不紧不慢地说道。她知道隔壁房间剩下的工作已经不多了，顾瑜一个人应付起来绰绰有余，而这边嘛，手脚快的话，不到半小时就可以了。章桐重新又戴上手套和围裙，架上护目镜，然后用力拉开了尸体身上穿着的一次性白色连体无菌服，之所以给尸体穿上这种衣服是为了便于后续死者家属前来给死者送寿衣时，多少能感觉不是那么尴尬。

如果按照以往的脾气，章桐是绝对不会同意给人临时帮忙的，这样不只是会耽误时间，更主要的是，她没心思去做工作以外的事情。至于说现在为什么突然改变了，难道是受了李晓伟的影响？脑海中突然出现李晓伟的名字，章桐的心里不禁一声长叹，昨晚虽然自己对于下手的力度是有把握的，但是当他被 120 抬走时，那张惨白如纸的脸却还是让章桐的心被猛地揪住了。

真希望那家伙没事！

她一边暗暗嘀咕着，一边开始仔细观察面前死者的全身伤势。决定要做全身的勘验，章桐并没有说出自己这么做的真正原因。只是复原一个人颅骨对她来说其实并不困难，但是真正让她感到困惑不解的是，无论怎样糟糕的车祸现场，在死者全身被保存得如此完整的前提之下，头面部是绝对不可能形成这么严重的多点位创伤的。

现在光从肉眼看上去，形成的原因就不只是单纯的迎面猛烈撞击，在颅骨的右侧，拨开头发，还能看到明显的硬脑膜外血肿，这种在颅骨和硬脑膜之间所形成的血肿，最常见于脑膜中动脉破裂，不排除静脉窦和导血管的破裂，主要形成的原因是颅骨骨折。虽然死者是死于交通事故，但是再怎么大的撞击和翻滚，都不会造成颅骨右侧的严重损伤。

“我需要对她的头部做个 CT 扫描，你们这边能做吗？”章桐问道。

“当然可以！”矮个子女孩赶紧向后面那扇小门走去，打开后，转身朝这边招手，“推过来吧，这里有 CT 机。”

章桐不由得目瞪口呆：“你们这边还有 CT 机？”

另一位瘦高个女孩听了，不由得苦笑道：“才买了没几个月的时间呢，现在的家属实在是太会闹腾了，尤其是交通事故的死者家属，真的拿他们没办法。经常会遇到无法调解的干脆直接就打到火葬场来了，又不愿意花钱申请做尸检，没办法，为了息事宁人，头儿就下狠心买了这台 CT 机。”

在准备做 CT 检查之前，章桐注意到瘦高个女孩在电脑记录上打下了“沈秋月”三个字，不由得心中一动：“沈秋月？这是死者的名字？”

“是啊。”瘦高个女孩点点头，“三天前送来的，明天举行告别仪式，她老公汪先生还真舍得花钱呢，包下了我们最大的那个哀思厅不说，光是预付的葬礼时购买鲜花的费用就给了整整两万！”

“是的是的，我还听说他们家三年前出过一件大事，可倒霉了。好像是一起杀人案，他们就住在杀人犯的楼下。”矮个子女孩性格比较外向，此刻完美地发挥了八卦本能，“后来听说不得不搬走另外开始新的生活呢，真没想到，这都过去三年了，却还是逃不脱厄运！”

章桐没有吱声，只是若有所思地看了一眼静静地躺在玻璃另一面 CT

检查床上的尸体。

很快，看着电脑屏幕上的头部CT扫描图，章桐下意识地倒吸了一口冷气:“你们确定这只是单纯的车祸事故?”

两个女孩听呆了，面面相觑后，矮个女孩说道:“我们是只负责仪容整理这一部分，具体，要问120急救中心的人了，是他们第一个到的现场，我们没有看到。等等，警察同志……”

“我姓章，你们叫我章医生吧。”章桐实在无法忍受“警察同志”这么别扭的称呼了，“有什么问题尽管问就是。”

“章，章医生，你为什么会质疑她的死因?”女孩接着问道。

“她头上的伤口明显不是由车祸造成的。”章桐想了想，伸手指着颅骨右侧，“要我看的话，反而更像是由钝器打击而造成的，并且程度很严重。把尸体拉出来吧，我还需要全身再检查一下，总之，如果能确定死因是他杀的话，那你们就不用再担心明天的开棺告别仪式了。”

瘦高个女孩怯生生地问道:“那她……不开棺的话直接火化?”

章桐摇摇头:“如果按照命案走的话，那就没你们什么事了，到时候只需要你们给我同事录份口供就行，别急，他们会来找你们的。”

又一次来到外间，章桐不再有所顾忌，开始仔细检查尸体体表的每一寸皮肤，记录下尸斑的确切位置，同时解释道:“你们应该知道尸斑是血液循环停止，受自身重力作用而坠积于皮肤低下部位血管内，使血管扩张充盈，红细胞沉积于血管最低部位，透过皮肤所呈现出的紫红色或者暗红色斑点，对不对？它一般在人死后一到三个小时出现，从最初的颜色浅淡、面积小、压之褪色到后来的逐渐扩大、融合成片、边缘清晰。其间总共被分为三期，分别是坠积期，为死后十二小时之内；扩散期，对应的是十二到二十四小时，这时候血液已经完全停止流动，皮肤破损的话会有组织液体流出，只要改变尸体位置，就会有新的尸斑形成。但是，这时候出现的尸斑是绝对无法掩盖住最初的尸斑的，也就是说，只要根据它们就可以分辨出死者最初死亡时所处的大概位置。至于说最后的浸润期，因为已经超过了二十四小时，血液彻底停止流动，无论再怎么移动尸体，都不会在这个时间段内出现的新的尸斑。”说着，章桐抬起头，“好，我再解释得详细一点，如果按照你们所说的，她在车祸过后没多久就被人送过来的话，那她身上应该只会出现一种片状尸斑，因为只要你在最初的十二小时内挪动过尸体，那她原来的尸斑就会逐渐转移至别的部位，变成新的尸斑，而一旦超过十二个小时，原来的尸斑就无法移动，相应地在新的位置，会出现颜色较淡的尸斑，这就表明，十二个小时过后，死者被刻意改变过体位。那你们现在告诉我，她身上总共有多少种颜色的尸斑？最深颜色的尸斑出现在身体的哪个部位？”

迟疑了片刻过后，瘦高个女孩吃惊地看着章桐，嘴里喃喃说道：“章医生，她的大腿……难道说死者最初的位置是蜷缩状？”

章桐点点头：“是的，侧卧，蜷缩状，这种状态是绝对不可能发生的，除非，死者是死后发生的车祸，也就是说有人试图用车祸来掩盖一起命案！而她这种蜷缩状姿势一直保持了十二个小时以上，直到尸僵的消失。”

“可是，章医生。”一旁的矮个女孩不解地问道，“我记得当时听 120 的医生说起过，发现死者的时候，她是坐在驾驶位上的，并且身上还系着安全带，而车里没有再发现其他伤员。对了，车祸发生的地方是一个悬崖，坡度非常陡峭，当时为了把这辆车弄上来，据说还专门动用了附近工地上的吊车。一个死人怎么可能再开车摔下悬崖？”

章桐轻轻一笑，转到尸体的双脚位置，站定后，缓缓说道：“发现她的那段悬崖边应该没有刹车印，也就是说死者是直接开着车冲出悬崖的，对不对？”

“你，你去过车祸现场？”

“不，我靠的是经验和推理。”章桐摇摇头，“我没有去过现场，我所做出的一切推论都是建立在尸体的各种科学证据上的。”说着，她伸手托起死者的右脚，“死者的右脚有严重的冻伤，这种天气这种季节，是绝对不可能发生如此程度的冻伤的，除非，你徒手接触的是一块干冰！”

果真如章桐所说，死者的右足已经出现了灰色水泡样症状，肌肉肿胀变黑发硬，这正是典型的严重冻伤。

“干冰是固态的二氧化碳，而干冰由固态变为气态是一个升华的过程，会吸走接触方大量的热，从而迅速降低温度导致严重冻伤。你说，一个死人又怎么可能给自己绑上干冰？如果在她还活着的时候绑干冰的话，第一，活人绝对无法忍受，第二，冻伤的状态会更严重，在冻伤周围还能看到肌体收缩的迹象，但是可惜的是，我在这上面却并没有看到。”

“章医生，那你的意思是……”

章桐点点头：“去通知你们主管吧，这具尸体，我们公安局接收了，我需要你们的殡仪车马上把两具尸体给我送到安平市公安局刑科所法医处，那里自然有人会接收。”章桐一边脱下手套，一边吩咐道。

直至此刻，两位年轻女孩才长长地出了口气，刚要准备打电话，却又被章桐叫住了：“等等，要是我没记错的话，死者的年龄应该在三十岁左右吧？”

“没错，登记簿上写的是三十三岁。”年轻女孩点头道。

章桐听了，脸色一变，她匆匆走出遗容整理间后，立刻掏出手机拨通了童小川的电话，把情况简单进行了说明，最后补充道：“我需要你马上打电话给死者丈夫汪涵，确认他妻子沈秋月是否进行过流产手术。因为今天上午的时候我和李医生的同学通过电话，证实沈秋月曾经在数天前去李医生办公室看过病，并且在话语中提到过自己当年之所以没有继续看病，原因是自己怀孕了，但是后来因为身体健康状况，孩子没保住。”

电话那头童小川略微迟疑了一会儿后，转而问道：“章主任你的意思难道是那具尸体并不是沈秋月？”

“目前还不清楚，因为这里的环境不适合做更进一步的尸检，我正在催促火葬场方面出动殡仪车给我把两具尸体尽快都拉到局里去。”说到这儿，章桐深吸了口气，严肃地说道，“只是有一点可以肯定，死者虽然被毁容了，但可以确定年龄是二十出头，这与沈秋月所登记的三十三岁有很大差距，而且，死者的死因可疑，目前可以确定的是死后被精心伪装成了车祸。”

“我明白了，这就去办。”

挂断电话后，章桐透过玻璃窗看着窗外的景色，青山白云，碧蓝的天空犹如水晶一般纯净，但是此刻她的心里却被蒙上了一层灰色的阴影。

记得李晓伟曾经说过，这个世界上最可怕的对手并不是对方有多么凶残，而是你根本就看不到他的存在，他就像一个潜伏者，无声无息地躲藏在黑色的世界里，犹如随时等待出击的毒蛇，在你最不经意间走过他身边的时候，果断地夺走你的生命。

其实回想起今天凌晨所发生的那一幕，章桐还是感到有一些本能的后怕的，因为只有她自己才知道，当时，在黑暗中紧紧扼住自己脖子的那双手，是绝对不会松开的。

是的，她看不见他，而死亡，却又偏偏离自己那么近。

2

放下电话后，童小川的心情很糟糕，他能够明显感觉得到周围的下属背对着自己的时候，那不满与不屑的目光。刑警这个行当，尤其是当一个重案分队的领导人，无论考试的成绩有多好，归根结底还是要靠脑子服人的。哪怕曾经在别的岗位上叱咤风云，但是真正来到这里的时候，如果事实证明并不适合干这一行的话，就会发觉自己在这里接下来的每一分每一秒的时间都会变得格外安静而漫长。

阿水警官的遗属几乎每天都会来局里询问案情进展，女人憔悴的面容更让童小川感觉到心中难以承受的压力。做完手头的事后，他重重地关上了抽屉，拿着好不容易找到的烟盒来到走廊上，刚想点燃，却发觉打火机没气了，不禁一阵懊恼，小声咒骂了几句。

正在这时，眼前伸过一只手，手心里放着一个打火机。童小川一愣，抬头看去，却是自己的老领导，禁毒大队的副队长蒋成峰，一个年过六十、快要退休的老缉毒警，心中一软，不由得眼圈红了。

老蒋轻轻叹了口气，顺手拍了拍他的肩膀，语重心长地说道："小童啊，你的事我听说了，你是当年我一手从警校带出来的，自然就很了解你的脾气和个性，我知道你现在的日子不好过。我早就说过，这里毕竟和禁毒工作的性质不一样，除了对工作的敬业心不变外，你还需要付出足够的耐心，你要学会让自己冷静下来。"

"我知道，但是……"一时语塞，童小川竟然不知道该说什么才好，一滴眼泪终于无声地滚落了脸颊，“老蒋，我只觉得自己使不出劲，对手太狡猾了，我根本就看不到他。面对受害者的家属，我真恨自己的无能。”

“唉！”老蒋长叹一声，道，“我送你四个字吧——以静制动。”

“以静制动？”童小川不解地问道。

老蒋点点头，微微一笑：“这是成语，也是拳击场上的术语。在拳击场上，如果对方比你攻势勇猛，你完全处于劣势的情况之下，那你所要做的，并不是一味地去攻击，因为这样做的后果是完全暴露了你的弱点，所以，在这种情况下你只有等，等对方出手，那时候，你就能抓住他的弱点，从而一击致命，把他绳之以法！”

“难道说你觉得他还会下手？”童小川吃惊地看着老蒋。

老蒋双眉一挑：“一个还没有达到自己目的的人，又怎么可能轻易放弃，你说对不对？”

“你的意思是……”

老蒋脸上的笑容消失了：“记住我的话，孩子，你不要顺着对方给你的线索走，回到原点，去看他最初做下的那一起案子，我相信你就会找到答案！”说着，他的目光看向不远处的安平大桥，桥上不断闪烁的霓虹灯在他的眼中映出了一道绚丽的光彩，“当年，有一位法医就是这么跟我说的，当你面对纷繁复杂的线索的时候，你需要的是一个冷静的头脑和回归原点的勇气。还有就是，不管一个人后来杀了多少人，他杀第一个人的时候，永远都不是最完美的，你记住了吗？”

“谢谢你。”童小川用力点点头。

老蒋转身刚要离开，却又被童小川叫住了。

“等等，老蒋，那个法医，能告诉我他是谁吗？”

“哦？你为什么想知道？”老蒋笑眯眯地看着自己的爱徒。

“因为你从来都不会用这样的语气提到一个人。”童小川说道。

老蒋嘿嘿一笑，目光若有所思：“他叫章鹏，我想，你前几天应该见过他的女儿了。”说着，他摆摆手便缓步离开了。

“那他退休了吗？”

老蒋没有回头，也没有停下自己的脚步，只是脸上的笑容消失了，回答的声音低沉得近乎耳语："真可惜啊，他早就已经不在了。"

第一医院加护病房里静悄悄的，李晓伟斜靠着枕头坐在床上，从护士那里要来的纸板和笔被端端正正地摆放在自己面前的被子上。在过去，他曾经用过同样的手法帮好几个病人通过图像绘制来唤回记忆，而此刻，他必须面对的是自己。

李晓伟是医生，所以他很清楚自己手臂上伤口的重要性，尽管护士三缄其口，他却可以肯定在自己记忆丧失的这段时间里必定发生了什么可怕的事情。不然的话，自己为什么会突然来到这里，而更重要的是，他别的什么都记得，偏偏从昨天傍晚五点半离开顾大伟公司后，记忆的时间点就无法在自己的脑海中被连接上。如果只是单纯地被人打伤后的记忆丧失，那事故发生之前的记忆应该是拥有的，至少还能回忆起对方的长相，可为什么自己这段无形的空白变得如此之大？

难道说自己的失忆不只是因为被打伤？

李晓伟心中一动，顺手抓起在床头柜上放着的手机，拨通了顾大伟的电话。

电话很快就接通了，李晓伟瞥了一眼时间，已经快凌晨了，顾大伟却还没有睡，不免感到很奇怪："大伟，是我，你还没睡啊？"

电话那头传来了嗡嗡的机器声，时不时还有人说话的声音，顾大伟的声音沙哑而又凝重，全然没有了以往接电话时那种爽朗的笑声："我还没睡呢，老同学，你身体感觉怎样？早点休息吧，我明天来看你。"

说着，电话就被挂断了。

李晓伟呆了呆，他可以敏锐地感觉到此刻顾大伟的身边一定发生了什么事，或许这个事情还和自己有关，只是他还并不想让自己知道罢了。

退出手机界面的时候，他犹豫了，自己是不是要给章桐打个电话，可是看到了手机页面上的时间，只能放弃。

放下手机后，李晓伟无力地倒在了枕头上，看着天花板，渐渐陷入了沉思。

3

一个小时的时间很快就过去了。

摁停闹铃，章桐从办公桌上抬起头，伸手揉了揉脸，今天晚上她没有回家，从火葬场回来后就直接回了办公室，两具尸体，未破的案子，一堆的工作没有做完，她感到心神不宁。

不过还好，昨晚家里出事后，章桐就把丹尼送到窝窝宠物店去寄养了，虽然它一脸哀怨的神情目送着主人离开，但是这样做是最好也是最妥善的办法了。章桐有时候觉得其实很对不起丹尼的，馒头——那条忠实的金毛犬，当年为了救自己而被杀，如今的它，也不得不一个月三十天的时间中有一多半是在宠物店度过的。

或许自己真的不适合养狗，章桐暗暗叹了口气。此刻，虽然头还有些疼，但是这已经是这几天来自己休息得最舒服的一个小时了，她站起身，使劲舒展了一下身体，准备回到隔壁解剖室继续进行工作。

一个小时前，顾瑜被她打发回家了，私底下章桐还是挺担心这个聪明的小姑娘会因为工作强度过大而最终打了退堂鼓。她毕竟还太年轻，很多事情还没有经历过，如果只是为了一句承诺而心甘情愿去做某一件需要自己付出巨大代价的事情的话，章桐还真不敢完全相信她所说的话。

她伸手从门背后拿下工作服穿上，手机就放在口袋里，正要出门，手机响了。

电话是顾大伟打来的，章桐知道顾大伟肯定查到了什么线索，所以才会连夜给自己打了过来。

“顾先生，”章桐一边推门走出办公室，一边开口问道，“查到什么线索了？”

“我们估计得没错，晓伟……李医生他并不是故意攻击你，他被人催眠了，对方应该下达了要杀害你的指令。李医生那么做，不是故意的，他也是受害者。”顾大伟声音微微发颤，结结巴巴地说道。

一听这话，震惊之余，章桐不由得停下了脚步，长长的走廊里回荡着她说话的声音，愤怒难以克制：“你说什么？你确定？难道说是那首普通的钢琴曲？这怎么可能？到底是谁干的？”

“你冷静点听我说，章医生，这首钢琴曲是肖邦的第九乐章三首著名夜曲中的第二首降 E 大调，曲子本来没有问题，非常优美，采用的是典型的回旋曲式，12/8 拍，行板。下午的时候，童小川队长告诉我说晓伟在离开我的公司后去过李智明的家，并且在那里停留了很长的时间，他手下的人去查过，证实李医生只是听了一首曲子。我就问童队拿来了李智明家中的那首曲子，真庆幸他们家的音响自带云服务功能，所以这首曲子在过了这么多年后，再次听到的时候，还是完好无损的。接着，我就用我们公司的仪器分析了这首曲子，初听上去并没有什么特别，但是仪器最终所得出的结果却是曲子被人动了手脚。

“你或许对这个概念还不太理解，那我换种方式说吧，我们平常说话时候所发出的每一个声音的音节部分其实都能够用乐谱体现出来，也就是说，如果我用说话来对你进行催眠的话，那么，同样，乐谱也可以。因为‘声音’是一种物理现象，是由于物体受到振动，而产生的‘波’，再由空气传到对方的耳朵里，通过大脑反馈。这种途径，在我们平时的说话和演奏音乐中都是相同性质的，只是记录方式有乐谱和文字之分而已。

“再加上物体的大小、厚薄和振动的强度不同，所产生的音的高低也不同，自然也就形成了高低、强弱之分。而这些，我们都能够用谱子记下来，然后演奏出来，”说到这儿，顾大伟不由得长长地出了口气，难以掩饰声音中的无奈，“我不得不承认这个家伙非常聪明，也是个音乐天才，因为他几乎是不动声色地修改了其中好几个小节的音符，如果不是借用仪器进行搜索检查的话，连专业的耳朵几乎都听不出来，我更是不知道这是一首被人动过手脚的曲子。也就是说，只要听了这首曲子，你当时或许不会有任何感觉，但是事实上你却已经被催眠了，其中的差别只不过是你的催眠还没有被彻底激发罢了。”

“激发？”章桐追问道，“这是什么意思？难道说那天晚上在来我家之前，李医生还遇到过什么人？”

“确切点说还不一定是‘人’，这个乐曲就像是一个炸弹，还没被引爆的炸弹，它所缺少的只不过一个简简单单的‘引子’，有可能是一个电话，或者说是一封邮件，只要通过视觉或者触觉，甚至是嗅觉，都有可能达到自己的目的，让被催眠者稀里糊涂却又忠实地不折不扣地去完成任务。”迟疑片刻后，顾大伟加重了语气，“不计任何后果！”

回想起昨天凌晨，李晓伟那反常而又可怕的举动，章桐不寒而栗。

“我想晓伟必定是意识到了什么地方不对，所以他第一个念头就是来找你，因为你是那第五个人，毕竟他自己也是心理医生，这种职业的本能是深到骨子里的，只可惜，连他自己都没有意识到，已经来不及了。章医生，我替他向你说对不起，我相信他那么做，自己根本就意识不到。”

“我没有怪过他。”章桐哑然说道。

“那就好，我放心了。对了，章医生，我已经给童队的邮箱发去了我们公司的调查报告，你到时候提醒一下他吧，我现在去医院看看那可怜的家伙去。”说着，他便挂断了电话。

章桐默默地把手机塞回了兜里，思索片刻后，便果断地转身向楼梯口走去。

五楼，副局长陈豪的办公室灯火通明，网安的郑文龙坐在他的左手边，右手边是童小川，房间里被三个男人抽的烟给搞得烟雾腾腾，桌上的烟灰缸里塞满了烟头，而被拆下来的烟雾报警器则孤零零地躺在烟灰缸的另一侧。

童小川似乎一点都不奇怪此刻章桐为什么会突然出现在自己的身后，他听出了她的脚步声，便随手拉开了右手边的椅子，嘀咕了句：“坐吧，章主任，我们三个正准备通知你过来呢。”

章桐坐下后，冲陈局和郑文龙点点头，算是打过了招呼：“那我就开门见山了。”她从兜里摸出了一封打开的信放在桌上，“这封信是当年李智明在入狱后寄给我的，在信中，他对自己的杀妻罪行供认不讳，承认自己杀了人，但是他却为自己喊冤，说自己没有杀人动机，他非常爱自己的妻子，更何况她已经有孕在身，还有一个多月的时间就到预产期了。平心而论，他觉得自己就更没有理由去做出一尸两命的可怕行为了，自己是被人控制的。

“我当时对这封信并不在意，因为身为主检法医师，我只对科学证据负责，至于说杀人动机，那并不是我的职责范围。事实也证明，他确实是杀了自己的妻子和孩子。所以我就没有对这封信做出任何回应。

“但是直到昨天早晨，我差点死在一个自己非常熟悉的朋友手中，而那一幕，几乎就是当初李智明杀妻事件的翻版。这个朋友，也就是李医生，大家都认识，他与我无冤无仇，所以根本就不存在任何杀人动机。他在凌晨的时候突然出现在我家门口，说有重要的事情要告诉我，却又一时之间说不太清楚。我当时看他精神不太对，这几天因为案子，大家都很累了，怕这么晚他开车回去路上出事，我便让他在家中沙发上留宿，有事情等第二天早上再说。谁知，几个小时后，他便一反常态地进入卧室差点把我掐死。而事后证明，他被人催眠了，因为在来我家之前，他去了李智明家，就像李智明平时那样，坐在椅子上听了那首曲子。”

“是的，我刚才收到了顾先生发过来的调查报告，证实李医生确实是被人催眠了，而那个人想要的不是李医生的命，而是章主任你的命。”童小川拿过桌上的一份报告，交到章桐手中，“我的人查了李晓伟医生的手机号码，事发当晚在来你家的路上，他接过一个电话，也是唯一的一个电话，是 10086 的。”

章桐一愣：“这不可能，李医生的手机是电信的号码，而 10086 是移动的客服电话。”

郑文龙点点头：“章主任说得对，这个号码确实有问题，我追踪了一下，是网络虚拟生成号，而这种号码，是可以随意填写自己的主叫号的。由此启发，我查了三年前李智明所登记使用过的手机号码，他的是移动的，没错，但是案发当晚的那个时间段里，10086 不论是电脑自动，抑或者是人工客服，都没有人给他打过电话，而他却接到了 10086 的电话，并在通话后不到一个小时的时间里，惨案就发生了。”

陈豪紧锁双眉：“这么一来，李智明杀妻案的性质就彻底变了。”

童小川无奈地说道：“是的，陈局，必须翻案，看来只有找到当初的幕后黑手，如今的案子也就有了突破口，因为被害的都是李智明案中的关键证人或者参与人员。”

陈豪的目光落在了章桐的身上：“章主任，那你下一步打算怎么做？”

“李智明案的尸检报告是没有任何问题的，当初在法庭上，他自己对杀妻的行为也并没有否认，而监狱中发生的事故报告，虽然说李智明的尸体已经被火化了。为了以防万一，我还是仔细查看了当时的尸检报告，也确实没有问题，李智明的死因是自杀，他本身患有原发性高血压病症多年，但是在他死后，检查他所住的监号，在枕头下发现了大量的高血压药片，这就可以解释他刻意让自己血压升高，从而能够达到去监狱医院就医的目的，这是蓄谋已久的。而在输液的过程中，他趁护士不备，偷取了一次性注射用针管，并数次在自己的输液管上注入大量空气，导致数小时后引发了肺栓塞而死亡。

“作为法医，我只能对自己职责范围内的线索做出评判。”

陈豪神情凝重地说道：“章主任，李智明的死，不排除是畏罪自杀，事后我也曾经联系过检察院和法院，虽然说上诉还没有正式下结果，但是被驳回并维持原判是肯定的，因为当时没有新的证据证实有人控制李智明杀妻，所以，出于绝望，他有可能会这么做。”

章桐摇摇头：“我只是觉得其中的改变太突然了，监狱方的管教人员在电话中跟我说过李智明入狱后就一直不服从管教，坚决声称自己是冤枉的，并且表示说会一直上诉，直到抓到那个真正的幕后黑手为止。而昨天，童队的助手张一凡在出车祸前和我的通话中就提到过说那封遗书并不是他本人所写。”

童小川点头说道：“医院那里来消息说小张一小时前醒过来了，第一时间就说了这个事，我的人现在已经在医院了，对车祸的事情和监狱的调查做个笔录。这小子命大，据说是导航失灵，直接把他连人带车给弄到一处拆迁工地的断头墙上去了。”

郑文龙一听，脸色顿时阴沉了下来：“怎么这么巧？童队，出事的车载导航仪现在在哪儿？我需要查一下。”

“没问题，我等下通知痕检那里尽快给你送过去。”童小川答道，他伸手从桌上又拿过一份报告交给章桐，“章主任，这是红石路万州大药房惨案的报警电话音频显示图，你看一下。当时你是第一个走进案发现场的人，所以第一时间的记忆是非常重要的，我希望你能仔细回忆一下，当时案发现场有没有什么让你感觉不太正常的地方。”

章桐一脸狐疑地接过报告，随口问道：“为什么你会有这样的想法？”

“因为从音频分析报告来看，那天凌晨打报警电话的人应该是个女的。这个结果，我们再三确认过。”郑文龙说道，“但是主任你当时在案情分析会上表示说下手者肯定是男性，理由是一名女性是无法制伏我们的基层民警的，所以我们想知道，当时你进入现场的时候是否有什么东西被你忽略了。”

章桐沉吟片刻后，说道：“你说得没错，那天我的自身状况确实比较差，不然的话也不会凌晨就跑去药店。我记得当时进入现场的时候给我的第一印象就是房间里非常干净，而空气中的来苏水味道也非常重，甚至到了刺鼻的地步。来苏水属于酚类消毒剂，不只是消毒，因为它的强碱性还能起到清理有机物残留的作用，并且效果非常好，只是毒性大了点，尤其是暴露于空气中。所以现在即使是我们法医处使用起来，也会在浓度上做严格的控制。那一晚，我就觉得很奇怪。由此可以看出，凶手是个非常细致耐心的人，这点确实符合女性的心理。”

“后来，我发现死者被叠放在过道里，最下面是先期被害的女死者，上面则是我们殉职的警官。在证实出了命案后，我就立刻退出现场报警了。”章桐回忆道，“红石路万州大药房案子中的死者，死因都是他杀，女死者身上没有什么异样变化，但是男死者死后身上被割去了两样东西，其一是他的眼皮，其二是左胸第四节肋骨的一部分。凶手没有医学背景，因为刀子锋利却手法粗糙，尤其是左胸肋骨部分，简直是一团糟，可见当时的现场一定会四处都是鲜血，这也解释了为何当时我进入现场，会闻到浓重的来苏水味道。”

童小川听了，不禁皱眉：“如果是一个女的，也是可以独自实施这样的犯罪行为的，她先出其不意制伏了女店员，然后以她的名义打电话报警，引出我们的殉职民警。而我们男人面对一个女人的话，从本能上是会放松警惕的，这样当女嫌疑人出手加害殉职民警的时候，他就立刻处于了被动的位置，自然也就处于下风。等等，阿龙，你查一下案发当天所有进出过红石路派出所的人员监控录像，然后逐一排查可疑的，同时进行人像搜索对比。”

郑文龙点点头：“没问题，不过我需要一定的时间。”说归说，他却已经在自己从不离身的平板电脑上开始搜索了起来。

“阿龙，我重申一下，目标是可疑人员，不论男女。”童小川转而继续说道，“陈局，我汇总了欧阳工程师那里的报告，黄巷新村坠楼案的死者白晓琴，案发当晚确实是独自一人上的楼顶，也确实是自己跳的楼，如何让一个根本就不想自杀的人做出完全违背自己意愿的事，问题就是出在章主任在尸体下面所发现的那部耳机上，虽然后来耳机被人拿走了，但是通过提取那副耳机中最后所听的一首曲子，我们也做了相应的音频解析，最终证实和李智明家中的那一首，是一模一样的，我们又查了白晓琴的电话通话记录，同样莫名其妙的手机客服电话号码出现了，通话时间在一分钟左右。”

“为什么要选择手机客服电话？”陈豪不解地问道。

童小川笑了：“因为只要有手机的人，一般对客服电话没有戒心，而一旦事后我们警方查起来的话，手机运营商客服电话也往往会被我们忽视，相反只会对一些陌生的手机号感兴趣。我想，这个人可不是一般的聪明啊。你们说是不是？他不只精通音律，懂得催眠，还懂得人的心理。”

章桐心中一动，不禁幽幽说道：“李医生曾经向我提起过，这个案子中应该有两个人存在，一个下手杀人，另一个幕后操纵。当时我听了这话，一时之间还无法理解，现在看来，这个可能性越来越大。

“黄巷新村坠楼案，可以说死者是被人逐步催眠引诱上去，我想那时候嫌疑人肯定就在楼下的某个角落，直到她下坠死亡，然后上前拿走耳机和同样位置的第四节肋骨，只不过这一次下手显得比较慌乱，以致有耳机线的断裂残留物，这或许也是因为当时现场附近很快就有巡逻人员经过，他必须马上离开，不排除另一方在催促和配合他。而因为时间不如第一起案件充足，所以在白晓琴案件上没有身体器官的丢失。但是在白晓琴的口鼻中还是发现了制作面具的石膏残留物，这个在第一起案件中也发现了。”

“这么看来，还真是有人在帮他。”童小川道。

“是的，因为凶手在第二起和第三起案件，都不可避免地出现了失误，甚至在第三起案件中也就是民福中学保安被杀案中，根本就没有来得及进行石膏脱模和肋骨的提取就匆匆离开了。因为犯罪嫌疑人没有料到现场会出现目击证人，也就是早起打扫校园的学生。”章桐紧锁双眉，“我现在只是怀疑沈秋月的死，因为目前看来，死者似乎并不是沈秋月。表面上来看，这位被送往火葬场的女死者是死于交通事故，但是实际上，她真正的死亡时间是交通事故发生之前的十二到二十四小时之内，也就是说她是被人在脚底放了干冰踩住车辆油门冲下的悬崖。所以现在面临的是两个问题，第一，这个女死者是谁？第二，沈秋月是否已经遭遇不测，还是被人绑架了？因为按照前几个死者的情况来看，沈秋月似乎也是不可幸免的。”

陈豪轻轻叹了口气：“章主任，你也要注意安全啊！”

章桐点点头，哑声说道：“谢谢！”

郑文龙沮丧地说道：“还有一件事，110 接警中心每次都会接到的那个古怪电话，我也进行了音频数据的解析分析，结果确确实实是一个男人打的，并没有经过任何软件的伪装处理。我至今都不明白，这家伙到底想干什么？”

章桐看着他：“嘲弄！”

“他在嘲弄我们？”郑文龙不解地摇摇头，“用这种电话预告式来嘲弄？他是不是疯了？”

童小川果断地否定了：“不，他没疯。他只不过是把这个案子当成了一盘棋，他是棋子的操控者而已。”

“那他的目的到底是什么？”

童小川没有回答，只是目光若有所思地投向了自己身边坐着的章桐。

4

又是一天的早晨，天边曙光乍现，手机闹钟响过后，飞鱼网咖的胖网管习惯性地揉了揉眼睛，打了个哈欠后，便懒洋洋地从椅子上站了起来，狠狠一脚踹开了窝在身后躺椅上睡着的同事阿忠。阿忠本来负责白班，谁想这几天走了背运，赌博输光了工资，被自己老婆给撵出了家门，无处可去的他便厚着脸皮和胖网管搭伙过日子。不过胖网管可不会甘心让他来抢自己嘴边的肥肉，所以丑话说在前头——你只管睡觉，拿钱干活的事，与你无关!

每个人都有自己生财的门道，这年头是没有人会甘心让人来横插一脚的，更别提那个总是在晚上过来上网的小家伙了。这几天总是感觉哪里有点不对劲，尤其是昨天晚上，小杰没有出现，胖网管自然感觉很奇怪，可是001号机却又一直被人占着。碍于规章制度，他不好探头去看，一旁的阿忠却摆出了一副心知肚明的样子，表示说:“你是在找那小财神爷吧？别找了，他根本就没走，在里面都两天了，我给他送过几次吃的，还叫了两次外卖呢。这年头，有钱的小崽子还挺多的嘛！只是脾气差了点，多问几句就骂娘！”

言辞之间不可避免地带着一些酸溜溜的感觉，胖网管不傻，他是听得出来的，只是心中微微有些担忧了起来。以前听说过有人因为上网过度而猝死于网吧的事，还都是年轻人，他虽然对小杰并不了解，可是打交道这么久，难免就熟悉了，胖网管知道自己爱财，但是还没有到失去做人底线的地步。

他瞥了一眼面前挡板上的指示灯，显示001号机果然还在线使用，并且网速似乎还不慢。胖网管的心中顿时升起了一股无名火，他也顾不上所谓的什么“顾客至上”的规定了，抓起钥匙就走出柜台，径直向右手边的走廊拐了进去。那里一排都是VIP包房，也几乎每天晚上都会人满为患，这本来是一件高兴的事，但是看着紧闭的001号门，胖网管胸中的怒火愈演愈烈。

“玩游戏不能这么玩的，还要不要命啊，小老弟……”胖网管一边大声说着，一边用钥匙打开了001号门的锁。

他的话没有说完就怔住了，一阵头晕目眩过后，刹那间，手脚冰凉，心跳加速，嘴里咕哝着:“不可能……不可能……小兄弟，你怎么了，别睡着啊，快醒醒啊……”

在他面前的棕红色电竞沙发椅上，依旧穿着那件单薄校服的小杰以一个古怪的姿势头戴耳机，仰天倒着。校服敞开着，里面是一件白色的衬衣，只不过已经脏得快成了灰色，衬衣领口被用力撕扯开了，小杰脸上的表情痛苦，双手在胸前攥紧了拳头，似乎因为无法呼吸而曾经拼命挣扎。但是让人感觉恐惧的是，此刻的他不只是被定住了身体的姿势，更重要的是，就连他的呼吸也变得无影无踪了，面色灰白，嘴唇发青，双眼紧闭，全身裸露在外的皮肤微微有些发肿。

而更让人感到讽刺的是，那台整个网咖配置最高的电脑，却依旧在运转着，只是那个所谓的"英雄"，却再也没办法移动了。

胖网管咬着牙缓缓伸出右手，可是指尖刚刚触碰到小杰手背上的肌肤，一阵可怕的冰凉便瞬间袭来，胖网管就像被针扎了一般迅速后退冲出了房门，他没有再迟疑，跌跌撞撞地径直来到前台，不顾同事阿忠惊讶的目光，探身一把抓过手机，摁下了 110。接通后，不容分说地冲着话筒便吼道："快来人，飞鱼网咖，死人了！死人了！"

尖锐的吼叫声在整个网咖里就像炸雷一般响起，被吵醒的过夜客回过神来后纷纷神情惶恐。刚想离开，却惊愕地发现网咖唯一出去的大门不知何时已经被人用一把大铁锁给牢牢地从里面锁住了，而钥匙就在一旁呆立着的胖网管手中。几个年轻人见此情景，便忍不住想上前理论，话到嘴边还是乖乖地咽了下去，因为胖网管的眼眶中充满了血丝，脸色煞白，目光冰冷，紧接着，一把菜刀被重重地拍在了柜台上，胖网管冷冷地说道："警察不来，你们一个都别想从这儿走出去半步！"

没有人再敢吱声，网吧里瞬间变得安安静静。许久，面对众人眼中疑惑的目光，胖网管的眼角竟然无声地流下了眼泪，他嘴里喃喃地说道："对不起大家了，实在很抱歉，就在刚才，我发现一个小兄弟死在我们网咖的一个包厢里，应该是突发急病，但是这事是容不得我来做决定的，所以我必须通知警察，请各位兄弟多理解！到时候或许要对警察做个笔录，耽误大家一点时间。请大家多多理解……

"那小兄弟已经在我们网吧玩了很久了，人也很聪明，他就像我弟弟一样。他活着的时候，没有人在意过他，甚至包括他的父母，但是他绝对不是垃圾，真的，绝对不是垃圾，我不能让他就这么一个人待着。我到包厢门口守着他去，警察来了，你们记得通知他们我在里面。"

说到这儿，胖网管摇摇晃晃地离开了柜台，走到拐角的时候，一样东西被他随手朝后抛了过来，重重地落在了柜台上，就是那把大铁锁的钥匙。

只不过此刻，大家只是静静地或站或坐，没有人再挪动过半步。

远处，警笛声逐渐响起……

第九章

李晓伟心中不禁一颤，他看清楚了相片中的日期，继而又抬头看了看依然沉浸在悲恸中无法自拔的汪涵，突然轻声问道：“汪先生，这个问题可能有些突兀，请别介意，我只是好奇。请问当初你家那房子，是你亲自选的吗？”

1

第一医院特护病房里，两个男人面对面地站着，房间里的气氛一下子变得紧张起来。

李晓伟双眼直勾勾地盯着自己的老同学顾大伟：“你到底给不给我做？我只信任你！”

顾大伟果断地摇头：“不可能，你已经被人催眠过了，这样的缺德事我不能干。”

“你是心理医生，你知道分寸，不会出事的！”李晓伟不依不饶地瞪着他。

终于，顾大伟实在憋不住了，他一声长叹，摆摆手，目光躲开了：“老同学，别玩了，我这点本事根本就做不到给你催眠，因为你的心理实在太强大了，我控制不了你，到时候真搞不好出了什么事的话，你叫我的良心怎么受得了？”

“可是现在只有你才能帮我了，我努力过，但是光靠我自己，我做不到。”李晓伟懊恼地说道，“我就知道那晚肯定发生了什么，你却不肯告诉我。”

“我并没有亲眼看到，又怎么可能告诉你真相？”顾大伟瘫坐在沙发上，委屈地嘟囔道，“我只能告诉你的是，那天下午你离开我们公司后，就直接开车去了李智明曾经住过的小区，并且在小区里待了五个多小时，直到将近凌晨时分，你才离开，然后去了章医生的家，接着，就出，出事了……”

李晓伟的目光落在了自己的左手手臂上，恍然大悟道：“我受伤的位置就在肱动脉，难道说……”

顾大伟点点头：“没错，是章医生弄的，但是她手下留了情了，不然的话，你的小命或许早就没了。”

“留情？”李晓伟一听就急了，上前一步弯腰对着顾大伟追问道，“肱动脉破了的话可是会要人命的，你却说她留情了，她为什么要对我下死手？”

顾大伟被逼得实在没办法，便长叹一声，道：“你这榆木脑袋怎么还不开窍呢？你说一个学医的人会轻易对别人往死里下手捅吗？她与你又无冤无仇的，你也不想想你自己对她做了什么！”

李晓伟顿时脸红了，怔了半晌，喃喃道：“我……我是不是非礼……”

“非礼？”顾大伟没好气地瞥了他一眼，“我看你也不是那样的人，别一个劲儿往自己头上扣屎盆子。你不把人家逼急了，人家会对你用这损招？”

“换药的时候，护士跟我说了，说我的伤口是用圆珠笔头造成的，没有强大的心理承受能力、足够的力量和丰富的专业知识的话，是无法造成这样准确无误的伤口的。”李晓伟的脑海中突然响起了章桐曾经说过的话，而那时候自己在困惑为什么一个人能够如此平静地生生剐下自己深爱的妻子的头颅。

顾大伟没有马上反驳自己老同学的话，相反，只是若有所思地看着他。半晌，哑然说道："那时候的你，差点要了她的命。"他打开手机，点开了和童小川的微信联系界面，继续点了几下后，就把手机交到李晓伟手中，"这是事后章医生脖子上的伤势相片，童队需要备案，所以他拍了，因为属于正当防卫，再加上你又被催眠，而有充足证据证明做这些事不是出自你的本意。所以，童队没有对你的行为进行立案处理。你自己好好看看吧，那晚上你到底做了什么。"

李晓伟是全科医生，他当然明白这张相片中章桐脖子上手指压痕的严重性，不禁呆了，做梦一般地看着顾大伟："这是我做的？"

顾大伟急了，冷不丁地狠狠一巴掌拍在了他的后脑勺上："这还会有假？要不是章医生当时用圆珠笔狠狠扎你的肱动脉，你根本就不会松手，我还真觉得奇怪了，你不是喜欢她吗，怎么又会想杀了她？"

"这……这绝对不是我做的……我绝对不可能伤害她的……"震惊之余，李晓伟瘫坐在地板上，突然抬头看着顾大伟，"那天晚上我到底中了什么邪？"

"我看你根本没中邪，你分明是走火入魔了！"顾大伟长叹一声，道，"老同学，你想要回忆起催眠的事，我是可以理解的，但是目前来看太冒险了。最起码沈秋月的丈夫汪涵到现在还没有完全恢复正常呢。这家伙用一首曲子催眠了你，然后在路上用电话给你下达了指令，就跟当初李智明杀妻案的手法简直一模一样，我不知道他的真正意图是什么，但是这一次，章医生还算是命大，躲过了一劫。"

李晓伟听了这话，皱眉想了想，便说道："可是事情不解决的话，章医生永远都会处于危险之中。"

"那你决定怎么办？"

李晓伟轻轻叹了口气，站起身，来到窗边，想了想，果断地说道："目前，我暂时不适合和章医生单独见面，我想给她一个缓冲的时间。等下我会离开医院去参加一个人的葬礼。虽然我脑海中已经没有了那天下午在李智明家中的具体记忆，但是我明白自己这么做肯定就是为了更进一步地了解李智明的为人。我知道他已经死了，但是我不明白的是，为什么会有人在替他杀人。而当初在监狱里，本来是四处喊冤不愿意真心服法的人却突然选择自杀，这一切的变化，来得实在是太快了。还有就是，那封遗书，按照李智明的个性和口吻来看，分明就不是他本人所写。”

顾大伟心中一动，连忙追问道：“你从哪一点看出那封遗书不是他写的？”

李晓伟双手习惯性地向上一扬，就像一个面对自己乐队的指挥，动作潇洒而又流畅，嘴角扬起了笑意：“每个人的书写习惯都是各不相同的，而习惯的养成期是在十五岁到十八岁之间，结合自己的个性和文化程度，体现在用词和断句上是最为明显的，而一旦形成，就很难改变。

“我对李智明这个人曾经做过专门的研究，不否认最初吸引我的，就是他杀妻的方式，这与众人对他的描述竟然完全不一样。你也知道，作为这个社会中的一分子，我们每个人的人格秉性的建立，很大程度上都是来自自己的童年时代。就拿男孩子来举例，父亲在一个家庭中对男孩子的影响是起到制定规则和树立威信的作用，而母亲则一般是对这个男孩将来的择偶方面起到参照的作用。这样说吧，两种都不可缺失，无论哪一方缺失了，那这个男孩今后的成长过程中就会出现典型的人格缺陷。

“李智明是家中的独子，可惜的是他从小就被人忽视，父亲有严重的家暴史，母亲则是逆来顺受，这样环境中长大的李智明虽然说成绩很好，也是众人眼中的乖孩子，但是因为长期生活在这样畸形的家庭环境中，所以他形成了依赖型人格障碍。”

顾大伟一听，顿时来了精神，他抢着补充道：“我知道，有这种人格障碍的人，第一，缺乏独立性，常感到无助无能，怕被人遗弃；第二，将自己的需求依附于他人，过分顺从他人的意志；第三，理所当然地认为别人比自己优秀，有吸引力；第四，因委曲求全而累积压抑感，使得患者会渐渐放弃自己的追求和爱好；第五，当与他人的亲密关系终结时，会有很明显的被毁灭的感觉。”

李晓伟微笑着点点头：“没错，李智明就是这样的一个人，最初依赖的是他的母亲，后来他母亲死了，他曾经有过一段时间的沉沦，也就是在他上大学的时候。我走访过当年他所就读的工业大学计算机系的主任和系辅导员，得知他在大一的时候，因为母亲突然病故，那段时间他曾经多次试图自杀，弄得系里的老师不得不派人二十四小时跟着他，生怕他会出事。”

“那为什么不让他休学去治病？”顾大伟不解地问道。

李晓伟摇摇头：“他唯一的亲人是他的父亲，但是他父亲却拒绝与他来往，甚至用‘失败者’、‘倒霉蛋’和‘孬种’来形容他。事实也证明，在他母亲去世之前的几年时间里，他父亲早就已经不回家了。而那时候，李智明虽然读大一，但是他已经成年，在法律层面上，他父亲已经不用为他承担任何责任。而校方又不愿意放弃这个虽然情绪不稳定，但是智商极高，并且获得好几项奖学金的学生，所以后来的结果便是校方不得不派人做他的‘临时监护人’。

“不过这样糟糕的局面并没有持续太长的时间，因为就在那时候，李智明的妻子桂晓兰出现了。她是他的同班同学，性格很独立，也很照顾李智明，这样一来，自然李智明的依赖型情感就转移到了这个叫桂晓兰的女同学身上。两人很快就热恋，感情也很深厚，毕业后没多久，两人就结婚了。所以说，李智明的妻子其实在他的精神层面上也是起到很重要的作用的，你想，这种状况下，他又怎么可能会对已经怀孕七个月、马上临盆的妻子下手？这不是活生生地毁灭了他生命中最重要的一个依附对象吗？”

说到这儿，李晓伟不禁紧锁双眉，神情凝重地看着顾大伟：“所以，在这样的情况之下，我就更觉得李智明突然毫无征兆地选择用如此带有宣告性质的杀人手法来结束自己爱人的生命，是如此荒唐！”

“我知道他在被捕前是在一家网络游戏公司工作的，是个程序员，专门负责游戏程序的开发和维护。虽然说工作强度比较大，但是这对于性格内向，而且对家庭有很强依附感的李智明来讲，也还是一帆风顺的，更别提收入也还算是不错。我去过他的公司，找他同事聊过，知道李智明虽然在理科和计算机方面是个天才，但是他的文笔很差，通常的述职报告绝对不会超过二十个字，而且每次的开发研讨会轮到他发言的时候，也只是简单地表态，并且使用语句有个很特别的习惯，那就是他几乎从不使用反问句或者疑问句，即使用上一两次疑问句，他也不会用问号，相反，只是用句号来代替。为了证实这个习惯，我又联系了他以前的老师，甚至还根据档案找到教过他的中学班主任，结果是肯定的。这家伙虽然智商高，理科成绩好，但是语文方面却是一塌糊涂，患有轻微的汉字阅读和表达障碍。他之所以能够一帆风顺升入大学深造，全都是因为他突出的理科天赋。”说着，李晓伟回到病床边，从床头柜里翻出一个信封，里面是两张 A4 纸，他抽出后一并交到顾大伟手中，“最上面那封信是我根据记忆写出来的，前几天章医生曾经拿给我看过，是李智明在狱中写给她的求助信，表明说自己不是故意杀人，自己是被人控制，是无辜的。而下面一张，则是那封遗书，你仔细对比下，这文笔，这遣词造句的习惯，难道说是出自同一个人之手？”

顾大伟仔细来回看了数遍后，不禁愕然抬头看着李晓伟：“如此缜密的思维方式，还有杀人手法，外加可怕的催眠……我的老同学，看来我们当初的推论是对的，这件案子中分明就是有两个人存在！”

李晓伟默默地点了点头。

2

章桐和顾瑜出现在网咖门口的时候，就感觉到房间里的气氛有些怪异，好几张网吧的椅子从电脑旁被拉了出来，然后面对着柜台排成了几排，几个面容憔悴的年轻人规规矩矩地在一边坐着，时不时打着哈欠，且神情颇为沮丧，而童小川则皱眉站着，有些发呆。

走过他们身边的时候，章桐不禁问道：“童队，你对他们说啥了？”

童小川摇摇头：“啥都没说。”

“那他们怎么这么听话？”章桐可是听治安大队的人不止一次抱怨过，网吧里的年轻人是出了名的“刺儿头”，特别难管教。

听了这话，童小川只是斜靠在柜台一角，耸了耸肩，表示自己也很无奈：“我也正发愁呢，来的时候他们就这个样子了。不过前后脚的工夫，你就来了，所以我没顾得上问。”说着，他朝里伸手指了指，“尸体在里面，我没进去看，里面有派出所的人守着呢，就等你了。”

章桐点点头，便带着顾瑜穿过走廊，径直向最里面那一间包厢门口走去。

走廊里没有窗户，光线很暗，隔着两米左右的距离会有一盏橘黄色的过道灯，所以直到走到包厢门口，章桐才在门边的阴影中发现蹲着一个人，隐约之间似乎还能听到一点啜泣声。

守在门口的是当地派出所的民警，一见章桐和顾瑜出现，便知道是局里的法医，就准备让出门口的位置好让她们进去。章桐停下了脚步，伸手指了指一边蹲着的人，问道："他是谁？"

"网吧昨天晚上值班的网管，叫王东升，也是他发现的死者并打的报警电话。"

正说着，胖网管站起身，转头面对着章桐，顺手抹了一把脸上的鼻涕眼泪，神情悲哀地说道："是的，警察同志，是我报的警，死者是小杰，一个经常来我们网咖打游戏的高中生。"

章桐心中一震："你说什么？死者还是个高中生？"

"是的，在对面民福中学上学，就是喜欢玩游戏，人不坏，很聪明的……"胖网管结结巴巴地说道，"他，他不该出这事的……"

话还没说完，章桐便立刻走进了包厢，一眼就看到了倒在电竞沙发椅上的小杰，愣了一会儿后，便对门口站着的民警说道，"去把童队叫过来。"

很快，凌乱的脚步声在包厢门口停了下来，浓烈的烟味伴随着童小川沙哑的嗓音出现在了章桐的身后："怎么，怎么会是他？"

章桐没有回答这个问题，她只是从小杰的身旁站了起来，摘下手套，神情严肃地对童小川说道："初步结论，死因符合心源性猝死。"

"猝死？他还这么年轻，怎么可能发生这样的事？"童小川不解地追问道，"而且他的表情是那么痛苦……"

章桐看了他一眼，然后伸手指了指小杰冰冷僵硬的尸体，不无遗憾地说道："他之所以会流露出痛苦的表情，我想那只不过是他临终前所产生的无法呼吸的幻觉罢了。当时，他本能地想去撕开自己衣服的领子，寻找新鲜空气。但是这个包厢空间本就狭小，没有窗户，一切都只是靠那台狭小的通风机，时间久了，功率完全不够，所以就会逐渐造成严重的缺氧状态。但是小杰并不会及时感觉到，因为他正在全神贯注地打游戏，等到感觉不对的时候，就已经来不及了。”

话音未落，童小川突然像一只愤怒的狮子一般，一把揪住在自己身旁站着的胖网管，然后狠狠地把他推到墙边，双眼死死地瞪着对方，一字一顿地冷冷说道：“他还只是个孩子，你们网吧难道不知道吗？”

谁想胖网管却哭得更伤心了，他结结巴巴地说道：“我……我……我知道我不好，可是，可是我真的不知道他会死啊，小杰就跟我的兄弟一样，我又怎么可能会害他，警察同志，我心里也很难受，真的……”

章桐皱眉吼了一句：“童队，你冷静点！你这么做，有什么意义？他也只不过是个打工的而已！”

听了这话，童小川突然愣住了，他转头环顾了一下整个包厢，继而又追问胖网管：“这房间绝对不便宜，小杰的家庭状况我是知道的，前段日子面具的事，他也没赚多少钱，又怎么可能玩得起这么贵的包厢？”

因为过于紧张，胖网管不断地舔着嘴唇，涨红了脸却半天都说不出一个字来。

童小川这才意识到自己无意间用手肘压住了对方的喉咙，便赶紧缩了回来，口气也缓和了许多。

胖网管这才缓过神来，一边咳嗽一边结结巴巴地说道：“有人，有人给这个孩子预付了一万块，指名要包下这个包厢，然后说除非这孩子要我们过来，其余时候不准我们进来打扰。”胖网管随即用哀求的目光看向对面站着的章桐，“我，我也是打工的，平时就只是负责夜班，上头怎么说，我自然就按照对方的意思办了。”

“一万块？专门给这个孩子上网？”童小川简直不敢相信自己的耳朵，“他就是一个普通的网瘾少年，这年头谁会拿一万块钱给一个不认识的孩子随便上网……”说着，他的目光也随之落到了小杰的头上，却顿时脸色大变，“你，网管，过来！我问你，发现这孩子出事后，你有没有碰过尸体？说实话！”

胖网管赶紧摇头，想了想，他又伸出了一根手指，小声道：“我只是用这根手指指尖轻轻碰了碰他的手背，冰凉啊，我知道出事了，就赶紧跑开了。”

章桐听了，神情凝重地说道："从尸斑状况和散大的瞳孔程度来看，孩子已经死了至少五个小时了，也就是说死亡时间在凌晨零点到一点之间。"

"是的。"胖网管伸手指了指电脑屏幕上的游戏时间，"上面显示从凌晨零点三十七分开始，游戏就被停止操作了。"

童小川却似乎并没有听到胖网管的话，只是上前几步，从顾瑜还没关上的工具箱里拿出了一副蓝色的乳胶手套戴上，然后探身，小心翼翼地把那副蓝白相间，还在不断闪烁的耳机从小杰的头上摘了下来，紧接着便戴到自己头上。

顾瑜刚想提醒，却被章桐用眼神拦住了，她知道虽然童小川的举动显得有些突兀，但是必定是有他的用意在里面。

果然，才听了一会儿，童小川便摘下了耳机，这个时候，耳机中竟然隐约传出了一阵钢琴曲的声音。

直视着童小川目光复杂的双眼，章桐不由得呆住了。

3

李晓伟费了一番口舌，恩威并施，最终还是在签下了一份保证书后，加护病房的当班医生才点头答应了他。

一出医院，李晓伟立刻掏出手机要了辆网约车，直接来到上南塘街小区汪涵的住处，他自己的车至今还在安平市公安局的大院里作为证据被扣着，便打算等事情结束后再去提取。

汪涵见到李晓伟的时候，不免微微有些吃惊，因为和前天见到的时候相比起来，李晓伟明显憔悴了许多。

"李医生，你没事吧？"汪涵关切地问道。

"我没事我没事，谢谢关心。"李晓伟微微一笑，随即正色道，"是这样的，汪先生，刚才在电话中我没有和你说清楚，我今天来找你不只是为了告别仪式的事，还有一点，是想问问有关你妻子沈秋月车祸的事。"

汪涵不解地看着他："我妻子？"

李晓伟点点头："是的，如果你不介意的话，我想了解一下车祸那天前后所发生的事，尤其是那些你觉得不太正常的……对了，你什么时候去殡仪馆？我今天没开车，想搭个车。”

汪涵紧锁双眉：“今天恐怕是去不了了，我刚才接到公安局的电话，说秋月的尸体可能有些手续没办完，后续他们会通知我，叫我安心在家等待，延后几天再举行告别仪式。”

李晓伟微微一愣：“原来是这样啊，真的很抱歉了。那，我们就来说说车祸那天发生的事吧。”

汪涵听了，点头：“好吧，那天之前，我印象中秋月的心情就一直很不好，直到结束你那边的门诊，似乎才感觉稍微高兴一点，跟我提到说想重新出去工作，我也就答应了。其实我也不指望秋月能赚多少钱，哪怕她这辈子不赚钱，我都能养她，因为秋月跟着我吃了很多苦。本以为结婚了有了孩子，房子也买了，生活就能步入正轨了，谁想到还出了那档子倒霉事。现在一切终于可以重新开始了。我一直忙着工作养家，我承认为了能让她尽早地过上安定的日子，生活上我对她疏于关心和照顾了，我太大意了……”

说到这儿，眼前这个瘦弱而又憔悴不堪的男人不禁又开始默默地流泪。李晓伟于心不忍，几次想打消自己追根问底的念头，权衡再三却并没停止。

“跟我说说她那天工作的事。”他小心翼翼地引导着汪涵，“她在结婚前是从事什么职业的？”

汪涵的嘴角划过一丝温暖的笑意：“秋月是个很聪明的女人，工作能力也很强，在我遇到她之前，她就已经是一家网络游戏工作室的部门负责人了。”

“她是搞对外宣传的？”李晓伟感到有些意外。

汪涵摇摇头：“不止如此，她是工作室的合伙人之一，占有一定的股份，只是结婚后才选择退出的。我听秋月说起过以前上大学的时候，她念的是理科，搞计算机开发的，那个专业的女孩本身就不多。所以现在她又提起要去工作，我其实一点都不担心她会找不到工作，我真正在乎的是不想她太累，因为你也知道做 IT 开发这一行的，工作强度本身就很大……”

此刻，李晓伟的心中忽然感到一阵莫名的寒意，脑海中全是沈秋月那天在门诊办公室里见到自己时的眼神。那时候，他总觉得对方眼神中充满了某种说不出的感觉，似乎是自信，又似乎是满腹心事。

“跟我说说她找工作的事。”李晓伟哑然说道，目光落在眼前茶几上那张沈秋月的相片上。相片是在一个温暖的午后照的，沈秋月表情温柔，倚窗而站，嘴角似笑非笑，但是眼神中却流露出了一丝淡淡的悲伤。

汪涵长叹一声，本能地掏出烟盒，突然意识到身边的李晓伟，便又无奈地放了回去：“那天，她开车出去后，很晚才回来，我记得我都已经睡了，才听到她进门的声音。我因为第二天要开个部门会议，工作又累，便没再起床，而第二天一早我起床后，却发觉秋月已经开车走了，那时候我只是想，秋月或许是工作有着落了，只是，只是这一开始就这么忙，我心中感觉有点空落落的……但是，我怎么都没有想到，这却是我和秋月的最后一次见面。我都没有来得及和她告别……”最后几个字，汪涵明显是强打着精神才说出来的，李晓伟能够体会到此刻对方心中的深深绝望，这个男人太爱自己的妻子了，所以沈秋月的离去，对汪涵来说，无疑是一次致命的打击。

“汪先生，节哀顺变，斯人已去，我相信你妻子也不会愿意看到你过于伤心的。”李晓伟重重地叹了口气，迟疑片刻后，他把话题引开了，“对了，汪先生，能跟我说说这张相片是什么时候照的吗？”

汪涵颤抖着双手拿起茶几上沈秋月的相片，右手轻轻抚摸着相片中人的脸，眼泪又一次滚落了下来：“上个月我们俩才照的，那天我给她买了新手机，我看她很高兴，便想着好久都没和她一起拍照了，就提议说试试手机的拍照功能，你看，她是不是很漂亮……”说着，他把相框转向李晓伟，神情凄然地说道。

李晓伟心中不禁一颤，他看清楚了相片中的日期，继而又抬头看了看依然沉浸在悲恸中无法自拔的汪涵，突然轻声问道：“汪先生，这个问题可能有些突兀，请别介意，我只是好奇。请问当初你家那房子，是你亲自选的吗？”

汪涵摇摇头：“秋月选的，她说那里的房子地段好，虽然贵了点，但是学区房，我们的孩子能上安平市最好的小学。家里的很多事，都是秋月做的决定，她是个很有主见的女人，没有她，我真的不知道以后的日子我该怎么去面对……”

此刻，李晓伟终于明白了，他不无同情地看着汪涵，许久，哑声说道：“汪先生，作为你妻子生前的心理医生，如果你依旧信任我的话，我给你一个建议，在你妻子的告别仪式期间，请坚持去心理诊所，你需要心理干预。”

略微迟疑后，他又补充道：“我相信你妻子沈秋月活着的话，也一定想让你好好活下去的，请千万不要有任何不好的想法。”

汪涵听了，目光茫然地点点头。

离开上南塘街小区，李晓伟一边在马路边上等车，一边焦急地拨通了顾大伟的电话：“大伟，我担心汪涵会出事，你一定要多加小心，他的情绪很不稳定。”

“没问题，我马上给他打电话。”顾大伟果断地答复道，“那你现在回医院？”

“不。”李晓伟挂断电话后，便吩咐出租车司机：“师傅，麻烦请尽快开往安平市公安局。”

4

安平市公安局，法医办公室里的气氛有些紧张，而走廊尽头的接待室里传来一个年轻女人的阵阵哭声。

“小杰还只是个孩子，还未成年，他怎么可能得心脏病？我非常了解我的儿子，他一向身体都很健康，你们别胡说八道！他分明就是被人给害死的。你们不去抓凶手，替我们讨回公道，却在这里要我签字拉走尸体去火化，你们这么做究竟有什么居心？”小杰的父亲是个年过四十的中年男人，长期酗酒导致他的右手总是习惯性地颤抖，双眼也总是布满了血丝，再加上此刻得知自己唯一的儿子突然离世，悲伤外加自责更是加剧了他发自内心的愤怒，“我绝不签字！尸体就在你们这里放着，什么时候抓住凶手了，再来找我！”

丢下这几句话后，这个中年男人便用力地摔门而去。

办公室里一片死一般的寂静。包括章桐在内，每个人的心里其实都很难受。

“章主任，你确定小杰的死因真的是心源性猝死？”童小川哑声问道。

章桐微微感到有些惊讶，她不满地看了一眼童小川：“心源性猝死者本身绝大多数都是患有器质性心脏病的人，并不是说你的身体看上去很好，平时连个头痛脑热都没有就意味着你的心脏也一定很健康，心脏的好坏在很大程度上是遗传造成的。当然了，也不排除后天，但是所占比例相对会少很多，心脏病就像一颗定时炸弹一样存在于患者的体内，不到一定时候一定年龄，它不会爆发，所以很容易被忽视。因为没有人会做到从生下来就开始每年每次体检都去仔细检查自己的心肺功能，更别提有些心脏的器质性病变是非常隐性的，不是专业的检查根本就检查不出来。”

“我刚才观察到小杰的父亲就有严重的心脏病史，再加上他酗酒，所以这种症状就更加明显了。”

听了这话，顾瑜不禁愕然道：“难道说也是严重的室性心律失常？”

章桐点头，神情凝重地说道：“他的酗酒和熬夜更是加重了自身的病情发展，我刚才注意到他的嘴唇已经出现了初步缺氧的状况，要是不赶紧治疗的话，估计会出事。但是他连说话的机会都没有给我。这种人傲慢得简直不可理喻。

“在给小杰的尸检过程中，我在他的心脏上发现了心内膜有广泛的瘢痕形成，百分之五十以上的心肌组织被纤维组织所取代，导致心律失常性右心室发育不良。如果他还活着的话，及早就医，只要一个简单的心电图，就可以发现他严重的病情，只是这一切都已经来不及了。”

章桐转头看向身旁坐着的童小川：“童队，小杰的猝死发生之前，他可能就已经感到了自身明显的呼吸困难、心悸和疲惫感，但是他却忽视了这些症状。诚然，那些游戏对于小杰感官上的刺激是造成他最终死亡的原因之一，而网吧包厢设施的不完善也更加重了小杰的病情，但是说到底，父母的忽视，外加……”

“章主任，你说得没错，小杰的死，我有不可推卸的责任，我这就去向陈局讲明情况。”说着，童小川便果断地站起身，快步向门外走去。

看着童小川的背影，章桐略微沉思过后，便对顾瑜说道："小顾，交警队有关沈秋月的交通事故现场报告拿来了吗？"

"就放在你桌上的文件栏里，上午刚送来的。"顾瑜一边整理自己桌上的尸检报告副本，一边好奇地问道，"主任，你为什么会对一场交通事故感兴趣？"

"因为死人是绝对不可能再给自己来一场坠崖事故的。"看着报告上的文字和数据，章桐的目光变得越发凝重了起来。

很快，她合上报告，略加思索后，便拨通了治安大队失踪人口分队的电话："我是法医处的章桐，想请你们帮忙查一个失踪人口……是的，失踪日期应该不会超过一周的时间……不，是外地人，不是安平市人，并且请优先考虑娱乐场所的失足妇女，年龄在二十岁到二十四岁之间……好的好的，我等你们回复，同时马上给你们发去一份死者的大致体貌特征描述……"

挂断电话后，顾瑜吃惊地看着她："主任，难道说这又是一起杀人案？"

章桐无奈地点点头："而且是一起涉嫌盗窃他人身份伪装死亡的杀人案。先前在火葬场见到尸体的时候，我就已经可以确定死者的身份有异，经过尸检，也证实了死者的死因是钝物击打颅骨右侧，生成硬膜外血肿，最终导致颅脑损伤死亡，尸体头部伤口的打击来自两个方向，可是这些都与后面的坠崖事故所造成的后果无关。颅骨右侧是致死原因，而造成面部毁容的打击却显得是多余的，因为从它的击打方向和着力范围来看，对方显然是不想让我们认出死者的本来面目。我在电脑数据库中输入过火葬场尸体的指纹和DNA，都找不到相匹配的。"

"主任，我记得你曾经说过当年李智明杀妻案的证人DNA也被输入过数据库的，难道死者不是沈秋月？"

"沈秋月的DNA从来都没有被输入过数据库，因为据说她当时怀孕了，拒绝采集血样，而我们的这项工作对于涉案证人来说，都是基于自愿原则的。"说到这儿，章桐便把交警队送来的事故报告和现场尸体相片一并推到隔壁办公桌的顾瑜面前，"至于说这个案子，死者可以是任何人，凶手也可以是任何人，但是从这些相片中我却可以推定凶手是个女人！"

“女人？”顾瑜微微皱眉，“这是一个女人干的？”

章桐点头：“原因有两点，其一，你看拉上来的车厢，虽然被撞得几乎面目全非，但是车的前座椅角度还是看得到的，我知道你理科成绩不错，你告诉我，这样的座椅角度，适合的人身高一般在多少公分左右？”

“没问题。”顾瑜在仔细查看了汽车座椅的调整角度后，飞快地在纸上演算了一下，紧接着抬头说道，“这种牌子的车，那驾驶员身高应该不会超过一百六十八公分，在一百六十五公分以上，三公分左右的缓冲余地。”

“你说得没错，可是死者的身高却只有一百六十一公分，也就是说，两者相差了五公分左右的距离。要么是她驾校老师第一堂课她没好好听，要么这椅子根本就不是她坐的。”章桐耸了耸肩，接着道，“你再看尸体的第二张相片，是正面近距离照，交警队一般都是用来辨认尸体的。你注意下她的衣服，她没有穿胸衣，内裤也没有穿，但是外面的衣服却是齐全的，只是显得有些不合适，对不对？”

顾瑜瞪大了眼睛：“是的，明显是大了整整一个码。”

章桐认真地说道：“给别人穿上自己的衣服，但是却绝对不会给对方穿上自己的胸衣和内裤，这是女人的直觉。就像你问我借衣服穿，我别的都乐意，但是却不会借给你胸衣、内裤一个道理，其中不只是涉及卫生问题，更主要的是，外面的衣服可能大一号小一号无所谓，但是里面的内衣裤如果不合适的话，外人看上去就会非常明显了。所以，就此推断，造成这场事故的犯罪嫌疑人是女性的可能性非常大。

“而把一个与自己体型相差无几的女人杀害后再伪装成一起交通事故，我只能说凶手虽然各方面都顾及了，却偏偏对于这场事故最后对尸体的毁坏程度估计错了。她本以为这么高的距离摔下去的话，车子最起码会因为油箱起火而爆炸，对尸体造成严重损坏，但事实却偏偏没有。你注意看那几张悬崖边的现场相片，当地的植被非常茂密，这对车辆的下坠起到了一定的缓冲作用。再加上从事故发生地点到悬崖下的角度几乎接近九十度，中间并没有造成车辆的翻滚，所以车辆尾部的油箱几乎是完好的。这应该就是所谓的‘机关算尽’吧。”说到这儿，章桐轻轻一笑，向后靠在椅背上，长长地出了口气。

第十章

她摘下手套和口罩，长长地出了口气，眼泪终于在此刻顺着脸颊滚落了下来。杨倩虽然面容尽毁，但是双耳耳垂却完好无损。显然，这个倔强的姑娘用自己的方式拼尽全力为破案留下了宝贵的证据。

1

安平市公安局，陈局办公室。童小川呆呆地站着，垂着头不说话。而陈豪则猛抽烟，脸色阴沉。

郑文龙抱着他从不离身的平板电脑，目光在陈豪和童小川之间来回转了几圈后，不禁愁眉苦脸地说道：“陈局，你也别怪童队了，我看他已经够自责的了。凶手这么狡猾，我们警察也是人，判断错误是情理之中的。你说对不对？目前我们局里没有人比他更熟悉这个案子了，如果你现在处分童队，重新安排别人上手的话，恐怕就对我们更不利了。”

陈豪没有说话，似乎是在等待着什么。

终于，童小川开口了，他喃喃说道：“陈局，请再给我一次机会，我一定处理好这个案子，等结束后，我会自动辞职并接受一切处分。”

一声重重的叹息，陈豪伸手在面前烟灰缸中掐灭了烟头，无奈地瞥了一眼已经空荡荡的烟盒："你知道我为什么会执意把你安排在刑警二队队长这个重要的岗位上吗？"

或许没有想到对方会突然问这个问题，童小川不由得一时语塞："我，我真的不知道。"

陈豪转而认真地看着童小川，目光若有所思："童队，我知道你为什么会突然离开禁毒大队，重新参加局里的业务考试，申请来重案大队做刑警。你这么做绝对不是怕死，因为刑警二队这个部门是我们安平市公安局中工作性质最危险的一个重案大队，相比起禁毒大队来说，每年因公殉职的警务人员数量只会更多而不会更少。

"你是个优秀的警察，你不怕死，你好胜心极强，所以你也就有个弱点，那就是当你面对挫折的时候，无法接受自己的失败，也就不可避免地和常人一样选择逃避，选择换种方式来惩罚自己。你在禁毒大队办的最后一个案子，你的线人，那个和小杰年龄差不多的孩子，最终还是死了，没有死于毒品却死于街头暴力，你没能履行保护好他的诺言，所以，你自责，你觉得你没有面子继续在禁毒大队工作下去，尽管那时候你的职务已经升到了主管情报的分队探长。

"你选择放弃轻松的办公室工作，申请来刑警二队，那次申请考试中，你的成绩是最优秀的。考试结束后，我和你的老上司老蒋好好谈了一次，我答应他，这一次，我无论如何都不会允许你再逃避。在这里，有一点我要检讨，虽然禁毒大队也缺人手，但是重案这里却更严重，我存下了私心，我最终还是同意了你的调动，但是我却把你放在了主管的位置上。我知道你会受挫，你会面临更多的失败，因为不只是你，我们所有刑警都是人，是人就都会犯错，但是真正重要的却是犯了错也不能逃避，你明白吗？所以，我不会同意你辞职的，你给我好好干下去，相信你手下的兄弟，他们会最终接纳并支持你的。而这个案子，只是个开始而已！"

童小川静静地听完了陈局所说的每一个字，哑然说道："谢谢你的理解，陈局，放心吧，我会好好干下去的，这一次，我绝对不会再逃避了。"

陈豪用力点点头："我当刑警队长的时候，也失败过，没有谁是常胜将军，不瞒你说，我那时候还哭了，写过检讨。但是最终，我坚持下来了，没有放弃。刑警这一行，不只是简单的玩命，还要和歹徒斗智斗勇，比禁毒可复杂多了呢！去吧，好好干，别指望我把你撤下来让你过舒服日子。”

童小川刚要离开，却被陈豪叫住了：“童队，听说你快要结婚了，对吗？”

童小川听了，不由得一愣：“我……陈局，你怎么知道这个？”

陈豪轻轻一笑，重新又戴上了眼镜，不紧不慢地说道：“一个叫吴岚的女孩子，市报社法制专栏的记者，今天来局里采访，跟我说起你了，还说是你的未婚妻呢。什么时候办婚事可要通知我啊，我来给你们证婚，现在我们当警察的，结个婚不容易的。”

听了这话，童小川的脸顿时红了，支支吾吾地道别后，便和郑文龙一起下楼。

一路上，见童小川脸色不太好，郑文龙便没有说话，直到回到办公室，召集了所有在岗的侦查员，郑文龙这才把自己平板电脑上刚整理完的监控视频转到了刑警二队的投影大屏幕上：“这是刚处理完数据的红石路派出所监控视频，我把它提高到了1080P，这样的高清便于识别。案发当天，总共有十一批次进入派出所的身着便服的人员，经过和派出所当班记录核实后，排除了一些已经证实的人员，只有这个人，派出所当天值班人员后来并没有落实到其本人。”视频中出现了一个女人，穿着臃肿，看不出具体年龄，打扮俨然就是一个普通的外地务工人员，走进派出所办事大厅后，左顾右盼，面对上前和她说话的值班女民警只是简单说了几句后，便走出了派出所，很快就消失在了街头。时间是中午十一点三十一分至三十五分，前后只在派出所的办事大厅中停留了不到四分钟的时间。

童小川皱眉道：“阿龙，她说了什么？”

郑文龙看了看记录，道：“她问办理暂住证需要什么手续。当班女民警回答她说要带户口簿和务工证明，还要在派出所进行现场拍照，就这么简单。”

正说着，平板电脑上发出了一阵清脆的提示音，郑文龙双眉一扬，立刻点击了页面上跳出来的分屏，上面是刚刚得出的人像比对结果。可是很快，郑文龙脸上的笑容便僵住了，在场的所有人也感到惊诧不已。

因为比对结果显示，匹配度极高的人已经被注销了户口。

“沈秋月？”童小川在嘴里来回念叨着这个名字，皱眉想了想，突然转头对郑文龙说道，“我记得红石路万州大药房出事的那天晚上，报警电话就是一个女人打的，对不对？”

“是的。”郑文龙道，“可是我们手头并没有找到相对应的录音文本能和它相对比。”

“不，我们有。”章桐的声音在办公室门口响起，“三年前我们对李智明案中的相关证人进行笔录时，都有进行全程录像，只要调出其中沈秋月的片段进行相应的音频解析分析，就可以得出结论。”

“哎呀，我怎么忘了这个。”郑文龙听了，便赶紧拉开座椅快步走了出去，“我回办公室，等有结果立刻通知你们。”

“章主任，你……”童小川有些诧异这个时候章桐为什么会突然出现在自己办公室门口。

“我刚刚接到失踪人口组的调查报告，在我市范围内过去一周时间内失踪并且符合年龄、体貌特征的年轻女性总共有三位，我逐一进行了比对后，只有这一位是完全吻合的。”章桐把一份放大的打印相片用吸铁石固定到了白板上，然后指着相片中的年轻女孩说道，“她叫杨倩，银城人，今年二十三岁，未婚，生前是城东美洲豹酒吧的陪酒女。所谓陪酒女这个职业，其实就是收入完全根据客人的酒水消费数目来提成计算所得的行当，有时候也从事一些灰色职业。”

“灰色？”童小川反问道，“难道说是……？”

一旁的侦查员海子补充道：“其实说白了就是‘失足妇女’。我以前在治安大队扫黄组待过很长一段时间，专门打击处理过这些人。我想数据库中之所以没有她的生物数据，很有可能就是她还没有被我们处理过。”

“虽然死者的面部已经被严重毁容，但是死者胸口的一处胎记，根据她同居男友的回忆，两者是完全吻合的。我的助手已经带人去了她所暂住的地方提取相应的生物检材回来进行对比，不过目前看来，已经可以基本肯定就是她了。”

听了这话，童小川掏出手机，接通了郑文龙的电话：“阿龙，让你的人立刻搜集和排查城东美洲豹酒吧周边的监控视频资料，目标是找出沈秋月和她的那辆银灰色本田雅阁，时间节点是一周前。”

刚挂断电话，章桐的手机铃声便响了起来，是顾大伟打来的。她一边朝外走，一边赶紧接了起来：“顾先生，出什么事了吗？”

“晓伟有没有在你那里？”电话那头，顾大伟的声音有些惴惴不安，“我打他电话，一直打不通？”

章桐猛地停下脚步，急促地反问道：“他来找我了吗？这是什么时候的事？他不是还没出院吗？”

“就在不到两个小时前，我接到他电话的时候，他说要赶来公安局找你，他那个时候应该在出租车上。”顾大伟又把两人之前在医院中的交谈简短告诉了章桐，然后急切地说道，“可是我忙完手头的工作后，再找他，无论怎么打电话就都打不通了，我担心他的身体，这家伙就是个直肠子，工作一忙起来就什么都顾不上了，要是出什么事，我没法向他家老太太交代的，老太太的旅游团后天就回来了。”

顾大伟所说的“老太太”，自然指的就是和李晓伟相依为命的奶奶，章桐是见过的。她忙安慰道：“没事没事，我这就安排人找一下他，顾先生，你别担心。”

“谁失踪了？”听到走廊上的声音，童小川忍不住探头问道。

“是李医生，他朋友刚才打来电话说他要到局里来找我，过去快两个钟头了，人还没到，担心会出事。”章桐的心中突然感到有些莫名的不安，她想了想，对童小川说道，“我先回办公室。”

根据顾大伟电话中所提到的几个关键时间点，视频监控组很快就排查到了李晓伟最后所乘坐的那辆出租车的下落，并很快和出租车司机取得了联系。不到十分钟的时间，对方就赶到了公安局。在大院的停车场，童小川见到了他。

出租车司机是个身材高大的中年汉子，因为常年开车的缘故，脸部皮肤和双手被晒得黝黑。

“你们要找的那位乘客啊，确实是个挺奇怪的人。”他皱眉想了想，接着说道，“他一上车就说要来你们安平市公安局，我想着肯定有急事吧，就加快车速，希望能早点赶到，因为前面南禅寺路段经常会交通拥堵，我怕一旦被堵上了，就不好办了。在开车的时候，我注意到他没有带钱包，手里就是一部手机。不过这年头只带手机出门的年轻人是越来越多了，也不稀奇。车开了一大半，都已经看到你们公安局那楼顶上的天线了，谁知，他就在这个节骨眼上接了个电话，然后说不来了，要我马上按照原路给开回去。”

“回去？回哪里去？”侦查员海子不解地问道。

司机双手一摊，显得很无奈：“他上车的地方啊，上南塘街小区门口，那地方可难停车了，就为了找地方让他尽快下车，还让我吃了个罚单呢。我说啊，警察同志，你看我都这么配合你们办案，你们能不能通融一下，给我把这个罚单取消了行不行？”

童小川听了，不禁和海子面面相觑，继而转向司机：“罚单呢？”

2

章桐一直弄不明白一个问题，那就是黄巷新村坠楼案中的死者白晓琴手指甲缝隙中所发现的那组 DNA。人类个体细胞可分为两大类，一类是体细胞，含有 23 对 46 条染色体，其中 22 对为男女均有的常染色体，剩下的一对为决定其性别的性染色体。而让她感到困惑不解的就是这最后一对染色体，居然同时含有 XX 和 XY，也就是说拥有这对染色体的人既有可能是男性，又有可能是女性。当然了，很多拥有隐性性别的人在这个世界上也并不是什么稀奇的事，但是概率方面毕竟是相对比较低的。DNA 存在于人类细胞核及线粒体中，形成两套遗传物质，分别为染色体 DNA 和线粒体 DNA，两者之间的遗传规律是完全不同的。

“小顾，核实过李智明还有没有在世的兄弟姐妹或者任意血亲了吗？”章桐一边翻找资料，一边问道。

“已经核实过了，他是家里的独子，母亲一支中只有一个远房表妹，自从母亲过世后，就再也没有联系过了。至于父亲这边，派出所反映上来的情况说他父亲有一个兄弟，但是一直都在西北打工，这几年来从未有来安平市的迹象。而这些血亲自从李智明母亲去世后，再加上他孤僻怪异的个性，怕惹麻烦，所以就再也没有和他有过任何来往。”

章桐不禁皱眉：“也就是说，虽然白晓琴是跳楼自杀的，但是却可以完全排除是李智明家族血亲所做的案件。依据尸检状况来看，白晓琴跳下楼的时候并没有马上死亡，出于本能，所以才会伸手死死地抓住出现在她身旁的犯罪嫌疑人。”

“主任，根据那个耳机所提供的线索，白晓琴跳楼完全是因为乐曲催眠，对吗？”小顾干脆坐在了办公桌上，“我不明白为什么这一次凶手要借助催眠，而不是自己动手呢？就像红石路万州大药房杀人案一样？”

“第一，时间不够，因为白晓琴所住的小区发生过好几起盗抢案件，所以当地派出所加强了路面和小区的治安巡逻，而平时又很难找到受害人落单的机会，所以保险起见，便使用催眠的手法，让其自行结束生命。”章桐想了想，接着又说道，“至于说第二嘛，是个猜测，那就是白晓琴是个女人，她不像前面第一位死者，那位殉职的警官一样，而那位女店员则是因为身份的特殊，让她对客户本能地放松警惕，导致凶手才有下手的机会。而白晓琴的话，要是路上半夜三更地出现一个人，加上当地派出所又因为盗抢案频发，屡次提醒走夜路的人要提高警惕，犯罪嫌疑人应该是考虑到这点，所以才会选择用另外一种手法，而等在一旁的犯罪嫌疑人之一，只要等白晓琴落地后取走耳机，收拾残局就可以了。”

“主任，只是这组 DNA 为什么会这么奇怪？它的提取来源是受害者指甲缝隙内容物，具体说就是来自犯罪嫌疑人的上皮组织细胞，也就是说拥有这组 DNA 的是个活人，那什么样的活生生的人竟然会有一个死人的 DNA？”

章桐心中一动，抬头看向顾瑜：“这组 DNA 并未发生基因变异，也就是说是完美复制了李智明的 DNA，你说，什么样的情况下会发生这种完美复制？”

顾瑜紧锁双眉，喃喃道："人类基因表现为极为稳定的实体，它的特殊保守性是子代同于亲代的特征，但是基因也会因为遗传而发生突变和重排，结果出现一个在功能上与原来不同的新单位或者等位基因，然后再以新的基因形式进行复制，这是基因遗传的规律。但是在这组 DNA 基因中确实是没有出现新的等位基因，相反只是在性别区分的染色体中多了一个 Y，主任，难道说这是基因的自我生成？"

"我曾经处理过一个案子，"章桐道，"是一个性侵案，在受害者的体内发现了一组生物样本，是犯罪嫌疑人留下的，根据这组 DNA，派出所的人抓住了一个年轻大学生，经过审查，却发现这个大学生并没有作案时间，后来才知道他在一年半前加入过一个捐献造血干细胞的慈善计划，而重新检查这组 DNA 的基因序列，发现有新的等位点生成，也就是说那个接受他捐赠的人，才有可能是真正的犯罪嫌疑人。后来费了很大的一番手脚，才最终把真正的作案者给抓住了，终于还了这个年轻大学生清白，也算是给受害者一个交代。"

"而白晓琴的案件，几乎是它的翻版。但是这么做只能确定一个案子，后面的民福中学保安被害案，死亡方式是电击心脏。老保安没有戴耳机听音乐的习惯，所以没有办法采用音乐催眠的方式，改为引诱受害者上前，突然采用电击来让对方来不及反抗，这也就是说，行凶者必定也是形体较弱，不得不采用电流量非常大的一种凶器来使得对方没有机会反抗。"看着卷宗上的死者相片，章桐的目光变得深邃而若有所思。迟疑片刻后，她果断地站起身，"走，小顾，我们去对面的渔具店问问。这么大的电流量，使用者必定也会受到一定的伤害。"

"主任，这查案不是咱们的职责吧，要不要告诉童队？"顾瑜提醒这个爱冒险的女法医章桐。章桐沉思了一下，说："我们不是去查案，我们去解惑。如果真和我们推测的吻合，再让童队去查。"

结束在病房中和张一凡的简短谈话后，童小川和侦查员海子便一前一后地走出医院大楼，海子感到有些困惑不解："童队，你为什么会对李智明案这么感兴趣，不是都已经结案了吗？"

童小川皱眉，冷冷地说道："结案是没错，可还不是那首该死的'曲子'给闹的。"就在这时，手机提示音响了起来，他看了一眼后，立刻吩咐道："马上回局里，汪涵出现了，现在就在我们办公室。"

海子一边猛打方向盘，同时打开警报灯，一边大声问道："那李医生呢？"

"现在他们两人正在一块儿呢。"童小川阴沉着脸，嘀咕道。

车窗外的马路上，行驶的车辆在警笛声中纷纷闪向两边亮出中间的过道，警车呼啸而过。

远处，乌云翻滚，一场暴风雨即将来袭。

3

安平市公安局二楼的刑警二队办公室里，李晓伟身披一条警用制式毛毯，把自己浑身上下都裹得紧紧的，却还是止不住发抖，毕竟自己刚从医院里出来，身体状况还没有完全恢复。而一旁在角落里蹲着的汪涵则面如死灰且一声不吭。犹如行尸走肉一般，浑身上下同样湿透，却拒绝一旁的侦查员给他递过去的毛毯和热水。

童小川和海子匆匆推门而入，李晓伟立刻站起身来："童队，你可回来了。"

童小川被两人的惨样吓了一跳："你们……到底出什么事了？"

李晓伟赶紧示意童小川来到屋外走廊，这才无奈地说道："童队，我本来找到了有关本案的线索，电话中说不清，我就赶来局里，在半路上又接到汪涵，也就是沈秋月丈夫的电话，他在电话中跟我说他不想活了，正站在上南塘桥边想跳湖自杀，之所以给我打电话，就是在临死前想和我聊聊。我当时来不及通知你们，手机电池也不够了，就想着赶紧回去再说，能救一个是一个。本来一切似乎都很顺利，经过我的努力劝说，汪涵似乎暂时打消了想要跳湖自尽的念头，可是，就在我去拉他的时候，谁想到他竟然把我一起顺势带进了湖里，不过还好，我的命大，"李晓伟嘿嘿笑着，"被在湖边钓鱼的老伯给救了，当然最终经过大家的努力，也把他给拉了上来。

不管怎么说，他是绝对不能死的。”

一听这话，童小川不由得吓了一跳：“我的李大医生，你胆子怎么这么大，明知道是个陷阱，居然还敢一个人去！”

李晓伟脸上却一点笑容都没有，他无声地摇摇头：“不，他没有被催眠。”

“这……你是从何得出的结论？”童小川更是不解了。

“这是一个被爱而伤透了心的男人。”看着单向玻璃另一头的汪涵的背影，李晓伟的目光中充满着无奈与同情，“所谓的催眠，其实就是以被催眠者的意志服从于催眠者的意志开始的，没有这种服从，就行不通。现在的汪涵就是这样。”

“我们正准备找他谈谈他妻子沈秋月的事，你觉得他发现了事情真相？”童小川问道。

“是的，不然的话，他不会这么伤心。”李晓伟忍不住长长地一声叹息，“他和沈秋月的感情很深，所以现在的打击几乎是致命的。童队，等下你对他进行问讯的时候，能否允许我旁听？”

“当然可以。”说着，童小川又上下打量了一番他，嘀咕道，“我更衣室里有几件便装，你应该穿得上，走，我带你换衣服去。你这副样子可是撑不了多久的。”

章桐和顾瑜前后脚刚走进公安局对面的渔具店，身后便是一场瓢泼大雨。店老板是个年过五旬的中年男人，正在悠闲地听着手机中的有声小说，一见店里来了客人，赶紧从躺椅上坐了起来，笑脸相迎：“两位，要买什么？我们小店都有。”

章桐想了想，问道：“真的什么都有？”

店老板赶紧点头：“那是自然，要是没有现货，我可以提供预订服务，一定保证质量。”

“好，我要这个，你有没有？”章桐从口袋里摸出一张纸，上面简易画了一下银针的形状，下面标注了相关电压，“射程距离在两米左右”。

一看到纸上所标注的大致电压和电流，店老板顿时脸色一变，结结巴巴地说道：“我可警告你们，女孩子家年纪轻轻的别干这种缺德事，我对面可是公安局，赶紧走赶紧走，再磨叽我就报警了！”

“我们就是警察。”顾瑜神情严肃地掏出工作证亮了一下，章桐没吱声，只是双眼紧紧地盯着店老板，见他更是慌张了，便冷冷地说道：“老板，这个东西你知道，对不对？”

店老板赶紧摆手，想了想，又点点头，无奈地瘫坐在了躺椅上：“这是改装过后的电鱼竿，三百伏特电压五十毫安，前面的探针可以发射到三米的距离，专业的人才能弄。警察同志，是不是哪个家伙偷着电鱼被电死了？这可与我无关啊。”

章桐皱眉：“我们不是渔业部门的，就是想知道这东西在哪里有得卖？”

一听这话，店老板的脸上才显得稍微轻松了点，他长长地出了口气，道：“吓死我了。警察同志，这个电鱼竿因为功率实在太大，我们都不卖的，怕出事，所以一般都是出租。我这小店可没有，警察同志，这点你可千万别怀疑，你们想啊，这对面就是公安局，你就是借我三个胆子，我都不敢折腾这破玩意儿，出了事可是要倾家荡产的！”

章桐摆了摆手：“别说这么多废话，我只想知道，这东西哪里有出租？”

店老板犹豫不决地看了看章桐，见丝毫没有松动的余地，便沮丧地哀求道：“警察同志，我跟你们说了，你们可不能说是我说的啊，不然我这小店就开不下去了。”

章桐轻轻一笑，伸手朝后指指：“不是你说的吗，这在公安局对面开店做生意的，还有什么可怕的。”

店老板尴尬地嘿嘿笑了起来，接着，便在一张便签纸上写了一行字：“这是那家店的地址和店名，下面是老板的名字和手机。他是我们安平市里唯一会弄这个玩意儿的人，就连我们这帮同行，也不得不向他请教呢。他那边应该有出租记录本。”

“多谢老板。”两人便匆匆跑出了渔具店，向对面公安局大院跑去了。

看着她们的背影，店老板不由得长长地出了口气，摇头嘀咕道：“还真是公安局的哪！”

回到办公室，章桐便把地址和店名通知了童小川。挂断电话后，顾瑜不禁好奇地问："主任，你为什么会想到这是渔具？"

章桐耸了耸肩："我刚开始的时候以为是射钉枪，但是后来想到射钉枪不可能会电击心脏，而且电流和电压没办法弄得那么大，我是听说过有电鱼竿这种东西，改装后，为了能增强在水中的电流和电压，增加电鱼量，那些非法捕捞的人就会不断地减少电鱼针的体积。我只是没想到凶手竟然会采用这种手法。"

"据说那个老保安曾经当过兵，身体素质还是很不错的，真是没想到会遭此厄运。"顾瑜不禁叹了口气。

"如果童队他们能证实这个租借渔具的人就是沈秋月的话，那老保安这起案子，她就跑不了了。"章桐说道。接着，她便在顾瑜刚做完的浮尸案尸检报告上签了字，"记得把这个给他们送去。"

顾瑜点点头："没问题。"

"我去隔壁再仔细查一下杨倩的尸体，希望能在上面找到沈秋月直接的涉案证据，光靠监控视频的话，还不能形成直接的证据。"说着，章桐便站起身，走出了办公室。

4

因为在冷冻室里待的时间太久了，所以杨倩的尸体被拉出来的时候，皮肤已经出现了明显的紫红色斑块。死亡原因已经是确定了，但是章桐却总觉得杨倩作为一个混迹在娱乐场所的年轻女人，必定是不会心甘情愿接受死亡的。用钝器打击头部，如果施暴者是一个男人，那一击致命的可能性会非常大，反之，自己就应该在尸体上找到相应的反抗伤。章桐一边琢磨着，一边上下打量着尸体的表面："看来，我非得赌一把不可了。"

她果断地抓过手套戴上，系好手术服，然后用力拉开了盖在杨倩尸体上的白布，轻声自言自语道："好吧，假设现在我是受害者，我的头部右侧受到了严重的打击，但是还不至于失去知觉，我出于本能就会反抗，去攻击对我施暴的人，但是我手上没有任何防卫工具，而我作为一个女人……"

突然，她心中一动，目光落在了那张已经模糊变形的脸上，她知道这样的伤是死后才造成的，从受创面来看，打击至少在五次以上，明显已经是过度伤害，如果只是单纯地想毁掉对方容貌的话，完全没有必要这么做，而死者全身上下又没有别的明显抵抗伤，除非……章桐强忍着内心深处的激动，她知道杨倩的尸体经过了遗容整理，指甲和身体本身都被仔细清理过，所以没有什么寻找价值，但是正因为她的脸被人损毁严重，所以，清理的时候是必定会绕开她的脸的。而按照女性的习惯，反抗时会用到牙齿。章桐希望自己能在这血肉模糊的嘴里找到一些宝贵的线索。

果不其然，最终在死者的咽喉部位接近食道的地方，章桐颤抖着手，屏住呼吸，小心翼翼地用镊子从里面夹出了一小块约一点五厘米长、一厘米宽的近乎完整的小肉块，这绝对不属于死者。看着托盘里明显是人耳垂的一部分肌肉组织，章桐一时之间竟然感觉到自己的视线有些模糊了，她喃喃地说道："好姑娘，干得好！我就知道你会反抗的！"

她摘下手套和口罩，长长地出了口气，眼泪终于在此刻顺着脸颊滚落了下来。杨倩虽然面容尽毁，但是双耳耳垂却完好无损。显然，这个倔强的姑娘用自己的方式拼尽全力为破案留下了宝贵的证据。

就在这时，手机铃声响了起来。电话是骨髓干细胞捐赠中心打来的，接完电话后，章桐脸色突变，神情愕然。

放下电话后，侦查员海子皱眉看着童小川："童队，根据章主任刚才的线索提示，城北派出所带着沈秋月的户籍登记相片马上去了渔具店进行实地核实，店主证实说确实是沈秋月向他们租借的电鱼竿。刚开始的时候，店主就很奇怪竟然会有女人前去租借功率这么大的电鱼竿，因为是非法的，所以一开始他还并不想做这笔生意，但是因为对方给付的费用非常可观，也就顾不得怀疑来者的真实目的了，毕竟这年头花钱买刺激的人还是挺多的。"

童小川听了这话，不禁从鼻子里冷冷地哼了一声："这些人都什么逻辑，真是的！好了，那民福中学的案子没问题了，你把卷宗整理一下，顺便通知城北派出所，联合工商给我把这家坑人的店尽快给封了。"说着，他透过单向玻璃认真地看着审讯室中坐着发呆的汪涵，略微迟疑了一会儿后，便转头对李晓伟点点头，“我们进去吧，李医生。看来他妻子的事，也只有他才能给我们答案了。”

五楼，副局长办公室，陈豪正在埋头阅读报告，耳畔突然传来走廊里由远至近匆匆的脚步声。最终，脚步声在办公室门口停了下来。

“陈局。”章桐打了声招呼。

“进来吧！”陈豪放下手中的笔，脸上的笑容突然凝固住了，因为他注意到章桐神情有些异样，又看到了她手中的一封传真报告，心知必定是出了什么大事，便伸手指了指自己面前的椅子，“坐吧。”

章桐几步上前，却并没有坐下，相反，只是把手中的传真报告轻轻放在办公桌上：“我刚收到的，来自省骨髓干细胞捐赠中心。你注意看下上面的捐赠人和受捐赠人的名字，还有，就是受捐赠人的术后病史。陈局，恐怕，我们真的要对某人说声‘对不起’了。”

说到这儿，章桐的脸上流露出凝重而又无奈的神情。

第十一章

“我担心沈秋月这么下去，或许会患上精神分裂，我今天已经看到了这样的征兆。”李晓伟喃喃地说道，“因为一个人脸上的面具戴久了的话，总有一天，这张面具就再也摘不下来了。”

1

李晓伟本以为当年那起杀妻惨案中的凶手李智明才是典型的依赖型人格障碍，却万万都没有想到在自己所面对的沈秋月丈夫汪涵的身上，这种程度会更加严重。如果说李智明的妻子在她丈夫的生命中意味着是自己母亲情感的延续和依靠的话，那沈秋月对于汪涵来说，则更明显是汪涵能够在这个世界上生存下去的勇气所在。

但是显然，李晓伟已经无法在眼前这个男人的目光中看到活着的执着与渴望了，取而代之的是无尽的绝望。而李晓伟唯一能够确定的就是沈秋月在这个时候肯定还没有死。

门外走廊上，隔着玻璃窗，汪涵的心理医生顾大伟显得很无奈，他低声对章桐说道：“我已经尽力了，本以为汪先生能够尽早解脱，却没有想到他还是陷进去了，这对他来说太不公平了。”

“或许是因为他太爱自己的妻子了吧，有时候为爱情所付出的代价是常人所无法理解的。不过你放心吧，李医生能让这家伙开口的，因为对他这个‘神棍’来说，这种场面可是小菜一碟。”说着，章桐便把那份来自骨髓捐献中心的传真件交给一旁站着的海子，“我就不等他们了，办公室里还有事情要交接，麻烦你把这个交给李医生。”

海子点点头，随即推门走了进去。

“汪先生，你很爱你妻子沈秋月，对吗？”李晓伟耐心地说道。

汪涵看了他一眼，无声地点点头。此刻，对于自己熟悉的心理医生，汪涵的心中已经少了几许戒备。

“我虽然没有对你做过治疗，但是每次你送你妻子来看病的时候，我看得出来，你对她感情很深。可是，汪先生，你是什么时候发现你妻子没有死的？”

话锋突转，汪涵的目光一阵紧缩，几欲开口，却似乎找不到合适的字眼，最终还是闭上了嘴，目光也不自觉地转向了窗台的方向。

李晓伟其实根本就不需要汪涵回答，每提出一个问题，他的双眼都紧紧地盯着对方的脸，捕捉着汪涵不自觉流露出的每一个微表情。“我想，应该是你去车祸现场认领你妻子遗体的时候吧，对吗？”

汪涵轻轻咬了咬嘴唇，目光收回了，一度曾经盯着地面，却始终都不发一言。

李晓伟笑了，饶有趣味地看着对方，道：“汪先生，你不需要再用言语回答我，我就已经知道答案了。”

这话倒是出乎意料，汪涵一愣，目光中闪过一丝慌乱，脱口而出道：“你瞎说什么呢！我可是什么都没有告诉你。”

李晓伟轻轻地叹了口气：“汪先生，你可别忘了我是干什么的。人体微表情的解读是我们心理医生的入门第一课。”

“微表情？”说着，汪涵不自觉地挺直了后背。

李晓伟点点头，他把椅子朝前拉了拉，缩短了和汪涵的距离，然后直视着对方的双眼，认真地说道：“微表情，想必你一定有所耳闻，这个是心理学上的名词，我们平常在生活中通过做一些表情和动作来把自己的内心感受表达给对方看，而在我们所做出的不同表情之中，或者是某个特定的表情里，脸部就会无形之中泄露出其他的信息，虽然说解读‘微表情’的时间并不长，有时候甚至于夸张到只有二十五分之一秒，但是这种结合四肢和身体的微小动作，由下意识而产生的‘微表情’被解读出来的整个过程，是非常让人有成就感的，就像你刚才那样。所以说，我已经知道了答案。”

李晓伟知道自己现在已经完美地进入了汪涵的心理自我保护区，而他仍然在躲闪着自己的目光，不敢直视，这就意味着汪涵的心理防线已经被完全攻破了，便满意地点点头，同时用目光示意童小川再等等。

“好，汪先生，你既然不肯说，那我就来帮你，你看我解读得对不对。”李晓伟微微一笑，接着道，“你对你妻子沈秋月的所作所为起初在主观上是并不知情的，虽然在无意中看到过一些让你感到不解的行为，但是你还是会立刻自己替沈秋月寻找答案，因为在你的心中，她的地位非常重要，也因为你深深地爱着她，所以无论她做出什么行为，只要对你的爱依然不变，你就会愿意为她做任何事。直到你被通知去交通事故现场辨认遗体的时候，你一眼就认出了那并不是你的妻子沈秋月，那时候你才知道其实你妻子根本就不爱你。”

话音未落，汪涵的情绪突然扭转，就像一头发了疯的狮子一般猛地扑向李晓伟，怒吼道：“你胡说！你胡说！不许你羞辱秋月！她是爱我的，她一直都是爱我的……”

李晓伟似乎早就知道汪涵会向自己扑过来，他顺势向后一倒，同时，一旁的童小川则腾身跃过办公椅向前扑去，利索地反手扭住了汪涵的双手手臂，把他死死地又重新摁在了椅子上。这一回，他可没再听李晓伟的，直接就把约束板给汪涵扣上了：“我说李大医生，你这么问人可是要出事的，明白吗？”

李晓伟轻轻地松了口气，耸耸肩，说道：“我不这么做的话，他自我的情绪又怎么可能流露出来。好了，接下来就交给你们了，毕竟这不是我的专业。”

他刚要把椅子挪到门口的旁听位置上去，身后却传来了汪涵沙哑的嗓音："等等，李医生……"

李晓伟心中一怔，转身问道："汪先生，你想跟我说什么？"

"你，你是怎么知道我早就认出来那尸体并不是秋月的？"汪涵猛地抬头看着李晓伟，"难道说是你猜的？我知道你很聪明，因为秋月总是提到你，说你是她最佩服的人之一。"

听了这话，李晓伟脸上的笑容渐渐消失了，脸上的神情也变得凝重了起来："果真有两个人，对不对？有人在帮沈秋月作案，对不对？"

汪涵却一字一顿地说道："你先回答我，我再告诉你。"

"好，我就来回答你这个问题，然后剩下轮到你说的时候，你就面对警察同志说吧，因为那已经不是我的职责范围了。"接着，李晓伟紧紧地盯着汪涵的脸，口气冰冷，"你其实早就已经知道沈秋月并不爱你，你也知道她亲手杀了除白晓琴以外的四个人，你更知道她心目中真正爱的人到底是谁，但是你一直都不愿意去面对，或者说是害怕去面对冰冷的现实。因为你是典型的依赖型人格障碍，沈秋月对你来说，不只是一个爱人、一个妻子，更主要的，是你所有的精神支柱，尤其是她对你的爱，因为从小，你的生活中就缺乏关爱，你的父亲或者你的母亲，在他们眼中，你就是个透明人。简言之，你对别人来说，是个可有可无的普通人，直到遇到了沈秋月，她是个强势的女人，她能主宰你的生活、你的情感甚至你的一切，你都听她的，包括选择房子的地段，甚至于还包括你今天该穿什么颜色的衣服。其实在你们的生活中，你完全都没有自由，但是你习惯了，甚至已经无法离开沈秋月对你的支配，你每次内心深处感觉到不满的时候，脑海中另一种声音就会告诉你——她爱你，她在乎你，她能让你感觉不孤独。而这，是你对她百依百顺的前提条件。直到你面对她所谓的尸体的时候，你才知道，自己被抛弃了。沈秋月最终还是没有选择你，她走了，或者说她厌倦了你的奴颜婢膝，毫无尊严的一味服从。她毕竟还是个女人，而作为女人，都是渴望被温柔地疼爱和照顾的，你给她的感觉，却像是自己所养的一条狗，所以，她最终还是抛弃了你。"

无声的眼泪一滴一滴地滚落，被说中心事的汪涵终于忍不住痛哭失声。

“我第一次到你家去的时候，家里乱七八糟的，唯独那张你和你妻子共枕过的床铺，异常干净整洁。那时候，我只是简单地认为你是过于思念亡妻，不敢再去面对留有妻子记忆的床铺，所以你选择了睡在沙发上。如今想来，我忽视了你的真实想法。其实，你之所以那么做，并不是因为过于思念而不敢触碰，真实的原因是你感觉自己被所爱的人给抛弃了，所以你根本就不愿意去面对。你甚至都婉拒了我去参加你妻子的告别仪式，似乎生怕我会看出你悲伤的真正原因。”说到这儿，李晓伟不由得一阵冷笑，“第二次去你家的时候，我看到了茶几上那张你几乎视若珍宝的相片，因为这是唯一一张离你所睡的沙发最近的相片，你跟我说那是你们最近拍的，没错，确实是最近拍的，日期也很特殊，是李智明在监狱中自杀的第二天。我想那时候你应该已经知道了这个消息，你妻子也知道了。所以，相片中的你们，一个是真的高兴，而另一个却难以掩饰心中的悲恸。你回去后，可以再好好看看那张相片，你会发觉你妻子沈秋月的身体是僵硬的，她并没有像一般恩爱夫妻拍照一样靠向你，相反，她是在刻意躲避你，脸上的表情也是极度勉强的。你之所以保留那张并不完美的相片，是因为那是唯一一张你们除了结婚照以外的在一起的合照，也是你所认为的你们相爱的证据，只是很可惜，相片中女人的微表情显露无遗——她已经不爱你了，并且她在决定买房子之前就已经不爱你了。”

“至于说后来你为什么要给我打电话说你想自杀，原因也很简单，因为你注意到了我在你家看那张相片时的异样，而我临走时的匆忙也告诉了你，我是准备去公安局的。所以，在一番犹豫过后，你给我打了电话。目的其实很单纯，你想拉我做你的陪葬，因为你认为只要我闭嘴了，你那还活着的妻子沈秋月就能平平安安地在这个世界上继续生活下去，你说对不对？而你的死，是对你妻子最后的忠诚，只是很可惜，她并不在乎你！”

李晓伟话语中的每一个字犹如锥子一般深深地扎在了汪涵的心中，他无助地瘫软在了椅子上，泪流满面，嘴里喃喃说道：“对不起，对不起……”

“没事，我命大，死不了，我可以不追究你的责任，因为你已经够倒霉的了，我只是希望你能配合警方办案，把自己知道的全都说出来。然后呢，好好地生活下去，毕竟人的一辈子是非常短暂的，也应该做一些有意义的事，你说对不对？”说着，李晓伟伸了个懒腰，冲童小川点了点头，便在门边的椅子上坐下，顺手翻开了海子递给自己的报告。

可是才看了两眼，李晓伟的脸色顿时阴沉了下来，他难以置信地看着汪涵，急切地追问道：“等等，你妻子沈秋月做过骨髓移植手术，对不对？”

汪涵点点头：“是的，不过那是好几年前的事了。”

“手术后，你妻子的听力有时候不太好，对不对？”李晓伟感觉到自己的声音在微微发颤。

“你怎么会知道这个情况的？”汪涵吃惊地看着他，“当时因为不知道秋月对麻药过敏，所以才会……不过，这个后来就治好了，打那以后她就没什么大问题了啊，我跟她说话她都是听得到的。”

李晓伟没有说话，只是冲着童小川点点头：“童队，接下来交给你们了。”便离开了审讯室。

童小川看着汪涵，直截了当地问道：“沈秋月现在在哪儿？”

汪涵摇摇头：“我不知道。”稍后，他抬头冲着童小川和海子咧嘴一笑，“我只需要知道她还活着就足够了。”

童小川不解：“知道这些后，你还爱着她吗？”

汪涵的目光变得冰冷：“我爱她，但是我也恨她。”

时间已经过了晚上六点，章桐办公室的门关着，走廊里空无一人，显然她已经下班了。李晓伟有些急了，他一边朝外走，一边掏出手机拨打章桐的电话，可是没有人接听，响过几声后就直接转入了语音信箱。

“你在哪儿，快给我回电话，我担心你的安全！”留完言后，正好来到一楼的办案大厅门口，大楼外雨势倾盆，很多人正挤在街道两旁的屋檐下避雨，这种天气即使有伞，也会被淋个湿透。

李晓伟的目光焦急地在人群中搜索着，希望能看见章桐的影子。

紧接着便冒雨奔出大院，全然不顾周围的人投来异样的目光，他知道章桐必定会前去乘坐公交车，便径直向站台方向跑去，跑到一半的时候，他便呆住了，站台前围着一堆人，看情形似乎是出了什么事。李晓伟的心顿时悬到了嗓子眼，便疯了一般冲了过去，一边叫着章桐的名字，一边用力扒开人群和雨伞。终于，人群散开了，他看到了她，章桐并没有出事，她正跪在地上，用一件警用雨衣遮住面前地上躺着的年轻男子，而对方此刻正面露痛苦之色，双眼紧闭，嘴角流着鲜血。

“快来帮忙，他刚才被一辆车撞了。”章桐焦急地说道，“我已经打电话通知 120 了，看情形，他被撞伤了肋骨。你帮忙固定住他的上半身，不要让他挪动身体。120 很快就会到的。”

李晓伟这才想起刚才自己一路上跑过来的时候，确实看到一辆停在路边的公交车，司机靠在椅背上，满脸的沮丧。

本来站在一旁为章桐撑着把小花伞的满头白发的老太太见终于来了帮手，这才长长地出了口气，连声抱怨道：“这年头，开车的也真不要命呢。刚才太吓人了。我们跌下去三个人，要不是这妹子呀，那男孩子就会被前面那公交车给活活轧死了呢！”

一听这话，李晓伟不由得浑身哆嗦了一下，果不其然，章桐的目光凝重，沉声说道：“不，我站在最前面，如果不是他及早发现而拼命拉了我一把的话，可能躺在地上的，就是我了。”

“你的意思是……”李晓伟忧心忡忡地问道。

章桐点点头，紧锁双眉：“就在公交车进站的时候，有人在我背上狠狠推了一把，他拉住了我，却因为惯性而自己摔了出去，希望他没事。”

“果真对你下手了！”李晓伟喃喃道。

“不好，还有两具尸体在我办公室旁的冷冻库里，我得赶紧回去。”章桐急匆匆地说道，她把雨衣交给了另一边站着的两位身穿校服的中学生。

“等等……”李晓伟急了，可是 120 没到，自己根本就没有办法离开，“你等等我，等下 120 来了，交接完后，我和你一起去。”

“来不及了，我知道她想要的是什么。别担心我，在公安局里，我想她不敢对我乱来的，你去通知童队他们立刻赶往局里。”说着，章桐便头也不回地穿过人群走了出去。

这一刻，李晓伟只觉得自己心急如焚。

2

傍晚六点过后的公安局大楼里显得格外安静。

沈秋月不知道从什么时候开始起，竟然会痴迷于在现实中扮演另外一个与自己毫不相干的角色。虽然起初的时候，她觉得这么做会有些别扭，因为那毕竟不是自己，但是久而久之，她已经分不清了，自己脸上所戴着的面具中，究竟哪一张才是真正的属于自己的。

是的，面具戴久了，就会再也摘不下了。回首以往，那个真实的沈秋月，或许从来都没有存在过。

沈秋月缓缓走过大厅，径直向走廊深处走去，她知道那里有一个楼梯拐角，下楼梯后左转，跟着来苏水的味道再向前走二十米，顶头最后一个大房间，那是玻璃门，磨砂质地，摸上去会很舒服，然后推开，走进房间，会看到水池，四个不锈钢解剖台。这些都不重要，接着穿过隔门，来到一个感觉非常寒冷的房间里，墙上镶嵌着六个不锈钢推拉隔层，地板是白色的瓷砖，就连墙面也是白色的，白得耀眼，那里，就是自己此行最后的目的地。

虽然在这之前，自己从未来过这里，但是整栋大楼的建筑图却已经深深地刻在了脑海中，她的记忆力非常好，只是看图纸，她就非常熟悉这栋建筑里的每一个楼层、每一个拐角，甚至于每一个房间。

大楼太老了，似乎还是二十世纪的建筑吧。

沈秋月知道没有人会阻拦自己，因为不会有人去拦一个拎着手提小型医用保温桶的年轻女警察。

她绝对不会否认，真的有那么一刻，她还是挺喜欢身上的这一套仿真度极高的警服的。其实呢，能当个警察的感觉也还是挺不错的，哪怕只有短短的几分钟时间。

安静的楼梯回响着自己清脆的脚步声，自从耳朵出事后，沈秋月就特别喜欢听自己周围所发出的任何声响，头顶的声控走廊灯随着脚步声的靠近而一盏盏亮起，又逐个熄灭，一切都是那么顺利。

穿过磨砂门，房间里一片漆黑，她顺手摁下了墙上的开关。图纸真是标得太详细了，竟然连开关的位置都是那么准确无误。沈秋月开始相信那个人是真的打算帮自己了。

他怎么说的来着——“你会相信我的，因为我从不骗人！”

这年头，不骗人的，应该是没有了吧。想到这儿，沈秋月的嘴角划过一丝笑容。

从磨砂门到隔门之间只需要短短七步路的距离，她没有停下脚步，直接就走向了隔门，隔门从来都不会上锁，因为这个世界上没有人会来偷一具尸体。不，确切点说，是从尸体上拿走一点东西。

不知道是谁跟自己提到过杀第一个人是最难的，因为毕竟杀的是人，而自己也是人，同类之间的杀戮总是比较棘手的，尤其是对于一个女人来说，似乎就是没有勇气或者力气。但是沈秋月却一点都不费事，只是杀完那个女店员后，她吐了，吐得昏天黑地的，如果不是那个人在电话中提醒自己要用来苏水擦洗干净的话，估计早就露马脚了，而后来那个警察也就不会那么轻易上当了。

说到底，人和人之间还是有很大差距的。

只是她始终都无法克服自己耳朵的缺陷，产生了很多意料之外的事情，她变得有些滑稽，笨手笨脚，有时候甚至还会失去平衡。为此，她感到困惑和愤怒，不得不依赖于那个让她私底下感到有些毛骨悚然的声音。而正因为自己的愚蠢，所以她才没有来得及铰断目标的肋骨。要知道，为了能准确无误地取下对方的左胸第四节肋骨，她不断地尝试不断地努力，最后熟练到只要丈夫躺在身边，一伸手，她就能够在对方的胸口摸到那根尖尖的凸起。

她从来都不是一个会轻易认输的女人。

终于，再次伸手摁下墙上开关的那一刻，沈秋月呆住了，这还是她第一次如此近距离地看到存放尸体的冷冻库，对面的白色瓷砖铺就的整面墙上整齐地排列着方方正正的六扇不锈钢小门。在这个安静得几乎都能听到自己呼吸声的房间里，她丝毫感觉不到寒冷和畏惧，相反，兴奋充斥着沈秋月身上的每一个毛孔。她丢下保温桶，屏住呼吸上前，伸手向最靠近自己的那个不锈钢门把手抓去。

“住手！”

宛若炸雷一般，章桐冰冷的声音在整个房间里回荡着，因为四周都是瓷砖，回声震得她已经弱不禁风的耳膜感到格外生疼。沈秋月皱眉，她缓缓转身面对章桐，脸上的表情充满了愤怒：“关你什么事！”

“当然是我的事，不许你碰他们，给我滚出去！”章桐冷冷地说道。

“他们都已经死了，现在里面装着的只不过是一具冰冷的尸体而已，是一堆冻肉，没有感觉，没有思维，不再会感觉到冷暖的冻肉而已，他们的结局就只能是一把火被烧得干干净净，你稀罕什么呢。”沈秋月傲慢地说道。

“错，他们虽然死了，但是也是人，死人也有尊严，我是法医，我绝对不会允许你再做出任何侮辱他们的事。”章桐几步来到墙边，挡在沈秋月面前，然后果断地伸手朝外一指，目光中满是怒火和鄙视，“你给我出去，听到没有！”

此时的沈秋月和章桐之间只有短短的不到两米的距离，一时之间房间里的空气似乎都已经牢牢地凝固住了。被雨打湿的衣服裹在身上，章桐被房间里近乎零度的室温给冻得浑身发抖，但是她却始终坚定地站立在墙边，丝毫都没有退缩的打算。

“我不许你碰他们！”从沈秋月逐渐变得阴沉的目光中，章桐已经明显感觉到了威胁的临近，但是她知道自己背后就是墙，已经毫无退路，即使自己让开，不只是良心上会受到谴责，对方得到自己想要的东西后，也绝对不会放过自己。想到这儿，章桐深吸一口气，严肃地看着沈秋月，朗声说道：“我再跟你说一遍，只有自首才是你现在唯一的出路。因为你，已经死了七个人，你不能再错下去了。”

“七个？”听了这话，沈秋月显得有些意外，她果断地摇头，“你胡说，我真正下手杀了的，连你在内也只不过是五个人而已，你的计算能力也未免太差了。”

可是话刚说完，这个疯狂的女人突然意识到了什么，她一脸惊愕地看着章桐，气急败坏地说道：“他杀了他妻子的事与我无关，我根本就没有想到事情会发展到这个地步。再说了，我又怎么会知道他是一个意志力如此不堪一击的男人！”

听了这话，章桐不由得心中一沉，这个女人疯了，自己已经无法阻止她了。

就在这时，容不得章桐多想，沈秋月便猛地扑了上来，在她身体靠近章桐的刹那，一把不知何时捏在手中的水果刀已经果断地由下至上深深地扎进了章桐的下腹部，刀尖捅破身体的疼痛感是逐渐加深的，最终会彻底吞没自己所有的意志力。从感觉上判断，刀尖所扎中的大概是自己的脾脏位置，而这样一来，她的刀大约长度在七到九公分，只要在自己体内再多挪动哪怕一公分，自己很有可能就会当场因为脾脏被捅破而死。

章桐愤怒地紧盯着沈秋月的双眼，而眼前这个可怕的女人的眼睛里所能看到的，却只有茫然。

就在这时，匆忙而又凌乱的脚步声由远至近，李晓伟气喘吁吁地出现在了门口，眼前这一幕让他惊得几乎叫了出来，而章桐脚下的白色瓷砖上那点点殷红的血迹也表明了事态的严重性。李晓伟紧咬住嘴唇，逼迫自己不发出声音，他拼命地指着自己的耳朵向章桐示意，终于，两人的目光接触，章桐恍然大悟，因为此刻她的右手还是能动的，便忍住下腹部的剧痛，用尽全身的力气狠狠地一拳砸向沈秋月的耳朵。

是的，一个被安装了人工耳蜗的人最害怕的就是别人对准自己耳朵的致命一击。

瞬间，整个世界在拼命旋转摇晃的同时，声音彻底消失了，眼前的一切都变得蒙蒙眬眬，最终在倒地的刹那，沈秋月眼前一黑，失去了知觉。

章桐看着李晓伟向自己跑来的身影，她的脸上露出了疲惫的笑容，她不知道自己为什么感觉不到腹部的疼痛了，身体也变得轻飘飘的。她无力地靠在冰冷的不锈钢墙面上，缓缓滑了下去，最终无力地瘫倒在了李晓伟的怀里。

“我就说过你不用担心我的……”章桐虚弱地说道，“这里毕竟是公安局，她胆子没这么大……”可是看着地上一动不动的沈秋月，她微微皱眉，轻声说道，“不对，你快去看看，我没有把她打死吧？”

“不会的，不会的，你只是用力过猛把她打晕了而已，你没有那么厉害的……”李晓伟抹了一把眼角的泪水，苦笑道。

这时候，走廊里的脚步声已经越来越近。李晓伟一边扶着匕首的柄，不让它移动，一边在昏昏欲睡的章桐耳边大声说道：“不要睡着，你一定要挺住，童队他们来了，马上就送你去医院，你会没事的，我不许你睡着，听到没有……”

“好的……我的右手……好疼……”章桐咕哝着，声音越来越低。

3

“执念”这个词，对于心理医生李晓伟来说，既熟悉却又很陌生。熟悉的是自己每一次面对很多有执念的病人的时候，听着从他们嘴里所讲出的一直心心念念的人或者事，作为一个一小时内例行公事的倾听者，他能够做到的就是对自己思想上的收放自如，提醒自己只不过是一个旁观者。他所要做的，就是适时地引导病人自己放弃执念，重新回归到正常的生活中去，因为人的一生，活着才是最重要的。而之所以说“陌生”，那是因为李晓伟还从未面对过一个已经完全无法走出自己执念的人，这个人就是沈秋月。

审讯室外的走廊里，童小川习惯性地伸手从警服裤兜中摸出了被揉成一团的烟盒，里面还剩下两支烟，他想了想，又透过单向玻璃朝房间里扫了一眼，最终还是长叹一声，打消了抽烟的念头，虽然自己已经等得有些不耐烦了。

刚出院回来工作没多久的张一凡凑上前小声嘀咕道：“童队，这李医生就这么干瞪着我们的嫌疑人，干什么呢？”

“我又不是心理医生，我怎么知道他心里在想什么。”童小川低声回答，“不过，这家伙还是挺有本事的，那汪涵的嘴巴多硬，被他教训了一顿，最终还是乖乖地开了口。难怪咱们的章大法医会叫他‘神棍’。”说着，他不自觉地嘿嘿一笑。

“对了，章主任，她什么时候回来上班？听说她受伤了。”张一凡紧张地说道。

“没多大事，被人用刀子捅了，没伤到要害，不过咱章大主任虽然是个女人，却也挺硬骨头的，缝合了伤口，就这么包扎包扎，休息了半天就出院了。”童小川轻声说道，目光中闪过一丝暖意，“我还挺佩服她的。”

就在这时，童小川兜里的手机响了起来，他不耐烦地拿出来瞥了一眼，便果断地摁断了电话，重新又把它塞了回去。

张一凡惊讶地说道：“童队，这已经是你今天第三次这么做了，谁得罪你了，说来听听。”

“一个为了达到自己的目的而不择手段利用他人的人，不用理她。”童小川冷冷地说道。他掐断的是未婚妻吴岚的电话，两个人已经冷战了整整三天了。

张一凡还是头一回见自己的上司这么无礼，知道不好再问，毕竟是人家的私事，转而把话题扯开了：“童队，是李医生主动提出要跟她谈的吗？”

童小川点点头，神情凝重：“他比我们更了解这个女人，录像机始终都开着呢，我答应给他十分钟，十分钟后我们进去。”

其实房间里所说的每一句话，走廊里都能听得清清楚楚，喇叭开关就在童小川的手边，只是这个时候，他还不想打开。遵守承诺是一方面，另一方面其实是童小川自己的缘故，他亲眼看见李晓伟只是用简单的几句话就让汪涵彻底崩溃，不知怎的，童小川开始有点不敢直视李晓伟的眼睛了，也有点害怕听到他质问别人时的声音。说到底，童小川还是怕他迟早有一天也会看穿自己的内心世界。

因为每个人都是有不愿意和别人分享的秘密的，他也不例外。

可是就在这时，一只手伸了过来，童小川很诧异，章桐不知何时已经来到了自己身后。她打开了那个开关，轻声说了句：“我想听听。”

审讯室里，李晓伟终于开口了，只是说话的声音中带着一丝苦涩：“沈秋月，我们已经很熟悉了，对不对？”

沈秋月默默地点头，此刻她的身上已然换去了那件买来的仿制警服，取而代之的是印有“安看”字眼的醒目的橘黄色囚服。

“你是我的心理医生，虽然期间隔了几年，但是你却是唯一一个愿意认真倾听我说话的男人，所以我很熟悉你，没错。”沈秋月与懦弱的汪涵截然不同，她是个强势的女人，哪怕身穿囚服。

“但是我却一点都不了解你，所以我是一个失败的心理医生。”这发自内心的一番话，李晓伟与其说是讲给沈秋月听的，还不如说是在自言自语。“当初给你做心理干预的时候，我是真心同情你，想尽力来开导你，因为在我眼中，你是一个无辜的受害者。却怎么也没有想到，这一切的悲剧其实都是你一手造成的。一尸两命啊！你难道就不内疚吗？”

“沈秋月，你的智商其实远远超过我，因为一开始的时候，你就没有病，在你身上根本就不存在着什么所谓的创伤后应激障碍，一切的一切，从头至尾，都是你装出来的，自始至终，你都在按照自己精心设计的计划一步步地走着。”李晓伟一边说，一边目光痛苦地看着沈秋月，“一方面，你冷血而又无情，是一个很有心计的女人，有极强的占有欲，一切都以自我为中心；而另一方面，你却又是一个患有边缘性人格障碍的人，坚信自己由于在童年时被剥夺了充分的关爱而感到空虚和愤怒。因此，当你遇到在同一个公司工作的李智明的时候，或许只是一次不经意间的安慰，也或许只是一次小小的同事之间极为普通的帮助，你对他的好感油然而生，接着，命运使然，你被查出了白血病，当你身边所有的亲人都因此而彻底抛弃你的时候，他却捐出了自己的骨髓造血干细胞，从而救了你的命，并且经常在医院里照顾你。

“出院后，你就认定了他是你这辈子唯一的依靠，你开始无休止地向他寻求关爱，因为在你内心深处，你害怕被再次抛弃，就像你的童年时代，就像你病重的时候，你害怕孤独，更害怕死亡。可惜的是，或许是李智明察觉到了你性格上的可怕缺陷，也或许是他真的只是出于同事之间的关心罢了，他做出了这辈子让你无法原谅的决定——他拒绝了你，并且为了躲开你的纠缠，他甚至还离开了公司，另谋职位，并且闪电般地和自己相爱多年的大学女同学结婚了。你无奈，也只能嫁给了暗恋自己多年的中学教师汪涵，一个普通至极的男人，尽管在你心中，你一点都不爱他，但是那时候的你需要一个家，你需要在别人面前扮演一个无所谓的你，一个强势的你。你好面子！

“李智明的所作所为成功地激起了你内心深处无法抑制的愤怒，再加上因为手术时的失误，你对麻药产生了不可逆的过敏事故，你为之所付出的代价不只是精神上的，更是身体上的，你彻底失聪了。你把这一切都归结于李智明离开了你，你恨他，但是在内心深处你又无法忘了他。所以，你说服了深爱着你的那个男人，几乎倾家荡产在李智明家的楼下买下了那套房子。本来你是打算买在他家隔壁的，但是因为房子朝向的问题，那家住户并不愿意交换楼层，是不是？你之所以这么做，不只是放不下对李智明的执念，更重要的是，你想让他对你的出现放松警惕。你是一个很会演戏的女人。很多人都被你骗了，而汪涵，明明知道被你骗了，却还心甘情愿为你杀人。我想，你这辈子应该对他也感到一丝后悔的，对不对？”

沈秋月轻轻地闭上了双眼，手上的镣铐发出了叮当的响声。

“沈秋月，从今天起我不再是你的心理医生，这也是我最后一次来为你做分析。要知道，当年李智明案发时把妻子头颅抛下楼去的举动，这几年来一直深深困扰着我，因为一个在别人眼中的正常人，是绝对不会突然做出这么可怕而又毫无人性的举动来的，更不用提受害者是自己身怀六甲的爱人。我想，都是因为那首曲子，对吧？一首被精心改编了的曲子。但是我可以肯定的是，那首改编后的曲子，绝对不是出自你的手，因为你根本就做不到，你的心中有太多的执念放不下。”说到这儿，李晓伟长叹一声，接着道，“你找了个机会趁他不注意时把这首曲子放进了李智明的电脑音响中，因为你是 IT 高手，这点应该难不倒你。几天后，当你确信李智明已经深深地执迷于这首钢琴曲了，你就用一个电话对他下达指令。你之所以要过几天后才下达指令，仅仅只是因为你对这首改编后的钢琴曲的威力还并不完全信任。”

沈秋月突然笑出了声，她饶有趣味地看着李晓伟：“李大医生，李大才子，你到底是怎么看出来我真正爱上的男人是李智明的？”

“回答你这个问题其实一点都不难，我现在已经全都想起来了。那天晚上，当我一个人坐在被尘封了整整三年的李智明的家中时，我就觉得哪里不对劲，后来我想起来了，案发后我总共去过你家三次，而当三年后再次进入李智明家的卧室时，我产生过一种错觉，就好像自己曾经去过那个地方，但是事实上，那是惨案后我第一次进入案发现场。”李晓伟脸上痛苦的表情突然消失了，眼神中闪过一丝狡黠，“你对李智明的爱让你产生了一种臆想，而为了满足你的这种偏执，你竟然刻意把李智明家的卧室摆设和家具完美地复制到了你的家里。这就是我会产生错觉的原因所在。你太爱他了，可惜，你根本就得不到他，所以一气之下，在那个电话中，你或许是这么告诉他的——掐死你的妻子，剁下她的头颅，然后用力抛出窗外。因为这种仪式一般的疯狂正是你最喜欢的，就像一个演员高超的表演，而头颅的落下不只是除去了你的情敌，也完美地惩罚了那个玩弄了你感情的骗子。”

“不！”沈秋月突然一声尖叫，身体向前冲，面目狰狞地隔着不锈钢栅栏冲着李晓伟怒吼道，“他不是骗子，阿明不是骗子，我爱他！我不允许你侮辱他……”

“是吗？”李晓伟笑了，双手一摊，耸耸肩，道，“如果他真的爱你的话，为什么在三年后的今天，当他终于回想起自己是为什么而杀了自己的妻子孩子的时候，他所做的，不是喊冤，不是举报你，却偏偏是自杀？”

沈秋月脸色煞白，嗫嚅着什么都说不出来，只是目光呆滞地看着李晓伟。

李晓伟长叹一声：“还记得吗，当你第一次向他表白的时候，他拒绝了你。第二次，你试图挽留，他怕你误解，干脆就放弃了高薪，选择另谋他职，并且闪电般地结了婚，试图断绝你的念想。而最后一次，当他终于知道是你借他的手让他家破人亡的时候，这个可怜的男人就万念俱灰了，依赖型人格障碍最后的一根稻草被你无情地撕碎，绝望之际的他背负着沉重的内疚，只能用自己的自杀来最后一次向你表示拒绝，并且永远地逃离你的执念。他知道自己只有自杀，才会让你真正地感到痛苦。其实李智明很可怜，在狱中整整三年，应该是一直都在苦苦思索着一个问题，那就是自己为什么要亲手杀害了自己深爱着的妻子和从未见过面的孩子，制造了这幕可怕的人伦悲剧？而当他最后终于找到答案的时候，他所能做的，就是亲手结束了自己的生命，来完成这一辈子最后的救赎和对你最严厉的惩罚。

“对了，那封遗书，我想，应该是李智明所写的，因为如今想来，这些都是他内心真实的想法。刚开始的时候，我以为是写给曾经审判过他的警察，只不过，这封遗书，他真正的意图是写给你的，因为他恨你，直到离开这个世界的那一刻，他依旧恨着你，我甚至怀疑他后悔自己救过你。你是个充满执念的痴情女人，因为，在你眼中，真正在乎的，其实只是你自己罢了，明白吗？

“好了，时间到了。我最后想说的，只有一句话——别再让曾经救过你的男人失望，好好坦白才能让你的心在这辈子找到最后的安宁！”

说完这些后，李晓伟站起身，便头也不回地离开了审讯室。身后，房间里传来了撕心裂肺的痛哭声。

走廊里，李晓伟和章桐的目光相遇了，他微微迟疑，章桐却冲他点头道：“走吧，去我办公室，我请你喝咖啡。”

4

法医办公室，靠墙的桌上放着一台刚买来没多久的意式全自动咖啡机。李晓伟哑然失笑，转而面对章桐：“我知道你喜欢喝咖啡，这个不便宜吧？”

章桐无奈地叹了口气：“老喝速溶的对身体没好处，尤其是小顾，熬夜看报告的时候，还真少不了它。我昨天收到了小说的稿费，不多不少，正好够一台。”

两人在办公桌前坐了下来，李晓伟微笑着环顾了一眼整个办公室，点点头：“条件好了，希望能给你带来更多帮手。”

章桐听了，不由得苦笑：“怎么可能为了一杯咖啡就来我们这边工作，你的愿望太不现实了。总之呢，平常心吧。”

“你找我应该是心里有疑问，对吗？”李晓伟认真地看着章桐。

“别用你那种对待病人的口气来跟我说话。”章桐猛地站了起来，她在房间里走了几步后，突然站住，转身看着李晓伟，“告诉我，一个人为了爱，真的可以做到这么疯狂吗？”

“我不知道。”李晓伟缓缓地说道，“因为我还没有过这种亲身体会，所以我没有办法告诉你。”

章桐的目光中闪过一丝失望，她轻轻叹了口气，接着问道：“那你为什么会突然改变主意说那封遗书是出自李智明之手，我们不是查验过这封遗书与他以往的书写习惯有着很大的不同吗？”

“说老实话，我是突然意识到的，因为在这之前，我仔细研究过这封遗书，字里行间充斥着深深的怨念。我一直都以为这不是李智明所写，但是直到今天，当我如此近距离地面对沈秋月的时候，一切的疑问就都得到了解决。诚然，患有依赖型人格障碍缺陷的人是很难突然改变自己的性格的，因为我们的各种人格一旦形成，很大程度上就会伴随着我们的一生。”说到这儿，李晓伟突然话锋一转，“可是，只有一种例外，那就是在这个人的生活中发生了一种翻天覆地的变化，沉重的打击在彻底击碎了他用来保护自己的各种依赖后，置之死地而后生，在此基础上重新产生的一种人格就会赋予持有者一种新的角色。这种特殊的改变，类似于我们人类为了保护曾经弱小的自己而突然人格分裂，产生一种迥异的对立人格。我想，这种变化就在李智明的身上得到了全面的体现。”

“监狱中的三年，不同于我们外面的三年，可以说，三年里的日日夜夜，他几乎都是生活在对过去的回忆中。催眠这种东西，虽然说或许会给一般受术者的精神上带来不可逆的结局，那段记忆也有可能会暂时丧失，但是最终，受术者还是会想起来的，只要他像李智明那样，三年里的日日夜夜都拼命在回忆，因为属于这个可怜男人的，就只有回忆了。”李晓伟突然想到了什么，抬头对章桐说道，“你知道汪涵也是倒霉蛋吗？”

“他？”章桐不解地摇摇头。

李晓伟的脸上充满了同情，“依照沈秋月的个性，没有把握的事情，她是绝对不会去做的，所以在给李智明用那首钢琴曲之前，她必定给汪涵试用过，而案发当晚，她完全听不到楼上所发出的所谓的音乐声，她后来之所以会那么说，如今想来只不过是为了在自己丈夫汪涵的面前装可怜罢了，至于说汪涵，那天晚上睡得格外沉。对了，我刚才撒谎了。”

章桐吃惊地看着他，半晌，恍然大悟：“你真是个‘神棍’！给人分析心理还带糊弄人的！”

李晓伟哭笑不得：“我如果不这么刺激她的话，她的心理防线根本就不可能这么快被打开，李智明是她的‘七寸’，我只能用毫不留情地贬低他来让真实的沈秋月跳出来。我想，现在楼上童队那里，应该很快就可以结案了。”

章桐脸上的笑容消失了，“难道说那天的电话里，沈秋月根本就没有指令李智明杀妻？”

“这个，我可没有权利回答，因为当事人一个死了，一个估计也快要疯了，而真相，如今想来，似乎也不那么重要了。光从后面那所谓的骨瓷坛的收集，就可以看出，其实沈秋月的心里还是很后悔的，她或许真的没有想到结局会是如此惨烈。”李晓伟仰头把自己面前的咖啡一饮而尽，然后一咧嘴，“好苦！”

“那是咖啡，不是糖水！”下腹部的伤口隐隐作痛，章桐忍不住微微皱眉。

“我担心沈秋月这么下去，或许会患上精神分裂，我今天已经看到了这样的征兆。”李晓伟喃喃地说道，“因为一个人脸上的面具戴久了的话，总有一天，这张面具就再也摘不下来了。”

“服法是她必然面对的结局，一点都不用同情她。”章桐冷冷地说道，面前的尸检报告封面上，死者名字一栏中，“杨倩”两个字显得格外醒目。

5

走出审讯室，侦查员海子沮丧地看着童小川：“童队，她死活都不肯说出那个帮她忙的人，这可怎么办？”

“不是她死活不肯，而应该是她根本就不知道！”童小川皱眉说道，“我总觉得事情没这么简单，在沈秋月这个案件中，这家伙自始至终都没有亲手杀害过任何一个人，但是却正因为有他的存在，不断地让人无辜丧命，我无法理解这个世界上为什么竟然有人会以此为乐！这究竟是一种什么样的可怕心态。”

“看来，我们遇到的是一个连环杀手，这点是可以肯定的。”海子不由一声长叹，“记得以前在江警读书的时候，老师曾经把连环杀手专门分为两大类——其中一类是按照地域划分的‘领域型’和‘游荡型’，专门诱骗受害人去某一个特定场所下手；而另一类嘛，就是‘侵入场所型’，咱前不久刚破获——咱兄弟单位刚破获的那个‘白银杀人案’就是这个类别。可是，童队，咱手头这个案子，我看咋就是个四不像呢？”

童小川停下脚步，饶有趣味地看着自己的下属：“你为什么会觉得不符合？”

“因为我觉得咱们的这个犯罪嫌疑人，他的作案范围似乎更注重于他自己和受害者的感受，其次才是发生行为的场所。”海子想了想，说道，“童队，不知道你是否还记得塔菲特划分方式？”

童队点点头，目光变得黯淡了下来：“以连环杀手所要达到的目的来划分的类型，比如说比较低端的幻想型和任务导向型，他们为了杀人而杀人；而享乐型和支配导向型，则是走的高端路线，凶手喜欢在现场留下犯罪签名，因为在他们看来，杀人，只不过是一场游戏玩乐而已。而在我们的这个案子中，签名就是那首可怕的改编曲。”

“对了，海子，你听说过无情型人格障碍吗？”童小川突然问道。

海子摇摇头。

童小川迟疑了一会儿后，便从兜里又一次摸出了那个皱巴巴的烟盒，小心翼翼地倒出了最后两支烟，然后习惯性地跳到桌子上，伸手掰下了烟雾报警器，这才顺势一屁股坐在办公桌上，点燃烟，同时分了一支给海子，哑然说道：“拥有这种人格障碍特征的人清楚地知道什么是对什么是错，但是在自己的情感和行为上却从不用对错来做出决定，这类人很难受情感牵动，所以在做任何事的时候，也就极少考虑事情的后果。当然了，我不是心理医生，也无权发表这方面的任何意见和建议，我只是希望凶手不是一个拥有这种性格障碍特征的人。”

海子惊愕地看着童小川，他读懂了眼前这个男人目光中的忧虑。

暮色中的安平市，霓虹灯闪烁。行色匆匆的路人，划过街头的车辆，最终都会消失在城市里的每个角落。

安平市公安局网安大队办公室里静悄悄的，除了偶尔闪动的电脑 CPU

指示灯，似乎整个房间里早就已经空无一人。

郑文龙独自坐在黑暗中，面无表情，身形犹如泥雕木塑一般。

面前的电脑显示屏已经处于休眠状态。可是只要他愿意，只需一个小小的手势感应，那整个屏幕就会瞬间恢复如初，但是郑文龙却放弃了这个打算，或者说，在他的内心深处，已经无力再去面对一次又一次的失败。

因为他居然再也进不去“暗网”了，无论他尝试了多少次。

这个糟糕的局面使得郑文龙开始怀疑起了自己当初选择网安警察这个职业的初衷，他甚至怀疑起了自己的职业能力，因为连一个“暗网”都进不去的人，还好意思骄傲地称呼自己为“红帽军团”的一员吗?

他是人，可悲的是在这之前，他竟然会以为自己是神，一个从来都不会失败的“神”。一记无形的耳光狠狠地打在了脸上，他不知道自己还有没有资格再去面对周围的人。或者说，最聪明也是最无能之举，就是老老实实告诉陈局，自己认输，因为没有办法在虚拟世界追踪这个可怕的疯子，也因为他竟然可悲地连那道门都进不去。

想到这儿，郑文龙不由得心乱如麻。

突然，面前的电脑屏幕轻轻一跳，自动转入邮箱页面，接着，提示有一封新邮件。他感到有些吃惊，因为发件人的名字在过去的几天时间里，一直都在他的脑海中挥之不去。

而信件的内容则更让郑文龙感到激动无比，这个所谓的“美少女战士”，竟然用加密邮件给素未谋面的他发来了一串珍贵的源代码。

他当然明白，这串源代码对自己来说究竟意味着什么。

6（尾声）

暴雨倾盆，电闪雷鸣。

丹尼有些焦躁不安，它摇晃着尾巴在房间里转来转去，时不时地停下，抬头望向主人的背影哀鸣几声，见没有回应，就只能沮丧地耷拉着脑袋在写字桌的脚边地板上缩成了一团。

手机铃声突然响了起来，章桐的心不由得微微一颤，习惯性地扫了一眼屏幕下方的时间——凌晨零点二十一分。她一边拿起手机摁下接听键，一边去摸手头那个印有莎士比亚头像的马克杯。

不出所料，马克杯里滴水不剩，而电话那头也传来了总机值班员沙哑的嗓音。

只是今天的这个案子有点特殊。

章桐拿着伞，背上挎包，弯腰锁门的时候，还是对着电话那头不放心地追问了一句："人在哪儿？"

"运河西路龙门桥洞下。"

"那为什么不马上送医院？ 120 去了吗？"章桐微微感到有些不满，她压低嗓门，急匆匆地快步走下楼梯。这种天气，小区的电梯是不让用的。

安平市公安局的警车已经在楼栋门口等自己了，章桐没有撑伞，直接小跑了几步，绕过花坛，然后用力拉开了警车的后排座位门，赶紧钻了进去。

一股熟悉而又呛鼻的烟草味裹挟着方便面特殊的余味顿时扑面而来，章桐连连咳嗽了几声，冲着童小川小声嘀咕道："童队啊，我看你这车得申请装个移动排气扇才行，不然这味道可是会熏死人的。"

童小川没吱声，似乎有些心事重重，车里的气氛顿时充满了尴尬。

一路上，因为正值凌晨时分，警车在大雨中畅通无阻，平日里需要二十分钟才能赶到的路程，今天却只花了不到十分钟的时间。

安平市是一座典型的江南小城，一条运河穿城而过，运河上前后排列着八座大桥，每座桥的建筑方式都不一样。龙门桥是其中的第三座，桥洞特别大，钢索结构，远远看去，给人一种空中巨无霸的感觉。

只是此刻，桥洞下却警灯闪烁，一辆巡逻警车旁停放着一辆 120 的车，后门打开着，里面坐着两个人，随车护士和身穿制服的年轻巡警则探头向这边路口不断张望，直至视线中终于出现了童小川开着的警车。

桥洞下没有雨，章桐下车后，拿着挎包，径直向年轻巡警和护士走来："我是市局的法医，人在哪儿？"

护士指了指身后打开的后车门，这时候，章桐才注意到几乎每个人脸上的表情都有些狼狈。

绕过打开的后车门，这才看清楚车内其实坐着三个人，只不过因为其中一个人有些瘦小，在毛毯下几乎缩成了一团，所以才会很容易被人忽视。

一个是随车的急诊医生，而另一个则是略为年长的巡逻警，直到看见了站在车门口的章桐，巡逻警这才站起身，长长而又无声地叹了口气，跳下车来，走过章桐身边的时候，刻意压低了嗓门："这姑娘太可怜了，唉！"

而急诊医生，一位三十出头的年轻男人，看了看章桐，似乎有什么难言之隐。

章桐在地上放下挎包，接着便从里面利索地依次拿出乳胶手套、口罩和证据收集袋，还有一些镊子和一次性药用棉签，最后拿出了一台小型相机。准备完毕后，她便跳上车，对急诊医生点点头："交给我吧。"

"好，好吧。"急诊医生结结巴巴地说道，却并没有要马上让开的意思。

章桐微微一怔："怎么了？"

"哦，我有些情况需要向你说明一下。"急诊医生的目光中闪过一丝无奈，他下意识地压低了嗓音，"这姑娘，受到了很严重的性侵害，歹徒在她身上拿走了一件东西。"

章桐不由得暗暗倒吸一口冷气，她知道，如果真的拿走了所谓的"纪念品"的话，那这个姑娘这辈子所余下的时间里，都将生活在今天这场可怕的侵害阴影之中了。

急诊医生用看似很随意的手势在自己胸口轻轻指了指，接着便一声长叹，跳下了车。

年轻小护士很快来到车门口，这是正常程序，取证的时候必须有第三人在场。两人掩上车门，耳边的雨声顿时小了下来。

120 急救车内的灯光白得耀眼，章桐换上无菌手术服，戴上帽子、口罩，最后在地上小心翼翼地铺上了一张白色无纺布。接着，在她的示意下，急诊小护士轻轻拉开了灰色的毛毯，露出了毛毯下那不断发抖的身体。

女孩很年轻，长得也很漂亮，从裸露在外的锁骨判断，年龄在二十岁左右，凌乱的长发就像一团干枯的稻草，目光无神，表情呆滞，浑身上下脏兮兮的，只有胸口紧紧地裹着白色的纱布，纱布上已经明显渗出了红色的液体。

章桐惊呆了，她转头看向身边的小护士，后者点点头，脸上满是同情，小声说道："她的右边……"

怒火顿时袭上了心头，沉吟片刻后，章桐一边为年轻女孩的身体拍照取样，一边冷冷地问道："这么严重的伤，为什么不送医院？"

"她强烈拒绝了，我们没有办法，只能按照她的意思，帮她报警。"小护士紧锁双眉，"按规定，我们又不能随便把她留在这儿，万一再出什么事的话，这毕竟不是第一次了……"

从小护士吞吞吐吐的话语中，章桐感觉到了一丝异样。

小护士有些惊讶："你不知道吗？这一年内，我们已经遇到过类似的侵害案件不下三起了，报警还是头一次，别的都拒绝报警。唉，不过也是可以理解的，出了这种事……"

还剩下最后一项了，章桐强压住心头的怒火，轻声对年轻女孩说道："我需要抽一下你的血，很快地，就像蚊子叮一下，一点都不疼。"

抽血样是准备做 HIV 排除实验的，如果结果是阳性的话，那就不亚于是被判了死刑，有时候，命运就是这么冷酷无情。

年轻女孩听了，只是默默地点点头，缓缓伸出了赤裸的右臂，脸上依旧毫无表情。

提取完所有的证据后，章桐为女孩穿上无菌手术服，然后轻轻地扶她再次躺下，盖好毛毯，这才心情复杂地跳下了车厢。

急救车带着受伤的女孩走了，章桐回到童小川的车边，放下挎包，冷冷地说道："这是一起系列恶性强奸案，如果不是刚才那个女孩报警的话，或许我们永远都不会知道。"

童小川微微皱眉："系列恶性强奸案？"

章桐点头："你最好马上派人过去，趁那受害者还没有彻底打消念头的时候，那浑蛋在她身上留下了这辈子都不可能被修复的一个疤痕，简直就是畜生！"

钻进车后，用力关上车门，屋外的雨声和刚才那残忍的一幕似乎瞬间被隔绝在了另一个空间里一般。章桐靠在车后座的沙发椅上，伸了个懒腰，她注意到童小川并没有马上进来，他还在车外打着电话，好不容易挂断后，童小川这才拉开车门，钻进了驾驶室。另外那辆警用巡逻车也驶离了桥洞。

“去局里？”他一边向左打方向盘，一边问道。

“我必须去移交证据，这不是命案，不归你们二队管，对吧？”章桐反问道。

“是的。”童小川干巴巴地说道。

章桐这才想起童小川今晚不该出现，便随口问道：“童队，你今晚值班？还是顺路？”

迟疑片刻后，童小川抬头扫了一眼后视镜中的章桐，淡淡地说道：“我找你有事。”

章桐心中一怔，不免感到有些错愕：“有事？”

警车在暴雨中穿过运河西路上最后的一座红星桥，拐上了通往市局的清扬路：“就在一小时前，监狱方打来电话，沈秋月死了。”

“死了？”章桐吃惊不小，“怎么这么快？”

童小川点点头，神情显得有些落寞：“是的，自杀。但凡是进行过造血干细胞移植的人都需要长期服用抗排斥类药物，并且要做相关的体检，而监狱医院没有这方面的专业设备，昨天监狱方领导就向上申请，然后派了辆车送她去省里。做完检查后，在回来的路上，她借口上厕所，在隔间里用早就准备好的两根鞋带子拴在窗把手上，上吊自杀了。发现她的时候已经没有生命迹象了。”

“这不奇怪，做过移植手术的人，体质都不会很好，所以持续时间也就不会很长。”章桐轻轻叹了口气，“有时候一两分钟就结束了。我想，她应该是存了必死之心了吧。”

“真是可惜了。”童小川喃喃说道，“对了，章主任，以后你上下班，我都会来接送你的。”

“不用这么麻烦吧？”章桐吓了一跳，“我自己坐公交车就行了，车上那么多人，不会有事的，再说了，沈秋月都已经死了……”

车厢里的气氛变得有些怪异，还好这个时候，警车已经顺利开进了安平市公安局大院。童小川利索地把车停在了大院的停车场，他看了看后视镜中的章桐，咬着嘴唇说道：“她是死了，没错，但是还有一个人活着，我想，他的目标，应该就是你吧，对吗？”

“我？”章桐哑然失笑，“我只不过是一个兢兢业业的基层小法医而已，把我这种小人物来当作攻击目标的话，难道不显得自己太无聊了吗？我看呀，童队，你未免杞人忧天了吧？”

童小川没有回答这个问题，他也知道章桐并不需要答案。等她拎着挎包走后，他便又回到了警车边，打开车门，然后探身在仪表盘下的储物箱里翻找了一会儿，终于摸出了一个被几乎压扁的烟盒。

记得傍晚的时候，网安大队的郑文龙忧心忡忡地出现在了自己的办公室里，什么都没说，只是塞给了他一张 A4 打印纸，上面是章桐的相片。

童小川一脸的狐疑。

“知道什么叫‘靶子’吗？”郑文龙看着童小川的目光中带着浓浓的焦虑。

“废话，当警察的每个月都要去打一次靶，”童小川调侃道，“你不会告诉我说你连打靶是什么都不知道了吧？”

郑文龙没笑，相反，一字一顿神情严肃地说道：“我想，章主任现在已经成了一个活靶子。”

童小川张了张嘴，惊愕的目光死死地盯着比自己整整高出一个头的郑文龙：“你胡说八道什么呢？这相片哪里来的？”

“‘暗网’，一个完全没有法制的地方。”郑文龙喃喃说道，“沈秋月那案子，我早就知道那家伙玩电脑玩得比我溜多了，因为‘暗网’对于他来说，是个能进出自如的地方，但是对于我……”说到这儿，郑文龙神情痛苦地咽下了一口唾沫，“我是在别人的帮助下才最终得到了一次混进去的机会。不止如此，每一步我都必须小心翼翼，生怕我的真实身份会被人揭穿。而这张相片，我就是在‘暗网’中循着他的足迹发现的。举个例子来说吧，这家伙把章主任的相片当成了一个靶子，或者说是一个悬赏订单，起始金额可能不会很高，只是一万美金，但是按照惯例，所有看过这张相片并且对这项任务感兴趣的人，只要不愿意亲自出手，就都可以在任务结束前随时往上面加码，目前奖池里的金额已经到了 18 万美元，而这张照片被点开的次数已经超过三百万次，而下载的次数也已经超过了十万次。童队，我看，这家伙肯定是疯了！”

童小川简直就像是在听天方夜谭，他愣了好久，才继续追问道：“你老实告诉我，这件事的可信度有多高？”

郑文龙没有回答，其实大家心里都明白，只要一天不抓住这个人，这种可能性就会一直存在。

“你说她只不过是个普通的法医而已，又长得不是很漂亮，怎么会成为目标？”童小川百思不得其解。他看了看神情落寞的郑文龙，“那你现在……”

郑文龙摇摇头，苦笑道：“抱歉童队，我道行不深，如果没有别人的帮助，我根本就进不去。”

“那个帮你的人是谁？”

“我也不知道，他和我的交谈进行了专门的加密，根本无法追查到他的初始 IP 来源。”

“那你为什么这么信任他？”童小川警惕地看着郑文龙，“难道你不怕这是他在耍你？沈秋月这案子中，我们几乎被他耍得团团转。”

出乎他意料的是，对于这个问题，郑文龙却回答得非常果断：“童队，他们绝对不是同一个人，这点你放心吧，我完全可以保证，因为我很了解‘潜行者’这一类人。”

7

李晓伟接到章桐电话的时候，已经是第二天早晨了，因为当天在警官学院有课，所以就约定了中午时分去安平市公安局。

“你也接手了恶性强奸案的受害者？”李晓伟有点意外，言下之意章桐以往处理的可都是冷冰冰的死人。

“我是被临时通知过去的，应该是一队他们那边缺人手吧，你也知道，我的助手还没有资格单独处理案件。”章桐一边说着，一边转头吩咐对面坐着的顾瑜，“我需要抗 P–30 血清。”

李晓伟一愣，他很清楚章桐在电话中所说的抗 P–30 血清到底有什么用，而一旦在实验中需要到这种血清进行抗原检测的时候，也就是意味着两点：其一，这确定是一起恶性强奸案；其二，凶手不止一个人。

“进展顺利吗？”

“难度不小，混合精斑，这是轮奸案。”略微停顿后，章桐冷冷地说道，“我看那年轻女孩的表情，一时半会儿是很难恢复的了。李医生，你好好帮帮她吧。我觉得，这场噩梦如果不早一点结束的话，对于她来说，未免也太残酷了。”

“放心吧，我们中午见。”

挂断电话，章桐抬头看了看顾瑜：“报告出来后，就给一队送过去，然后好好准备一下，下午一点，安平山的浮尸案受害者家属会来认领尸体，然后送去火化。”

“明白，主任。”顾瑜想了想，接着问道，“主任，我有个问题，不知……”

“尽管问。”

顾瑜抿了抿嘴，低头犹豫了一会儿后，这才抬起头，看着章桐：“主任，如果你遇到一个想对你进行性侵害的人，就像这起案件中的受害者，你会反抗，还是会选择沉默？”

“我……”章桐皱了皱眉，“我还真不知道该怎么回答你这个问题。”

顾瑜轻轻叹了口气，看着自己面前的工作台，目光若有所思：“我的高中同学小美，长得很漂亮，去年去世了，跳楼，一种最快也最不痛苦的死亡方式。她死后，我去参加告别仪式，她母亲告诉我说，她在一场悲剧中幸存，却在另一场悲剧中死去。事情起因是那天，周末吧，她从县城上班的储蓄所搭车回乡下老家，结果路上司机起了歹意，再加上时间太晚了，路上都没什么人经过，司机就对她进行了性侵害。事后，她报警了，后来虽然把那浑蛋给抓住了，可惜的是，小村里人言可畏，小美最终还是选择了用跳楼来寻求永远的安宁。我真的不明白，这些受害者已经够可怜的了，为什么还要抽走握在她们手中的最后一根稻草？”

章桐无言以对，脑海中又一次看见了 120 急救车上受害女孩那空洞的眼神，心中不免感到了阵阵的不安。

傍晚时分，晚霞映红了大半个天空，湖滨商业街上，充斥着扑鼻的小龙虾香味。

最出名的孙记大排档里座无虚席。

李晓伟用牙齿咬开了啤酒瓶盖，顺手用袖子随便擦了擦瓶口，直接就塞到了顾大伟的手中："来，喝，今天我请客。"

顾大伟目光警惕地上下打量了一番，迟疑地说道："又有啥事，赶紧说。"

李晓伟一边啃着小龙虾，一边慢悠悠地说道："我就知道我们之间是没有秘密可言的。"

顾大伟干笑了两声："沈秋月那案子，不是了结了吗？难道说，你终于想通了愿意来我公司上班？"

李晓伟摇摇头，长叹一声："对不起，我不能走，如果我去了你们公司，或许就不能这么光明正大地配合警方工作了。"

顾大伟一愣，随即明白了过来，便没好气地说道："你糊弄谁呢？我想，你是放不下那章医生吧，对不对？"

李晓伟听了，若有所思地看了看手中鲜红的龙虾："放不下归放不下，我总觉得一天不抓住那人，她的生活就会充满难言的变数，我必须留在她身边，帮帮她。我在警官学院的讲师身份，可是名正言顺的，去了你那里，就没这个资格了。"

"好吧好吧，反正我那边对你可是随时开着大门呢，无论啥时候需要我帮忙，尽管说就是。"顾大伟无奈地叹了口气，转而问道，"哎，说真的，老同学，你既然喜欢人家，干吗就不来个真心告白呢？"

李晓伟的脸顿时红了，他咬了半天的嘴唇，小声说道："随缘吧。我总觉得配不上她。"

"唉，婆婆妈妈的，难道说你非得看着人家结婚了，你才死心？"顾大伟狠狠地灌了几口啤酒后，刚要伸手去抓盘子里的小龙虾，突然想到了什么，便压低嗓门问道，"你找我，难道是为了那起连环恶性强奸案？"

李晓伟默默地点点头："你很聪明。所以，你应该不会忘了那个专门干这事的浑蛋吧？”说着，他腾出右手，五指并拢，就像一把刀，轻轻在自己左边胸口上做了个砍削的姿势。

顾大伟刚才还被酒精涨红了的脸颊顿时变得一片煞白。

（第一幕完结）